鈴宮　ill. 桜花舞
JN239551
魅了持ちの姉に
奪われる人生は
もう終わりにします
～毒家族に虐げられた心読み令嬢が幸せになるまで～

Characters
オティリエ
〝心読み〟という人の心の声が
聞こえてくる能力を持つ令嬢。
姉のせいで満足に食事もできない生活を送る。
ヴァーリック
リンドヴルム王国の王太子。
才気煥発な見目麗しい青年。

アインホルン侯爵
オティリエの父親。
イアマの魅了にかかり
オティリエを虐げている。
イアマ
〝魅了〟の能力を持ち、
自分の思い通りに
すべてを手に入れてきた。
エアニー
優秀な王太子補佐官。
ヴァーリックを崇拝している。

「この家を出て、僕のために力を貸してほしい」
ヴァーリックが優しく微笑む。
オティリエの胸がドキドキと高鳴った。

魅了持ちの姉に奪われる人生はもう終わりにします

～毒家族に虐げられた心読み令嬢が幸せになるまで～

鈴宮

ill. 桜花舞

目次

【一章】夜会と、心の声と、王太子

（行きたくないな……）

そんな思いとは裏腹にオティリエのお腹が切なげに鳴る。

最後に食事をとったのはかれこれ三日前のことだ。一緒にもらった水も底をついたので、そろそろ部屋を出て使用人たちのもとに向かわねばならない。

オティリエは深呼吸をひとつして、空っぽの体を引きずりながら部屋を抜け出した。

（……よし。お父様とお姉様は近くにいないみたいね）

耳を澄ましてから、念のためにキョロキョロと辺りを見回してみる。——ふたりの声は聞こえない。

オティリエは急いで階段を駆け下りた。

「あの……」

厨房に着くと、オティリエは使用人たちにおそるおそる声をかける。彼女たちは無言のまま、ゆっくりとオティリエの方を振り返った。

【うーーわ、来ちゃった】

【そろそろだとは思っていたけど】

【ああ、タイミング最悪。今夜の牛頬肉、楽しみにしていたのに】

冷たい視線に嘲るような笑み。それだけで彼女らがどんな感情をオティリエに向けているか手に取るようにわかる。けれど、オティリエはそれ以上……彼女らがなにを考えているのかはっきりとわかった。

心読み――オティリエが持って生まれた天性の能力だ。

オティリエの生まれたアインホルン侯爵家の人間はみな、精神に関連した能力を持って生まれてくる。彼女の父親は他人の『記憶』を読み取る能力者であり、兄は一度見たものは決して忘れない能力を持つ。そして姉であるイアマは魅了の能力者だ。

そもそも、特殊な能力を持って生まれてくるのは百人にひとり程度しかいない。そして、精神に関連した能力は広大なリンドヴルム王国でもさらに稀少なため、一族はとても重宝されている。と同時に、他の貴族たちから恐れられていた。

そんな一族の末娘であるオティリエがどうしてこんなひどい扱いを受けているのか――それは彼女の姉イアマに理由がある。

オティリエは今から十六年前に誕生した。当時イアマはまだ二歳。それまで蝶よ花よとかわいがられてきた彼女は、両親や使用人たちの関心がオティリエに注がれるのが我慢できなかった。そして、彼らの注目を一身に集めるために魅了の能力を開花させたのだ。

『ああ、イアマ』

『なんてかわいいのでしょう！　この子のためならなんでもできる』

『それに比べてオティリエは平凡だもの。かまっている暇はないわ』

かくして、オティリエをかわいがってくれる人はひとりもいなくなってしまった。

おまけに、イアマの魅了の威力は年々強くなっていく。はじめは最低限の世話をしてくれていた使用人たちも、やがてそれすらしなくなり、今では食事も満足にとれなくなっている、というわけだ。

「あの、私の食事を取りに来たんだけど……」

「え？　なんですか？」

「声が小さすぎて聞こえないんですが」

「もっとはっきりとしゃべってくださいません？」

　オティリエが口を開くやいなや、使用人たちが被せるように返事をする。次いで脳へダイレクトに彼女たちの感情が流れ込んできた。

【本当に陰気ね】

【あんな情けない声しか出せないなんてみっともない。もっとイアマ様を見習ってほしいわ】

【心の声が聞こえるなんて気味が悪いわ……と、これも聞こえているのかしら？】

【こんな子にイアマ様と同じ食事を渡すなんて……】

　耳を塞ぎたくなるような使用人たちの心の声――しかし、塞いだところで意味をなさないのがこの能力のやっかいなところだ。聞きたくなくても聞こえてくる。防ぎようがない。他人といる時にはずっと悪口を聞かされるはめになってしまう。だから、オティリエは数日に一度しか食事を取りに来ない……来られないのだ。

　オティリエの胸が強く痛む。このままなにも受け取らずに逃げ出してしまいたい……しかし、そんなことをしては空腹に喘《あえ》ぐことになるだろう。すでに限界が近いというのに。

　意を決し、オティリエはもう一度使用人たちに向き直った。

「私の食事を用意して。それから水もお願いね」

　使用人たちは不服そうに顔を見合わせると「かしこまりました」と頭を下げた。

ようやく部屋に食事を持ち帰ったのち、オティリエは小さくため息をつく。使用人に渡されたのは野菜くずの入ったスープに硬いパン、それから肉の切れ端だけだ。

（まったく、私の分の牛頬肉はどこに行ったのかしら？）

おそらくは使用人たちが勝手に分け合っているのだろう。しかし、文句を言う人間は誰もいない。父親にもイアマにも、完全に黙認されている――むしろ歓迎されている節もあるのだ。

冷めきったスープを飲みながら、オティリエの目頭が熱くなる。悔しくてたまらないが、次の食事はまた数日後だ。大事に――笑顔で食べなければバチがあたる。

（ああ、美味しい）

……そう思ったはずなのに【悲しい】と自分の声が脳裏に響いてきて、オティリエはそっと眉尻を下げた。


そんなことがあった翌日のこと、オティリエは父親に呼び出された。『話がある、一緒に食事をするように』とのことらしい。

（お父様と食事、か……）

気が重い。まったく嬉しいとは思えない。二日連続で食事ができることよりも、父親と姉のイアマと話をしなければならない心労の方がよほど大きかった。

（いったいなにを言われるのかしら？　……どんなことを思われるのかしら？）

想像をするだけで体が鉛のように重たい。それでも、オティリエは指定された時間に食堂へと下りた。

「あら、驚いた。オティリエったらまだ生きてたのね？　もう何日も会っていないから、部屋で野垂れ死んでるんじゃないかと思っていたのに」

オティリエを見るなりそう口にしたのは姉のイアマだ。ケラケラと楽しげに笑ったのち「冗談よ」と小さく呟く。

【むしろ死んじゃえばよかったのに】

次いでそんな心の声が聞こえてきた。オティリエに聞こえているとわかっているにもかかわらず、だ。曖昧に微笑みつつ、オティリエは空いている席へと腰かけた。

「あなたが同席すると食事がまずくなるのよね。辛気臭いっていうか、食堂がジメジメする感じがするの」

「……存じ上げております」

だからこそオティリエはわざわざ自分の部屋で食事をとっている。そんな事情をイアマはわかっていながらあえて言葉にし、オティリエの心を傷つけるのだ。

とその時、ふたりの父親が食堂へとやってきた。

「お父様！」

イアマが父親のもとへと駆け寄る。「会いたかった」と微笑むイアマを父親は優しく抱き寄せた。

「ああ、イアマ！　おまえは今日も世界一かわいいな」

そう口にしつつ、父親はゆっくりとオティリエの方を向いた。

【それに比べてオティリエめ。いつ見てもかわいさのかけらもない。満足に父親への挨拶もできないのか？　このできそこないめ】

ピリつく空気。完全に挨拶のタイミングを失っていたオティリエは、おずおずと「ご無沙汰しております、お父様」と頭を下げた。父親がフンと鼻を鳴らす。そんなふたりの様子を見ながら、イアマはニヤリと口角を上げた。

「ねえ、どうしてオティリエを食事に呼んだの？　いつもみたいにふたりで食事をすればいいじゃない？」

「すまないね、イアマ。お父様も当然おまえとふたりきりの食事の方がいいんだよ？　だが、オティリエに話があったものだから」

「話って？」

父親はイアマを席に着かせると、おもむろに話をはじめた。

「近々城でパーティーが開かれる。そこにオティリエも連れていくことになった」

「え……？」

「オティリエも？　しかもお城のパーティーに？　そんな、どうしていきなり？」

これまで夜会にはイアマしか参加してこなかった。オティリエには場にふさわしいドレスなど一着も与えられたことはないし、そもそも屋敷内で存在自体がほとんど忘れ去られている。こんなふうに声がかかる日が来るとはイアマもオティリエも思わなかったのだ。

「私のいとこ――王妃殿下がオティリエに会ってみたいと思し召しなんだ」

「王妃殿下が？　そんなの、断ればいいじゃない。オティリエは体が弱いとか、理由なんていくらでもこじつけられるでしょう？」

イアマはそう言って、不満げに唇を尖らせた。

「それが、お父様も一度は断ったんだよ？　しかし『いとこの子なんだから、一度ぐらい会ってみたい』と押し切られてしまってね」

「そう……それが理由なの」

父親が積極的にオティリエを参加させたいわけではないと知り、イアマはほんの少しだけ態度を軟化させる。しかし、すぐに仰々しくため息をついた。

「けれど困ったわねぇ。オティリエったらあまりにも出来が悪く怠け者だったせいで教育係たちに逃げられてしまったから、ろくな教育を受けていないでしょう？　礼儀作法もなっていなければ見た目も悪いし、みっともないと他の貴族から馬鹿にされてしまうんじゃない？」

イアマはそう言うが、教育係がいなくなったのは決してオティリエの出来が悪かったからではない。他でもないイアマが彼らを魅了し、言いなりにしてしまったせいだ。オティリエはそんなことを知る由もないが……。

「というか、なんで妃殿下がオティリエなんかに会いたがるわけ？　……わたくしじゃなくて？　意味がわからないわ」

（確かに変ね）

イアマの話から判断するに、彼女も王妃と会ったことがないらしい。であれば『オティリエとイアマに会ってみたい』と言われてしかるべきだが、どうしてオティリエの名前だけがあがったのだろう？

「おまえの意見はもっともだし、私にも妃殿下がオティリエに会いたがる詳細な理由はわからない。だが、申し出を断ることはできん。オティリエには明日から教育係をつける。見た目もある程度整えてやらねばならんだろう」

「えぇ？　お父様、だけどそれでは……」

「なに、オティリエのことはおまえの引き立て役だと思えばいい。今回の夜会には王太子殿下も参加なさるそうだからうってつけだろう？」

「まあ、ヴァーリック様が⁉」

イアマはそう言うとポッと頬を紅《あか》らめる。

王太子のヴァーリックは見目麗しく才気煥発《さいきかんぱつ》と評判の十七歳の青年だ。けれど、なかなか夜会等の場に顔を出すことがなく、イアマも他の令嬢たちも、彼との出会いの機会をうかがっていたのである。

「オティリエを連れていかないなら、妃殿下の手前、私やイアマも夜会には参加できない。ほんのいっとき我慢するだけで千載一遇の機会を得られるんだ。活用しない手はないだろう？」

イアマはヴァーリックの妃の座を狙っている。王室が彼の結婚相手を選びはじめていると噂になっているが、現状はあくまで噂の域を出ない。つまり、まだどの令嬢も条件は同じ――横並びの状態だ。ならば、ヴァーリック本人に働きかけるのが手っ取り早い。

しかし、イアマがどんなに美しく魅了の能力を持とうとも、まったく接触の機会がない相手を魅了することはできない。つまり、是が非でもこの夜会には参加しなければならないのだ。

「まあ、事情が事情だし、今回だけは仕方ないわね。お父様のおっしゃる通り、オティリエにはわたくしの引き立て役になってもらうことにするわ」

イアマはそう言ってふふっと笑う。

（行きたくないなぁ）

そう思いつつ、オティリエは密かにため息をついた。

翌日からオティリエの日常はガラリと変わった。

朝早くから侍女たちがやってきて、オティリエの身なりを整えていく。ボサボサに伸びた髪を切りそろえられ、軽く化粧を施し、これまでよりもマシなドレスを着て教育係の到着を待つ。

ただ、オティリエにとってそれは苦業に等しかった。

【どうして私がオティリエ様の身なりを整えなければいけないの？　イアマ様は美人だからいいけど、オティリエ様は見ていてイライラするのよね】

【愛らしさのかけらもない黒い髪ね……イアマ様の金髪とは大違い。これ、どうやったら美しくなるわけ？　正解がちっともわからないわ】

【化粧映えのしない青白い肌ねぇ。頬骨が浮いてて骸骨みたい】

普段オティリエは人との接触を最小限に抑えて、悪口を聞かないようにしている。けれど、父親の命令がある以上、侍女たちは絶対にオティリエの部屋に来てしまう。彼女たちの心の声を聞き続けることはまるで地獄のようだった。

不幸中の幸いだったのは、夜会に向けて少しでもオティリエの肉付きをよくするために、毎日食事が運ばれてくるようになったことだ。これまでのように冷めきっておらず、メニューも父親やイアマと同じものだ。温かくて美味しくて、オティリエは誰にもバレないように少しだけ泣いてしまう。

その上、父親が呼んだ教育係はオティリエを蔑むことも侮ることも嘲ることもなかった。

「素晴らしい。オティリエ様は非常に飲み込みが早いです」

他人から否定されてばかりのオティリエにとって、これはあまりにも嬉しいことだった。

もちろん、心の中では時折【アインホルン侯爵家ともっとお近づきになりたい】といった本音が見受けられたものの、その程度の打算はあってしかるべきものだ。家族や使用人たちとは比べ物にならない。他人の悪意にさらされ続けたオティリエにとって、あまりにも貴重なひと時だった。

しかし、そんな教育係も日が経つにつれてオティリエに冷たくなっていく。

(どうして? 私、そんなに下手くそだった? それとも、お姉様が魅了を……?)

だとしても証拠がない。単に成長が遅いオティリエに見切りをつけた可能性もある。それに、仮に魅了をされたとわかったところで、どうすることもできない。

それでも、なんとかマナーの講義だけは受け続けることができ、オティリエは無事に当日を迎えられた。

「わぁ……素敵なドレス」

部屋に届けられた藤色のドレスを見ながら、オティリエは瞳を輝かせる。物心がついて以降、こんなにも鮮やかな色合いのドレスを着るのははじめてだった。光沢のあるシルク地に袖の部分は繊細に編まれたレースでできている。首飾りとイヤリングも一緒に届けられており、オティリエは密かに息を呑んだ。

「これ、本当に私に用意されたものよね?」

「さようでございます」

相変わらず侍女たちは冷たかったものの、この日はいつもより気にならなかった。

ドレスが豪華なのはオティリエのためではなく、アインホルン家の威厳を示すため——そうとわかっていても、嬉しいものは嬉しい。

着替えを済ませてから化粧をしてもらい、鏡の中の自分と向き合う。まるで魔法にかけられたかのよう——別人に生まれ変わったような心地がした。

(これならお父様もお姉様も、少しは私のことを認めてくれるかも)

今のオティリエは、みっともなくもみすぼらしくもないはずだ。ほんの少しの期待を胸に玄関ホールへと下りる。けれど次の瞬間、オティリエは思わず息を呑んだ。

「さすがオティリエ……いいわ。これぞわたくしの引き立て役って感じね」

イアマが艶やかに笑う。彼女が着ているドレスはオティリエよりも数段高価なものだとひと目でわかった。

「どう？　美しいでしょう？　仕立て屋を急かして最高のドレスを作り上げてもらったの」

「……はい、そう思います」

素晴らしいのはドレスだけじゃない。鮮やかに施された化粧も、姉妹の瞳と同じ色の大きなバイオレットサファイアの首飾りも、華やかにまとめ上げられた金髪も、すべてが格式高く美しかった。

「さすがはイアマ様！」

「お美しいですわ！」

使用人たちが口々にイアマを褒める。誰もオティリエのことを見もしない。……けれど、そう思ったのは一瞬だけだった。

【それに比べてオティリエ様は……】

彼女たちは時折オティリエの方を振り返り、クスクスと馬鹿にしたように笑う。オティリエは思わず赤面し、柱の陰に身を隠した。

（恥ずかしい）

期待などするべきではなかった。少しは美しくなれたのではないかと──認めてもらえるのではないかと思ったのがいけなかった。胸が苦しくて今にも倒れてしまいそうだ。なんとか気を確かに持ちつつイアマを見れば、彼女はふふっと口角を上げた。

【オティリエったら本当に身のほど知らずねぇ。あんたがわたくしに勝てるはずないでしょう？　使用人たちの関心も、称賛の声も、すべてはわたくしのために存在するの。一ミリだってあんたに渡すつもりはないわ】

イアマの心の声が聞こえてくる。聞きたくないのに──耳を塞いだところでダイレクトに脳に響くのだから意味がない。

「ああ、イアマ！　さすがは私の娘だ！　おまえなら魅了の能力などなくとも、ヴァーリック殿下を……いや、国中のどんな男の心をも射止められるだろう」

そうこうしている間に父親がやってきた。父親はイアマを褒めちぎった後、満足気に笑う。

「当然ですわ！　必ずやお父様の期待に応えてみせます。わたくしは他人の心が読めるだけで他に能のない妹とは違いますもの」

（他に能のない妹、か。私にはこんな能力必要なかったのに。せめて私に他の人の心を読む能力がなければ……）

そうすれば、もう少し心穏やかに暮らせたのではないだろうか？　イアマと自分を比べることもなく、誰かの感情に惑わされることもない。使用人たちの辛辣な本音を聞かずに済んだなら、どれだけマシだっただろう？

しかし、ないものねだりをしたところで意味はない。

オティリエは沈んだ気持ちのまま、城に向かう馬車へと乗り込んだ。


屋敷から約一時間半、城への道のりはまるで地獄のようだった。仲睦まじく会話をする父親とイアマの向かいの席で、オティリエはまったく口を開くことができない。

「ねえお父様、どうしてオティリエも同じ馬車なの？　一緒にいてもひと言も口を利かないし、雰囲気が悪くなるだけじゃない？」

「ああ、すまなかったねイアマ。この子のためだけに別に馬車を出すのはもったいないと思ったんだ……それに世間体というものもある。今日だけだから我慢してくれるかい？」

心の声で罵るよりも会話をした方が、効果的にオティリエをいたぶることができるとふたりは知っているのだろう。これみよがしにオティリエを非難してくる。

（聞こえない、聞こえないんだから）

別に自分が夜会への参加を希望したわけではない。王妃に呼ばれ、それに父親が応えただけなのだ。今さら一緒に馬車に乗るのが苦痛だとか目障りだとか言われても、オティリエにはなんの責任もない。

「それにしても、今夜の夜会は楽しみだわ。ヴァーリック様にお会いできるってこともあるけど、妃殿下にお会いするのだってわたくしははじめてだもの。おふたりともあまり夜会にはお見えにならないから」

「そうだな。こんな機会は滅多にない。ほとんどの高位貴族が今夜に賭けていると言っても過言ではない。それに、うまくすればオティリエの厄介払いができるかもしれんぞ？」

「え……？」

唐突に自分の名前を出されて、オティリエは思わず目を丸くする。

「厄介払いってどういうこと？」

イアマはそう言って身を乗り出した。

「ほら。城にはいろんな仕事があるだろう？」

「もちろんそれは知っているわ。現にお兄様だって文官として働いていらっしゃるし、他にも騎士や侍女、下働きといった仕事があるのでしょう？」

「その通り。それだけ仕事が多岐にわたるのだから、もしかしたらオティリエ程度でもできることがあるんじゃないかと……紹介してもらえるかもしれないと思ってね。なにせ身分だけは高いのだから」

ふたりの会話を聞きながら、オティリエは瞳を輝かせる。

（そうか。もしも仕事が見つかったら、あの家を出られるかもしれないんだ……）

そんなことはこれまで考えてみたこともなかった。そもそも自室から出るのも一日に数回の引きこもり状態で、未来に希望などまったく見出せなかったし、打開策を考えるだけの心の余裕もなかったのだ。

（お姉様がいない場所に行けば、私を蔑む人間は誰もいなくなる……といいのだけど）

父親や使用人たちがどこまで魅了の影響を受けているのかはわからない。——彼らがあんなふうになったのはもう何年も前のことなのだから。

とはいえ、もともとオティリエは彼らに嫌われていたというだけで、現在は魅了の影響をまったく受けていない可能性だってある。しかし――。

【馬鹿ねぇ。叶わない夢なんて見ちゃって】

イアマの声が頭の中で響く。オティリエはハッと顔を上げた。

「だけどそれって、オティリエが誰かに有用だと思われなきゃいけないってことでしょう？　無理よ、そんなの。陰気で受け答えもろくにできないし、夜会に出たところで立っているのがやっとってところでしょう？　誰もこの子に価値なんて見出さないわ」

残酷な言葉の刃がオティリエに現実を突きつける。

（お姉様の言う通りだわ）

これまでの人生でオティリエの価値を認めてくれた人間がどれほどいただろう？　たとえはじめは褒めてくれても、みなすぐにオティリエの前からいなくなってしまう。今回の教育係がいい例だ。

（私を必要としてくれる人なんて誰もいない）

仕事なんて見つかりはしないだろう。

「そうは言ってもイアマ、このままオティリエがずっと屋敷にいるよりもいいと思わないか？」

「そんなの、頃合いを見て金持ちの年寄りと結婚させればいいじゃない。そちらの方がずっと家のためになると思うわ」

ケラケラと楽しそうに笑いつつ、イアマはオティリエをチラリと見る。

（それも悪くない……かな）

多分。ここに居続けるよりはずっとマシだ。……そんなことはとても言えないと思いつつ、オティリエは心の中でため息をついた。

（それにしても、王妃殿下っていったいどんな方なんだろう？）

父親の話によると、王妃はアインホルン家の血縁者――父のいとこにあたる。アインホルンの血を引いている以上、なにかしら能力を持っていそうではあるが、そういった噂は聞こえてこない。……もっとも、オティリエは他人との交流自体を断っているため、情報を手に入れるすべといえば、こっそりと拝借した新聞ぐらいなのだが。

そうこうしている間に、馬車は市街地へと入っていった。王都の美しい街並みを眺めつつ、オティリエは静かに息を呑む。

「ちょっと！　そういうの、田舎臭いって思われるからやめてよね」

「え？　え……と」

「その『すごい！　綺麗！』みたいな表情よ。おのぼりさんって感じがしてみっともない。見ていてすごくイライラするわ。こんなんでも、あんたは私の妹なのよ？　あんたがおかしな行動をすれば、私まで笑われてしまうわ。もっとアインホルン家の一員としての自覚を持ちなさい」

「……すみません、お姉様」

そんなことを言われても、オティリエにとってははじめて見る王都の街、外の世界なのだ。多少気分が高揚してしまうのは仕方がないことだろう。それでも、イアマと一緒にいる以上、そういった態度は微塵も出してはいけないらしい。

今夜一日を乗り切れれば……そう思いつつ、オティリエの胃がキリキリと痛んだ。

「さあ、着いたぞ」

城に到着すると、オティリエは父親とイアマに続いて馬車を降りた。ずらりと並んだ貴族たちの馬車や、大勢の人々に思わず圧倒されそうになる。

（ダメダメ。驚いたり感動したりしたら、またお姉様に怒られてしまうわ）

必死に平静を装いつつ、教育係に教わった通りに立ち振る舞う。すると周囲の――とりわけ男性からの視線を感じた。

【どこのご令嬢だ？　……儚げで守ってあげたくなるタイプだ】

【小さくて愛らしいな】

【紫色の瞳が神秘的で吸い込まれそうだ】

視線と同じ方角から心の声が聞こえてきて、オティリエはドキッとしてしまう。

「さすが、イアマはどこへ行っても人気者だな。早速男性陣の熱視線を感じるぞ」

「当然ですわ、お父様」

（……って！　なにを勘違いしているの⁉　私じゃなくてお姉様に決まっているじゃない！）

現にイアマは男性たちに向かって笑顔を振りまき、小さく手を振っている。彼女は魅了の能力など使わずとも男性を虜にすることができる美しい女性だ。オティリエとは根本的に違う。

（馬鹿ね。私なんて眼中にないのに）

密かに息をつきつつ、オティリエは父親たちの後ろを歩く。

【なんで手を振られているんだ？　俺が見ていたのはあの令嬢じゃないんだけどなぁ……】

そんな心の声が複数あがる。けれどそれは他の参加者たちの声にかき消されて、オティリエに届くことはなかった。

夜会会場はとても広くきらびやかだった。シャンデリアの柔らかな光、色とりどりのドレスを着た美しい貴族たちが、優雅な音楽が流れる中で歓談している。これだけ人が多いと、どれが人々が実際にしゃべっている言葉で、どれが心の声なのかの区別がつかない。

（〝声〟に押しつぶされるんじゃないかって不安だったけど）

離れていたら案外平気かもしれない。BGMだと思えば大半は聞き流せそうだ。

ふと見ると彩りも豊かな食事が並んでいる。ここ数日まともな食事ができているとはいえ、それまでひもじい生活を送っていたオティリエは思わずゴクリとつばを飲んだ。

「いっ……！」

【あんた、わたくしがさっき言ったことをもう忘れたの？】

オティリエのつま先をイアマのハイヒールが踏み潰す。彼女の言う『さっき言ったこと』とはつまり『周囲から田舎臭いと受け取られるような行動』を指すらしい。

「申し訳ございません、お姉様」

小声で謝罪をしつつ、オティリエは涙目になった。

「まずは妃殿下に挨拶をしよう。すでに会場入りなさっているみたいだ」

父親はふたりのやり取りに気付かないまま、会場を悠然と進んでいく。オティリエは遅れないよう必死にふたりの後をついていった。少し進んだところで、他よりもたくさんの人が集まっているのに気付く。オティリエの身長では見えないが、人だかりの中央にいるのが王妃なのだろう。

「失礼。妃殿下に挨拶をしたいんだ。代わっていただけるかな？」

「ア、アインホルン侯爵！　……どうぞ」

父親が周りの人間に声をかけると、さざ波のように人がはけていく。次いで彼らの心の声がオティリエに流れ込んできた。

【出た！　アインホルン侯爵。相変わらず嫌な奴】

【まだ俺も挨拶してないのに……だけど目をつけられたらたまったもんじゃないからな】

【おっかない。関わり合わない方が身のためだ】

どうやら父親は貴族たちに相当恐れられているらしい。他人に触れるだけで記憶を読み取る能力を持っているから、当然といえば当然だが、おそらくはそれだけが理由ではないだろう。オティリエは父親を恐れているのが自分だけじゃないと知り、ほんの少しだけホッとしてしまった。

「こんばんは、妃殿下」

「まあ、アインホルン侯爵。来てくださったのね」

そう言ってひとりの女性が微笑む。二十代にしか見えない若々しく美しい女性だ。アインホルン家の人間と同じ紫色の瞳が特に印象的で、オティリエは思わず見入ってしまう。

「そちらのふたりがあなたの娘？」

「はい。長女のイアマと次女のオティリエです。ふたりとも、殿下にご挨拶を」

父親に促されオティリエはゴクリとつばを飲んだ。

（どうしよう。きちんとご挨拶できるかしら？）

緊張と不安で足が竦む中、イアマの隣へと歩を進める。

【邪魔よオティリエ。下がっていなさい。わたくしが先にご挨拶するんだから】

と、イアマの声が聞こえてきて、オティリエは慌てて後ずさった。

「はじめまして、妃殿下。わたくしアインホルン侯爵が娘、イアマと申します。以後お見知りおきを」

イアマはそう言って深々とカーテシーをする。美しい所作に周囲から感嘆の声が漏れた。ついつい見入っていたオティリエだったが、王妃と目が合ったため、姉にならって挨拶をした。

「はじめまして、妃殿下。私は次女のオティリエと申します。本日はお招きいただき、ありがとうございます」

心臓の音がドキドキと鳴り響く。精一杯頑張ったものの、オティリエの声は震えてしまった。これだけ大勢の前に出るのははじめてだし、普段からほとんど声を出さない生活を送っているのだから当然だ。しかし、そんなことは周りの人間には関係ない。挨拶がうまくできなかったことに、オティリエは凹んでしまう。

【さすがオティリエ。見事にわたくしの引き立て役になってくれたわね。無様なカーテシーに情けない挨拶。これでわたくしの完璧な挨拶が際立ったに違いないわ】

その瞬間、嬉しそうなイアマの声が聞こえてきた。心が余計に沈んでいくのを感じつつ、恐る恐る顔を上げる。すると、王妃がオティリエに向かってニコリと微笑んだ。

【やっぱり私の思った通り。とてもかわいらしい令嬢だわ】

（え……？）

今のは自分に対して思ったことで合っているのだろうか？　……いや、そんなまさかと思い直し、オティリエはもう一度姉の後ろに下がった。

「ふたりとも素晴らしい挨拶をありがとう。歓迎するわ。ところで、アインホルン家のご令嬢ということは、ふたりもなにか特別な能力を持って生まれてきたのかしら？」

「それはもう！　イアマは実は……魅了の能力の持ち主なのですよ」

王妃のそばで父親が声を潜める。イアマの能力は一族の秘密だ。政治や戦争で切り札となりうる強く稀有な能力。貴族たちに知れ渡って警戒されては意味がない。イアマからすれば魅了したい相手に会ってしまえばこちらのもので、警戒など大した意味はなさないのだが。

「まあ……！　そんな秘密を私に打ち明けてよかったの？」

「もちろんですわ、妃殿下。わたくしの能力はすべて余すことなく国のために役立てたいと思っております。わたくしが王室に入れば、いろんなことがスムーズに成し遂げられるはずですわ」

イアマが自信満々に微笑む。周囲がにわかにざわついた。

【……なるほどねぇ。こんなところで『僕の妃になりたい』って宣言するのか。なんとも大胆な女性だなぁ】

その時、どこからともなく心の声が聞こえてきた。他にも心の声は飛び交っているはずなのに、妙に大きく、はっきりと聞こえてくる。まるで直接話しかけられているかのようだ――そう思いながら視線を彷徨わせると、ひとりの男性がオティリエをまっすぐに見つめていることに気付いた。

美しい金色の髪、理知的な眉に整った鼻梁、スラリとした長身の持ち主で、まばゆいほどの存在感を放っている。なによりオティリエの目を惹いたのが左右で色の違う瞳だった。左はアインホルン家と同じ紫色、右は鮮やかな緑色だ。

（綺麗）

まるで宝石のようだと思った。こんなに見つめては失礼だと頭ではわかっていても、吸い寄せられるような心地がする。

「それで、オティリエはどんな能力を持っているの？」

王妃から唐突に話題を切り替えられ、オティリエはハッと前を向く。先ほど同様父親が王妃に耳打ちをしようとしたその瞬間、イアマがグイッと前に躍り出た。

「この子の能力は他人の心を読んでしまうことですの。なんとも品のない能力でしょう？　わたくし気味が悪くって……妃殿下もこの子の前では考え事をしない方が賢明ですわ。勝手に心の中を覗かれてしまいますから」

イアマの言葉に、周囲にいた貴族たちが大いに反応する。オティリエから血の気が引いた。

「心を読み取られてしまう？　そんなことが可能なのか？」

「この子の前では隠し事ができないってこと？」

【やはりアインホルン家は恐ろしい。近付かないに限る】

飛び交う会話に心の声。耳を塞ぎたくても叶わない。

善良な人間はもちろん、後ろ暗いことが存在する人間たちが一斉にいなくなっていく。

（やっぱり、人の心が読めるなんて……気味が悪いことなんだよね）

これまで屋敷の人間の反応しか知らなかったから、こうして人々に拒絶され、改めて自分の能力が稀有であると思い知る。王妃がどんなふうに感じたのか確かめるのが怖くて、オティリエはうつむき、唇を噛む。そうしていないと涙がこぼれ落ちそうだった。

【心の声が読めるのか……いいな。すごくいい。僕は素晴らしい能力だと思うけど】

すると、また誰かの心の声が聞こえてきた。先ほどの男性と同じ声音――そろりと顔を上げると、件の男性がオティリエのすぐ目の前にいる。驚くオティリエに向かって、彼は穏やかに微笑みかけた。

「大丈夫だよ、オティリエ嬢。君に聞かれて困るようなことを僕たちは考えないから。ね、母上」

「「……え？」」

オティリエとイアマの声が綺麗にハモる。

【母上？　それじゃあ、この方がヴァーリック様なの？】

イアマの心の声は興奮を隠せていない。オティリエも一緒になって王妃と男性を交互に見た。

「ヴァーリック、あなたがいきなり話しかけるからオティリエが驚いているわ。挨拶が先でしょう？」

「失礼しました、母上。彼女の能力があまりにも興味深かったものですから」

ヴァーリックは王妃に向かってそう言うと、オティリエの手をそっと握る。それから手の甲に触れるだけのキスをした。

「はじめまして。僕はヴァーリック。この国の王太子だ」

「……はじめまして」

ヴァーリックの挨拶から数秒、オティリエはようやく事態が飲み込めてくる。

（え？　私、キスをされたの？　ヴァーリック殿下に？）

キスをされたといっても手の甲になのだが、オティリエはまさか自分がそんな挨拶をしてもらえる日が来るなんて、夢にも思っていなかった。……今だって信じられずにいる。驚くやら恥ずかしいやら。オティリエの頬は真っ赤に染まってしまった。

「はじめまして、ヴァーリック様。わたくしはイアマと――」

「ごめんね。今はオティリエ嬢と話しているから、後にしてもらえるかな？」

ヴァーリックがイアマの発言を遮る。

「なっ……」

イアマが思わず声をあげると同時に、周囲からクスクスと笑い声が聞こえてきた。イアマが苦虫を噛み潰したような表情を浮かべる。ややして彼女はヴァーリックから顔をそらした。

【どうしてわたくしが後回しなのよ。明らかに順番が逆でしょう？　しかもなに？　どうしてわたくしが笑われなきゃいけないわけ？】

戸惑いながらもオティリエが耳を澄ますと、今度は周りの人間の心の声が聞こえてくる。

【殿下に対して無礼な】

【自業自得ね。殿下の会話に割って入るなんて】

【いくら挨拶をしたくても今じゃないだろう？】

屋敷内でイアマのことを否定する人間は誰もいない。オティリエは生まれてはじめて、イアマが誰かに非難されるのを耳にした。

「それで、オティリエ嬢は人の心が読めるんだってね」

「は……はい。おっしゃる通りでございます。あの……なんだかすみません」

オティリエとしては、こんなふうに自分の能力を晒されることになるとは思っていなかった。事情を知っている家族や使用人たちならまだしも、今夜偶然居合わせた人たちに対してひどく申し訳なく思う。周囲から貴族がほとんどいなくなったことからも、彼らが気味悪がっているのは明白だ。先ほどからヴァーリックの心の声は聞こえてこないが、彼も同じように考えているのではないだろうか？

「どうして謝るんだい？　僕はすごいと思うよ。君だけが持つ、とても素晴らしい能力だ」

ヴァーリックが微笑む。オティリエは思わずドキッとした。

「ありがとうございます。私の能力をそんなふうに褒めていただけたのははじめてです」

「はじめて？　信じられないな。精神に作用する能力を持って生まれるアインホルン家の中でも重宝されそうな能力なのに」

そう口にしながら、ヴァーリックはオティリエの父親をチラリと見る。父親はハッと息を呑み、わずかにうつむいた。

【……言われてみれば確かに。なぜ私はオティリエを出来損ないだと決めつけているんだ？　使いようによってはこれ以上ないほどの切り札になっただろうに】

（え？　今のお父様の声、よね？）

心底不思議そうな父親の心の呟きを聞きながら、オティリエはとても驚いてしまった。彼がそんなことを考えるなんて信じがたい。嘘みたいだ。

「ところで、オティリエは今何歳？」

「え？　えっと……十六歳ですけど」

どうしてそんなことを尋ねられるのか疑問に思いながら答えれば、ヴァーリックは目を見開いた。

「十六⁉　本当に？」

「まあ……！　きちんと食事はとれているの？」

今度は王妃が尋ねてくる。

オティリエは同年代の令嬢に比べて身長が極端に低い。肉付きだって当然悪く、ドレスで隠れた肘や膝は骨ばっている。あまりにも年齢不相応な姿を見て、ふたりは心配してくれたのだろう。

（最近はきちんと食事をしているわ。そもそも、食事を数日おきにしているのは、私が使用人たちの心の声に耐えきれないからで……）

しかし、そんな事情を正直に打ち明けるわけにはいかない。かといって、王族を相手に嘘をつくのもはばかられてしまう。対人交流があまりにも少なすぎるオティリエには、なんと答えるのが正解かわからなかった。

「もちろんですわ、妃殿下。オティリエはいつもわたくしとふたりで食事をしますの。ね、オティリエ」

と、イアマが話に割り込んでくる。表情の圧が強い。次いで【否定したらどうなるかわかっているわよね？】と心の声が聞こえてきて、思わずコクコクと頷いてしまった。

「そうか……そうなんだね」

ヴァーリックは微笑み、そっとオティリエを見た。

【イアマ嬢の背格好は同年代の令嬢と変わらない。それなのに、オティリエ嬢だけ極端に成長が遅いということがあるのかな？　ねえ、実際のところ、君はきちんと食事ができているの？】

頭に直接響くヴァーリックの言葉。彼はオティリエの能力を使って、オティリエだけに聞こえるよう直接問いかけているのだ。

「本当に……大丈夫です。私は姉と比べて少食なんです。あの、ご心配いただき、ありがとうございます」

これ以上心配をかけてはいけない。オティリエはヴァーリックと王妃に向かって深々と頭を下げる。

「そう？　それならいいけど……。そうだわ、ヴァーリック。あなた、あちらでオティリエと食事をしてきたらどう？」

「えぇ⁉」

驚いたのはイアマだった。王妃が穏やかな口調で「なにか？」と尋ねる。

「い……いいえ、妹がなにか失礼を働くのではないかと心配で」

【っていうか！　わたくしまだヴァーリック様と話ができていないんだもの。こんなタイミングで彼を連れていかれちゃ困るのよ。オティリエ、あなたからも早く断りなさい！　早く！】

焦ったようなイアマの声が聞こえてくる。オティリエは半ばパニックに陥りつつ「あの……」と声をあげた。

「姉が申し上げた通りです。私は礼儀作法に疎く、殿下とお食事なんて、とてもとても……」

「大丈夫。僕はそんなことは気にしないよ。それに、僕はオティリエ嬢ともう少しゆっくり話がしてみたいんだ。断られたら悲しいな」

「え？」

悲しげな――それでいてどこか楽しげな表情。どうやらオティリエの反応をうかがっているらしい。そのくせ、なぜか彼の心の声は聞こえてこないから厄介だ。

（どうしよう？　どうするのが正解なの？）

イアマとヴァーリック、優先すべきは当然王太子であるヴァーリックだ。けれど、そんなことをすれば、帰宅後にどんな仕打ちを受けるかわかったものではない。

ギロリとイアマがオティリエを睨みつける。恐怖で身が竦み上がるが、ヴァーリックがこちらを優しく見つめているのに気付いてドキリとする。

「行きなさい、オティリエ」

「お父様⁉　けれど……」

「他でもない殿下からのお申し出だ。こんな機会、オティリエにはもう二度と訪れないだろうから」

父親がイアマを宥める。イアマは眉間にグッとシワを寄せた。

【お父様ったらなにを考えているの？　オティリエには一度だってそんな機会を与える必要ないでしょう？　第一、わたくしはまだ殿下を魅了できていないのよ！　これではわたくしの妃への道が遠のいてしまうわ！】

絶叫にも似たイアマの声。オティリエはビクビクしながらヴァーリックとイアマを交互に見る。

「それじゃあ、僕たちはこれで失礼します。行こう、オティリエ嬢」

ヴァーリックはそう言うと、オティリエを連れて足早にその場を立ち去るのだった。

「強引に連れ出してごめんね」

「え……？」

夜会会場の後方へ移動をしながら、ヴァーリックがそう言った。食事ができるスペースまで着くと、彼は給仕に頼んで食事を取り分けてもらい、オティリエを優しくエスコートする。

「いえ、そんな……」

「あのままあの場で話を続けたら、イアマ嬢に邪魔をされてしまうと思ったんだ。彼女には聞かせたくない話もあったしね」

「そうだったんですか」

そう答えはしたものの、オティリエはいまいち腑に落ちない。会話を邪魔されて困るという感覚がわからないからだ。

そもそも、こうしてヴァーリックと会話をしていること自体があまりにも恐れ多い。他の貴族たちの注目も着々と集まってきているし、同年代の令嬢たちの嫉妬と羨望の眼差しを強く感じる。それに加えて、オティリエに対する悪口だってはっきりと聞こえはじめていた。

(お姉様の心の声に比べれば随分優しいものだけど)

それにしたっていい気はしない。オティリエはビクビクと背筋を震わせた。

「実は、母は未来を視《み》る能力の持ち主でね」

他の貴族たちから十分に距離を取った後、ヴァーリックがおもむろに切り出す。

「未来を視る能力、ですか?」

「そう。けれど、視たい未来を自由に視られるというわけではなく、これから起こる大きな出来事や重要な人物を、ある日突然視てしまう、というものなんだ。たとえば、隣国で起きたクーデターや辺境での大規模水害を母は予知していた」

「え? あのふたつの事件を?」

ヴァーリックがあげたふたつの事件については、オティリエもよく覚えている。

隣国のクーデターにおいては、あらかじめすべてのリンドヴルム人が自国へ引き上げていたことから、人的被害は皆無だった。また、隣国からの輸出に頼っていた作物について、事件の少し前から自国での栽培を強化していたため、国内への影響はそこまで生じなかったのだという。

(あれだけ詳細に隣国の動向を探れたのは、間諜がアインホルン家出身だったからじゃないかって思っていたけれど)

実際は王妃の未来視によるものだったらしい。

また、辺境の大水害においては、記録的な豪雨により大河の氾濫が起こったものの、被害水域の住人たちは事前に避難を済ませていたことから、死傷者はひとりも出なかった。加えて、水害の直前に堤防を強化していたため、家屋や田畑への被害は少なかったのだという。

「母がこれから起きる未来の出来事を予知したおかげで、事前に対策が打てた。我が国への影響を最小限に食い止めることができたんだよ」

「そうだったんですか……。けれど、どうしてそんな秘密を私に？」

王妃の能力と功績は素晴らしい。称賛されてしかるべきだ。

けれど、それが公になっていない以上、あえて秘密にしているとしか考えられない。どうしてオティリエに打ち明けるのだろう――？

「母がね、これから起きる未来にオティリエ嬢を視たというんだ」

ヴァーリックがニコリと微笑む。オティリエは目を丸くした。

「私、ですか？」

「そう。具体的にどんなことが起こるかはまだわからないみたいなんだけど、未来ではっきりと君の名前を聞いたらしい。それで、どんな女性か知りたくて、こうしてオティリエ嬢を夜会に招待したんだよ」

「そうだったのですね」

返事をしながらオティリエは小さく息をつく。どうして自分が城に呼ばれたのかずっと気になっていた。きちんと理由が存在していたと知り、オティリエは安心した。

「――と、このことを伝えるのが君を連れ出した一番の理由だ。けれど、僕にはもうひとつ確認したいことがある」

「確認したいこと、ですか？」

「オティリエ嬢、君は本当にきちんと食事ができているのかい？」

ヴァーリックが真剣な表情で尋ねてくる。オティリエは思わず息を呑んだ。

「エスコートをしてみて改めて思った。君の痩せ方は尋常じゃない。満足に食事がとれている人間のものではないだろう。原因は？　父親？　それともイアマ嬢？」

「い……いえ、私はそんな」

「安心して。決して悪いようにはしないから」

ヴァーリックの言葉に、オティリエはチラリとイアマを見る。彼女はまだ王妃と父親と談笑をしているようだ。距離が離れているから互いの声は聞こえない。オティリエは小さく息をついた。

「物心ついた時から父も姉も私と食事をしたがらなくて……。私――ふたりに嫌われているんです」

誰かに嫌われていると打ち明けることは情けない。自分が『無価値な人間』だと認めているかのようで、とても辛く勇気の必要なことだった。

「それから自分の部屋で食事をとるようになったんですけど、私、使用人たちにも嫌われていて。段々食事を取りに行くのが嫌になって、自主的に回数を減らしていたんです」

事情を打ち明けながら、オティリエの心は沈んでいく。気まずくてヴァーリックの顔を見ることなどできなかった。

「なるほどね……そういうことだったのか」

「ですからこれは、家族ではなくて私自身の問題なんです。私がもっと強ければ、毎食きちんと食事をとれる環境なんです。悪いのは全部私で……」

「それは違うよ」

ヴァーリックが力強く否定する。オティリエは思わず顔を上げた。

「そもそも、君が取りに行かなければ食事が提供されないなんて異常だ。その状況を容認している侯爵やイアマ嬢は明らかにおかしい。間違っている。オティリエ嬢、君はなにも悪くない。彼らに対して怒っていいんだ」

怒りをにじませたヴァーリックの言葉に、オティリエは涙が出そうになる。

誰かに味方をしてもらったのは、これがはじめてだった。ずっとずっと、自分が間違っていると思っていたし、そう言われ続けていたのだ。その上、彼はオティリエのために怒ってくれた。そのことがオティリエはとても嬉しい。

「ありがとうございます、ヴァーリック殿下。殿下の言葉で私は救われました」

「救われた、って……君がよくても僕がよくない。すぐに侯爵のところに行こう。僕が抗議を――」

「本当に！　私のことを思っていただけるのであれば、お気持ちだけで留めてください。もしも殿下が父や姉にこのことを伝えれば、私はひどい折檻を受けるでしょう。私にはあの家の他に行く場所も頼る当てもないのです」

「……そうか」

ヴァーリックは返事をしながら、なにやら思案顔を浮かべている。

（いったいなにを考えていらっしゃるのかしら？）

考え事をしているのは間違いないのに――なぜだろう？　ちっとも声が聞こえてこない。いつもならどれだけ耳を塞いでも、他人の声が頭の中に流れ込んでくるというのに、おかしなことだ。

「ヴァーリック殿下」

その時、イアマの声が背後で響く。振り返ると、イアマがいかにも不機嫌そうに微笑んでいて、オティリエはビクッと体を震わせた。

「ああ、イアマ嬢」

ニコリと微笑みかけながら、ヴァーリックがオティリエを背後に隠す。彼はほんの一瞬だけ、オティリエの方を振り返った。

【ここにいて】

(え?)

ヴァーリックの心の声が頭の中で響く。オティリエはそっと首を傾げた。

【僕はまだ、君と話したいことがある。だけど、これ以上君のお姉様を待たせることはできないみたいだ】

(話したいこと……?)

オティリエにはそれがなんなのか、見当もつかない。けれど、おそらくは心の中で一方的に伝えればいいという内容ではないのだろう。

「そろそろ、わたくしからも殿下にご挨拶をさせていただいてよろしいでしょうか? 殿下にお会いできるこの日を、本当に楽しみにしていましたのよ」

【さあ、さっさとわたくしに魅了されなさい?】

イアマが瞳に力をこめる。オティリエは息を呑んだ。

(どうしよう！　殿下はお姉様の能力をご存じないはず)

先ほど父親がイアマの能力を伝えた相手は王妃だけだ。ヴァーリックは少し離れたところにいたため、ふたりの会話は聞こえていないはずである。

(なんとかして殿下にこのことを伝えないと)

けれど、オティリエからヴァーリックに心の声を伝えるすべは存在しない。おまけに、オティリエはイアマがどのように能力を使うかを知らないため、対処法もなにもわからなかった。

【なるほどね……精神撹乱系の能力か】

とその時、ヴァーリックの心の声が聞こえてきた。オティリエはハッと顔を上げ、ヴァーリックのことをまじまじと見上げる。

【『魅了』――いや、ここまで強いなら、もはや『洗脳』といった方が正しいかな。どうだろう？　オティリエ嬢、もしも僕の見立てが正しかったら、左手を握ってくれないかい？】

ふと見れば、ヴァーリックはさりげなく背中の後ろに手を回している。オティリエは急いで彼の手を握った。

「はじめまして、イアマ嬢。お会いできて光栄だよ」

ヴァーリックはオティリエの返事を待った後、イアマに向かって挨拶を返す。すると、イアマはピクリと眉間にシワを寄せた。

【どうして？　なんでわたくしの能力が効いていないの？　本来なら、わたくしにひざまずいて愛を乞うはずなのに】

(あれ？　もしかしてお姉様の能力が効いていない？　それか……)

ヴァーリックがあまりにも普通にしているため、オティリエはイアマがまだ魅了の能力を発動していないと思っていた。とはいえ、それならなぜ、ヴァーリックにイアマの能力がわかったのかも不思議なのだが……。

「わたくし殿下にお会いしたくて、これまでたくさんの夜会に出席してきましたの。今夜までお会いできずにおりましたが……」

「あいにく公務が忙しくてね。社交については公務を通じて行うようにしているんだ。案外いろんな情報が手に入るものだよ。君の噂もよく聞いている。とても魅力的な女性だってね」

「まあ、嬉しい！　殿下の瞳にもわたくしは魅力的に映りますか？」

「ええ、もちろん。とても魅力的に、ね」

ヴァーリックのセリフに、イアマは瞳を輝かせた。

（もしかしたら、ヴァーリック殿下はお姉様の噂から能力を推測したのかしら？　だから魅了を回避できたの？　だけど今は？　魅了が効いてきているのかしら？）

知りたいことはたくさんあるが、ヴァーリックの心の声は聞こえてこない。オティリエはヤキモキしながら、ふたりのやり取りを見守り続ける。

「実はここ最近、夜会の場で貴族たちの婚約破棄が相次いでいてね……。しかも、原因はいつも同じ。男性側に存在するんだ。『別の女性を好きになってしまった。君とは結婚できない』とわざわざ他の参加者たちの前で宣言をするんだそうだよ」

「まあ、そんなことが……！　婚約を破棄されたご令嬢は気の毒ね」

イアマはそう返事をしつつ、心の中で小さく笑う。

【魅力が足りないって本当に気の毒だわ。大体、盗られるのが嫌なら、夜会に一緒に出席して他の女に見せびらかしたりせず、大事に隠しておけばいいのよ】

（え？）

もしかして、原因はイアマにあるんだろうか？　彼女が婚約者のいる男性を魅了し、彼らの結婚を意図的にダメにしているのだとしたら——大変なことだ。

【やっぱりそうだ。彼女の能力はターゲットと視線を合わせる必要があるみたいだね】

（視線？）

すると、ヴァーリックの心の声が聞こえてきた。オティリエは背後からそっと彼の表情をうかがう。

【もちろん、イアマ嬢は美しい容姿の女性だけど、存在そのもので相手を魅了し、操っているわけじゃない。だから、彼女の姿を見た人間全員が彼女に魅了されるわけではないんだ。それから、たった一度視線を交わした程度なら、そこまで大きな影響はない。相手を意のままに操るためには、ある程度の時間か回数が必要みたいだね。おそらくだけど、効果も永続するわけではないと思う】

（そうだったんだ……）

十六年間同じ屋敷で育ってきたというのに、オティリエはイアマの能力についてなにも知らなかった。しかし、ヴァーリックの立てた仮説はとても理にかなっている。教育係の様子がおかしくなったのは講義をはじめてから数日後のこと。おそらくはイアマに接触した後だろう。それに、この会場にいる人間全員がイアマに魅了されている様子はない。ヴァーリックはほんの少しの間に、それらの事実を見抜いたのだろう。

【——どうなっているの⁉　ヴァーリック殿下ったら、全然わたくしに魅了されている感じがしないわ！　さっきから何度も何度も目を合わせているはずなのに！　こんなこと、今まで一度もなかった！　どうして⁉　どうしてなのよ！】

と、イアマの声が聞こえてくる。どうやら相当焦っているらしい。

【このままじゃ埒が明かないわ。もっと殿下に近付かないと】

そう聞こえるやいなや、イアマはフラリと体勢を崩した。ヴァーリックがイアマを抱き留める。彼女は下を向いたままニヤリと口角を上げた。

「まあ、ヴァーリック殿下……申し訳ございません。少し、立ちくらみがしてしまって」

イアマがゆっくりと顔を上げる。これまでよりもヴァーリックとの距離がずっと近い。

「助けていただいてありがとうございます。……それにしても、殿下の瞳って美しいですわ。わたくし、ついつい見入ってしまって……もっと近くで見せてください。ああ、本当に息が止まってしまいそう」

イアマはそう言って、ヴァーリックの頬にそっと触れる。彼の目元を撫でながら、ほぅと悩ましげなため息をついた。

【これなら絶対に殿下を魅了できるはずよ】

極上の微笑みを浮かべつつ、イアマはヴァーリックに熱視線を送る。ヴァーリックは彼女の瞳を覗き込み、ニコリと微笑み返した。

「それは大変だ。急いで屋敷に帰った方がいい」

「………………え？」

その途端、イアマの笑顔が引きつる。ヴァーリックは近くにいた使用人を呼び、イアマを引き渡した。

「アインホルン侯爵に伝えてくれ。イアマ嬢は気分が優れずお帰りになる。心配だから一緒に付き添うように、と。僕からの命令だと添えるように」

「ハッ」

使用人がイアマを侯爵のもとに連れていこうとする。しかし、イアマは首を横に振りながら、使用人を強く押しのけた。

「ちょっと待って！　わたくし平気ですわ。少しめまいがしただけで……」

「息が止まりそうだと言っていただろう？　めまいだからと侮ってはいけないよ？　それに、流行り病だったら大変だ。他の人に迷惑がかかってしまうだろう？」

「そ、れは……さっきのはただの言葉の綾で………本当に具合が悪いわけでは」

イアマの頬が恥辱で紅く染まっていく。

「それにね――」

ヴァーリックはニコリと微笑みつつ、オティリエにそっと目配せをした。

「僕たち王族が出席している夜会で婚約破棄なんて起こったらたまらないからね」

「そんな……！　あれはわたくしのせいでは――」

「別に僕は『君のせい』とは言っていないよ。ただ、相次いで起こった婚約破棄の現場にイアマ嬢が毎回いた。婚約破棄を宣言した貴族たちが好意を抱いた女性として名前があがったのも君だった。だから、君がこのまま夜会に出席し続けるのは好ましくないと言っているだけなんだ」

「なっ！」

【なによそれ！　結局わたくしが悪いって言いたいんじゃない！　こんな……こんな屈辱的なことってないわ！】

その途端、憤怒に満ちたイアマの絶叫が聞こえてくる。オティリエはヒッと大きく息を呑んだ。

【大丈夫】

次いで聞こえてくるヴァーリックの声。彼はオティリエの手を握ると、そっと目を細めた。

【こうしたら聞こえない。だから怖がらなくていい】

ヴァーリックが言うやいなや、なぜかイアマの声が遠ざかっていく。彼女の表情を見るに、おそらくはまだ心の中でヴァーリックへの恨み言を叫んでいるはずだ。けれど、まるで耳を塞いでいるかのように、オティリエの心には響いてこない。

ヴァーリックが改めて合図をすると、使用人がイアマを連れていく。怯えつつ、後に続こうとしたオティリエをヴァーリックがそっと引き止めた。

「ああ、オティリエ嬢のことは安心していい。まだ話が残っているし、彼女は僕が別の馬車で屋敷まで送り届けるから」

「えっ？　でも……」

【あの状態のイアマ嬢と一緒の馬車に乗りたくはないだろう？】

ヴァーリックの声が聞こえてくる。オティリエは思わず泣きそうになった。

「なっ！　どうして！　どうしてオティリエばかり――っ！」

イアマは悔し気に顔を歪ませつつ、ヴァーリックたちから遠ざかっていく。オティリエは思わぬ事態に目を丸くした。

それから、ヴァーリックは庭にオティリエを連れ出した。周囲には誰もおらず、しんと静まり返っている。

「さて、これで邪魔者はいなくなった」

ヴァーリックが言う。オティリエは驚きを隠せないまま、彼をまじまじと見つめた。

「ヴァーリック殿下、あなたはいったい……」

「考えてみて？　僕はどんな能力を持っていると思う？」

どうやらヴァーリックは、オティリエに自力で答えを見つけてほしいらしい。ニコリと微笑みながら少しだけ首を傾げた。

（ヴァーリック殿下の能力）

彼が特殊な力を持っているのは間違いない。ヴァーリックの母親にはアインホルン家の血が流れているし、イアマとの応酬からもその片鱗がうかがえる。オティリエはこれまでの経緯を繋ぎ合わせ、やがてひとつの結論にたどり着いた。

「ヴァーリック殿下はわたくしたちの能力の影響を受けない――――いいえ、受けたり受けないようにしたりすることができるのでは？」

「ご名答。よかった。ちゃんと自分でたどり着けたね」

嬉しそうに笑いながら、ヴァーリックがオティリエの頭を撫でる。オティリエは驚きのあまり、飛び上がりそうになってしまった。

「あ、あの、殿下。私、こういったことをされるのははじめてで……どう反応するのが正解かわからなくて」

「そうか……だったら、感じたままに反応したらいいよ。オティリエ嬢が嫌ならすぐにやめるし、嬉しいと思うならやめない。君がどう感じているかはちゃんと見極めるから安心して」

「私がどう感じるか、ですか？」

オティリエはこれまで、極力感情というものを殺して生きてきた。そうしなければ悲しさや苦しさに押しつぶされてしまう。屋敷内には絶望しか存在しておらず、生きているのが辛くなってしまうからだ。

けれど、こうして城に来て、ヴァーリックと会話をして、オティリエは絶望以外の感情を覚えはじめている。

（今は……）

恥ずかしい。と同時に心がほんのりと温かい。

こんなふうに誰かに褒められたり、触れられたり、優しくしてもらうのははじめてだった。きっとこれが『嬉しい』という感情なのだろう。

（私、嬉しいんだ）

そう思ったら、なぜだか目頭が熱くなる。オティリエはヴァーリックにバレないよう、小さく鼻を啜った。

「さっきの話の続きだけど、僕はアインホルン家の能力に限らず、あらゆる能力を弾くことができるんだ。だからイアマ嬢がどれほど僕を魅了しようとしても効果はない。けれど、無差別に能力を弾いてしまうわけでもない。僕自身が望むなら、能力の影響を受け入れることができるし、自分の能力を他人に分け与えることだってできる。オティリエ嬢に心の中で話しかけたり、君にイアマ嬢の心の声が聞こえないようにしたりした時みたいにね」

　ヴァーリックの説明を聞きながら、オティリエは感嘆のため息をつく。その場にいる人の心の声が全部聞こえてきてしまうから……」

「すごいです……！　私は自分で能力の調整がまったくできなくて。

「能力は鍛え方次第。これからいくらでも伸びると思うよ。オティリエ嬢の能力は特に、人と対話を重ねて鍛えていくしかない能力だからね。育ってきた環境のせいで、今は心の声を一方的に聞くことしかできないけれど、おそらくは心の声を『聞かない』という選択もできるし、君の方から話しかけることだってできる。無限の可能性を持つ能力だと僕は思うな」

「無限の可能性、ですか……」

　自分の能力に伸び代があるのは素直に嬉しい。けれど、あの屋敷の中で他人と会話をするのは恐ろしく勇気のいることだ。能力を鍛える前にオティリエ自身がダウンしてしまうだろう。そう考えると気が進まない。想像するだけで胃がキリリと痛んだ。

「ねえ、オティリエ嬢。先ほど君は僕をすごいと言ってくれたね」

「はい。私は殿下が羨ましい……本当に素晴らしい能力だと思っています」

　どうしてそんなことを言われるかわからず、オティリエは少しだけ首を傾げる。

「ありがとう。だけど幼い頃の僕は、自分の能力が好きじゃなかったんだ」

「え？」

　驚きのあまり、オティリエは思わず聞き返してしまう。ヴァーリックはそっと目を細めた。

「好きじゃなかったんですか？　本当に？」

「本当に。だって、僕の能力って、自分自身でなにかができるわけじゃないんだよ？　母上なんて未来を視る能力があって、立派に国を守っているというのに、僕は他人の能力がなければなにもできない。腹立たしくて、悔しくて、拗ねていた時期がかなり長かったんだ。けれど、ないものねだりをしても仕方がない――ある日唐突にそう気付いてね。方向性を変えることにしたんだ」

「方向性、ですか？」

「そう。ないものは集めればいい。アインホルン家に限らず、僕はいろんな才能のある人たちを自分のもとに集めることにしたんだ」

どこか懐かしそうなヴァーリックの表情。オティリエは彼をまじまじと見つめた。

「才能のある人たちを集める……」

呟きながら、オティリエは胸をそっと押さえる。彼女は今、これまでに感じたことのない焦燥感を感じていた。本当は心に蓋をして見なかったふりをしてしまいたい。――けれどそれではなにも変わらない。オティリエは意を決して、自分の感情を覗き込んだ。

（私は……ヴァーリック殿下に才能を認めてもらえた人たちが羨ましい）

きっとそれがこの感情の名前。名前をつけた途端、なんとなく胸のモヤモヤが収まってくる。

もしもオティリエが自分の能力をもっとうまく使えていたら、ヴァーリックに認めてもらえただろうか？　必要としてもらえただろうか？　もっと彼のそばにいられただろうか？　そう思うと、なんだか体がウズウズしてくる。

「あの……殿下は姉の能力について、どう思われましたか？」

「イアマ嬢の？　そうだね……使いどころは多いと思うけど、僕は『欲しい』とは思わないな」

「そうなのですか？」

オティリエには王族の仕事がどのようなものかはよくわからない。けれど、他人の精神を操作できるイアマの能力は便利に違いないだろう。あまりにも意外な返答に、オティリエは驚いてしまった。

「どうして必要ないのですか？」

「だって、欲しいものは自分で手に入れた方がおもしろいだろう？」

ヴァーリックはそう言って屈託のない笑みを見せる。オティリエの心臓がドキッと鳴った。

「魅了や洗脳で無理やり言うことを聞かせるんじゃなくて、きちんと納得して、自分の意志で僕についてきてほしい。だから、イアマ嬢の能力は僕には必要ない。魅力的だとも思わないんだ」

「……そうですか」

オティリエはそう返事をしつつ、どこかホッとしてしまう。

（じゃあ、私の能力は？）

そう尋ねられたらどれだけいいだろう。けれど、今はまったく自信がない。

（それでも）

この機会を逃せば、この気持ちを伝えることすらできなくなってしまうだろう。オティリエは大きく深呼吸をし、ヴァーリックに向き直った。

「ヴァーリック殿下、いつか私がもっと強くなれたら――きちんと自分の力に向き合うことができたら、殿下にもう一度お目通り願えますか？」

緊張で声が震えてしまう。

こんなふうに自分の気持ちを誰かに伝えるのははじめてのことだった。これまでだったら『絶対無理』だと断じただろうに、今はなにもせずに諦めたくない自分がいる。

「もちろん。楽しみにしているよ」

ヴァーリックはそう言って、オティリエの手を握ってくれた。彼の手のひらは大きくて温かく、力強い。空っぽだったオティリエの心と体に勇気が満ちてくる。オティリエが笑うと、ヴァーリックの頬がほんのり染まった。

【……かわいいなぁ】

「えっ」

今のはオティリエに向けられた言葉だろうか？　ヴァーリックの能力について説明している最中は、彼の心の声はちっとも聞こえてこなかった。オティリエを混乱させないよう、彼女の能力をあえて弾いてくれていたのだろうと思っていたのだが。

（もしかして、わざと聞かせたのかしら？　かわいいって。私を元気づけるために？　それとも、殿下は私が『聞こえていること』にまだ気付いていらっしゃらない？）

オティリエの頬が紅く染まっていく。ヴァーリックはしばらく彼女の顔をまじまじと見つめた後
「あっ……！」と大きく声をあげた。

彼は慌てて視線をそらした後、気まずそうに口元を隠す。

「ごめん、油断した」

「油断、ですか？」

聞き返しつつ、オティリエはヴァーリックをそっと見上げる。

「……僕ははじめに『心の声を聞かれても困らない』って言ったし、本気でそう思っていたんだけ

ど……結構恥ずかしいものだね。本心だからこそ、余計に」

「え……？」

オティリエはヴァーリックのセリフを聞き返しつつ、胸がドキドキしてきた。

（つまり、さっきの言葉は殿下の本心なの？　本当に？）

確認したいと思うのに、すでにヴァーリックの心の声はまったく聞こえてこない。その代わり、ヴァーリックの頬はびっくりするほど真っ赤に染まっていて。

オティリエは戸惑いつつも、クスクスと声をあげて笑ってしまうのだった。

【二章】オティリエの選択

翌朝、オティリエはいつもより早く目を覚ました。

(本当に、夢のような夜だったな)

まるで十六年間の人生を凝縮したかのよう。美しく着飾ったことも、屋敷の外に出かけたことも、誰かと会話をしたことだって今までで一番長かった。なによりもヴァーリックと出会い、彼に優しい言葉をかけてもらえたことがオティリエは嬉しい。かけがえのない経験だと感じていた。

幸せな思い出にひたりながら、オティリエは静かに目を開ける。見慣れた天井をぼんやりと見上げながら、まるで自分にかけられた魔法がゆっくりと解けていくかのような心地がした。

(お姉様、怒っていらっしゃるのでしょうね)

イアマはほとんど無理やり屋敷に送還されたらしい。さすがの彼女もヴァーリックの従者を魅了して言うことを聞かせることはできなかったようで、渋々会場を後にしたようだ。

オティリエはというと、イアマが会場を去ってしばらくした後、ヴァーリックが手配してくれた馬車で屋敷への帰路についた。

『それじゃあ、また』

別れ際、ヴァーリックはオティリエにそう声をかけてくれた。

『さよなら』ではなく、次の約束がある。彼にまた会えると思うと、オティリエは元気が湧いてくる。怖くとも立ち向かおうと思えるのだ。

（大丈夫。私は負けない）

いつかまた、胸を張ってヴァーリックに再会できるように。彼に本当の意味で認めてもらえる自分になりたい。彼の役に立ちたい。そのためには、逃げずに自分の能力を磨いていく必要がある。

夜会が終わったため、侍女たちはもうオティリエの部屋を訪れないだろう。着替えも、食事の準備も、これからは全部自分でしなければならない。

（よし。まずはきちんと食事をとらなきゃ。それから侍女たちと頑張って会話をする。大丈夫……ちゃんとやれるはず）

身支度を終え、オティリエが厨房に下りようと立ち上がった時だった。

「――まさか帰ってくるとは思わなかったわ。あんたって案外度胸があったのね」

バン！と大きな音を立てて扉が開き、イアマが部屋に入ってくる。オティリエは一瞬だけ怖気づいたものの、すぐにイアマに向き直った。

「あの……はい、戻ってまいりました」

「戻ってまいりました……じゃないのよ！　馬鹿なの？　こっちはあんたの顔なんて見たくないって言ってるの！　なんなのよ！　どうしてあんたなんかがヴァーリック殿下に声をかけてもらえるわけ⁉　おかしいでしょう⁉」

「…………」

イアマがオティリエに掴みかかる。オティリエは返事をしないまま、イアマの瞳をジッと覗き込んだ。

「なによその反抗的な目は。わたくしになにか文句があるの？」

「――私が帰る場所はこの家以外にありませんもの」

パン！と乾いた音が鳴り響く。頬がヒリヒリと痛い。なにが起こったのか――目の前に振り下ろされたイアマの手を見て、オティリエはようやく理解できた。

「『帰る場所はこの家以外にありません』？　え？　まさか本気で言ってるの？　この家にあんたの居場所なんてないわ。だって、わたくしはあんたを家族だと思ったことなんて一度もないんだもの！あんたなんて、その辺で野垂れ死んでしまえばよかったのに！　本当に、どうしてそんなに頭が悪いの？　愚図！　根暗！　役立たずの穀潰しめ！」

イアマが真っ赤な顔でまくしたてる。こんなふうに手をあげられたのははじめてのことだった。いつも彼女は言葉でオティリエをいたぶるだけで、自分の手は汚さない人だったから。

「ねえあんた、どうしてヴァーリック殿下にわたくしの能力が効かなかったか知っているんでしょう？　教えなさい？」

「知って……どうなさるおつもりなんですか？」

イアマが再びオティリエに掴みかかる。息苦しさに喘ぎながら、オティリエはジッとイアマを見上げた。

「決まっているでしょう？　あの腹立たしい男を魅了して、わたくしの言いなりにしてしまうの！あんなふうに馬鹿にされたのははじめてだもの。このままじゃわたくしのプライドが許さないわ！ああ、早くあの男がひざまずいて許しを請う姿が見たい！　そして、妃になってほしいって懇願させるの！　想像するだけでゾクゾクしちゃう」

悦に入った表情を浮かべ、イアマが瞳をギラつかせる。彼女はヴァーリックを籠絡できると信じて疑っていないのだろう。

（ヴァーリック殿下）

彼ならきっと大丈夫――そう思うけれど、イアマがヴァーリックに接触することを思うと、オティリエの胸が苦しくなる。万が一、魅了を防ぎきれなかったら――。彼に傷ついてほしくない。そんなの、絶対に嫌だ。

「やめてください」

「…………は？」

ドスの効いた声がオティリエの部屋に響き渡る。これまでのオティリエなら恐怖でひと言も発せなかったし、すぐに逃げ出してしまっただろう。けれど、オティリエは震える足を必死に踏ん張り、イアマをまっすぐに見返した。

「殿下は私を守ってくださった恩人です。危害を加えることは許しません」

「ふふっ……あはは！　許さないですって？　笑わせないで。あんたになにができるっていうのよ！　部屋の中に引きこもって鬱々《うつうつ》としているしか能のないあんたが！　このわたくしを止められるわけがないでしょう？」

「私にはお姉様の心の声が聞こえるから……だから！」

オティリエが言う。イアマがピクリと反応を返した。

「私にはこれからお姉様がどんな行動を取ろうとしているか、事前に読み取ることができます。どんなことをしてでも、私がお姉様を止めます。自分でできないなら、他の人にお願いします」

「……いったいなにを言っているの？　あんたのお願いを聞いてくれる人間なんて、この家にはひとりもいないのよ？　お父様も、使用人たちも、みーんなあんたのことが嫌いなの！　顔も見たくないの！　味方になってくれる人間なんてひとりもいない！　あんたはこの世に必要ない人間なのよ！」

「そんなことは……」

ない、と言えないのが悲しい。オティリエの瞳に涙がたまる。

「ほらね、言い返せないでしょう？　自分でもよくわかっているんじゃない？　生きている意味も価値もない——それがあんたという人間。これから先もずっと同じ。一生変わることはないのよ」

イアマがグイッとオティリエの体を強く押し飛ばす。本棚に背中を強く打ちつけ、オティリエは床にうずくまった。

（痛い……息がうまくできない）

体が軋む。ようやく痛みが落ち着いてきたと思った矢先に、イアマから髪の毛を引っ張られた。

「バッカじゃないの！　少し優しくされたからっていい気になって。身のほどを知りなさい！　あんたなんかが連絡を取ったところで、迷惑なだけよ！　殿下にとってあんたは夜会でほんの少し会話をしただけの小娘なの！　きっとすでに忘れているわよ！」

「お嬢様、あの……」

その時、イアマの侍女がオティリエの部屋の扉を開ける。どこか困惑したような表情だ。

「なに!?　今、取り込み中だってわからない？　ああ、それともあなたも加わりたいの？　いいわ。歓迎するわよ」

「いえ、そうではなく……」

「ごきげんよう、イアマ嬢」

そう言って侍女の背後から現れたのはヴァーリックだった。思わぬ人物の登場に、イアマはハッと目を見開き、大急ぎでオティリエの髪から手を離す。ヴァーリックはイアマに鋭い視線を向けた後、オティリエに向かって微笑みかけた。

「迎えに来たよ、オティリエ嬢」

ヴァーリックから差し出された手のひらを見つめながら、オティリエは涙を流す。それから、ヴァーリックの手助けを受け、その場から立ち上がった。だが、背中を打ちつけた痛みのせいでフラフラしてしまう。

「大丈夫……じゃないね。痛かっただろう？」

ヴァーリックはオティリエを自分に寄りかからせた後、彼女の頬をそっと撫でる。オティリエの涙を拭い、ヴァーリックはイアマのことをジッと見つめた。

「それで？　イアマ嬢、君はオティリエ嬢になにをしていたんだ？」

「なにって……これは家族の問題ですから。殿下には関係のないことですわ」

オティリエのことを『家族だと思ったことはない』などと言っておきながら、イアマはまるでそんな発言はなかったかのように笑ってみせる。しかし、内心ではとても焦っていた。

【なんで？　どうして殿下がこんなところにいるのよ！　侍女は！　お父様はいったいなにを考えているの⁉】

オティリエは困惑を隠せないまま、イアマとヴァーリックを交互に見つめた。

「家族だからなにをしてもいい――そんな考えがまかり通るはずはないだろう？　君は他人を裁く立場にある領主の娘だ。そのぐらいは知っていてしかるべきだと思うけど」

「まあ！　殿下はわたくしがオティリエに対して暴力を振るったと思っていらっしゃいますの？　そんなまさか！　どんくさいこの子が自分で勝手に本棚にぶつかったのです。頬だって少し手があたってしまっただけで、暴力だと言われるようなものではありませんわ。ねえ、オティリエ」

イアマはそう言いながら、オティリエのことを睨みつける。

【あんた、わかってるわよね？　下手なことを言ったら、ただじゃおかないわよ】

恐ろしさのあまり、オティリエがゴクリとつばを飲む。ヴァーリックはそんなオティリエの様子を見ながら、彼女を静かに抱き寄せた。

「それで？　殿下はどうして、こんな早朝に我が家へいらっしゃいましたの？　事前のお約束もいただいておりませんし、こちらは愚妹の私室。あなたのような尊いお方がいらしていい場所ではございませんわ」

イアマが微笑む。『悪いのはこんな時間に約束も取りつけずこんなところに来たあなたなのだ』と――さり気なく嫌みを散りばめつつ、論点をすり替えようという魂胆だ。

「来訪の目的は先ほども言った通りだよ。僕はオティリエ嬢を迎えに来たんだ。本当ならば、きちんと先触れを出してから来訪するべきだけど、一秒でも早く彼女に会いたくてね。こんなにも早い時間の訪問になってしまった」

ヴァーリックはそう言ってニコリと微笑む。オティリエの心臓が跳ねるとともに、イアマの頬がカッと紅くなった。

【なによそれ！　殿下は本気でオティリエのことを好ましく思っていらっしゃるってわけ!?　このわたくしじゃなくて!?　そんなの絶対ありえない！】

魅了の能力者であるイアマに対して好意を抱かない男性は、これまで存在しなかった。ましてや、己の目の前で別の誰かが褒められ、優しい言葉をかけられるのだってはじめての経験だ。婚約者のいる男性をたぶらかし、彼らの結婚をぶち壊すことで獲得してきた優越感が一気にしぼんでいく。悔しさのあまり、イアマは己の手のひらをギュッと握りしめた。

【っていうか、オティリエを迎えに来たってどういうことよ！　まさかこの子を妃にとか考えているの⁉　冗談でしょう⁉】

（確かに……）

イアマの心の声を聞きながら、オティリエも密かに同意する。

さすがに昨夜、ほんの少し言葉を交わしただけで『妃にしよう』ということにはならないだろう。けれど、それならなぜ、彼がオティリエを迎えに来たのかもわからない。答えを求めて、オティリエはヴァーリックをそっと見上げた。

「……それに、ひと晩経って『もしかしたらオティリエ嬢が家族からひどい目に合わされているんじゃないか』と思い至ったものだからね。やはり早く来て正解だった」

「まあ、そうでしたの。取り越し苦労をさせてしまって申し訳ない限りですわ」

間髪をいれずにイアマが否定をする。あくまで彼女がオティリエに暴力を振るった事実をなかったことにしたいらしい。ヴァーリックは呆れたように笑い、ため息をついた。

「けれど、オティリエを迎えに来ただなんて、いったいなんのために？」

「それはイアマ嬢に教えてあげる必要はないかな。君には関係のない話だし、一刻も早くオティリエ嬢をこの家から連れ出したいからね。後で父親にでも聞くといいよ」

ヴァーリックはイアマに向かって冷たい視線を投げかける。

【なっ……！　なによそれ！　わたくしには関係ないですって⁉】

内心カチンときつつ、イアマはヴァーリックに詰め寄った。

「まあ！　わたくしはこの子の姉ですもの。妹がどこかに連れていかれそうになっているのに、なにも知らないままでは心配ですわ」

「そう？　僕にはとてもそんなふうには見えなかったけどね。先ほどオティリエ嬢に向かってなんて叫んでいたのか、もう忘れちゃったのかな？」

ヴァーリックが微笑む。イアマはクッと歯噛みしながら首を横に振った。

「記憶にございませんわねぇ」

「あくまでしらをきるつもりか……まあ、そうだろうね。君と話していても埒が明かない。この件については後日、侯爵を城に呼んで事情を聞くつもりだよ」

なかったことにするつもりはない――言外にそう伝えつつ、ヴァーリックはオティリエに「行こう」と声をかける。

「待ってください、殿下！　……そうですわ！　せっかくいらっしゃったのですし、お茶でもいかが？　美味しいお茶菓子を用意させますわ」

イアマがヴァーリックに縋りつく。それから彼女はニヤリと口角を上げた。

【そうよ！　これは神様がわたくしに与えてくださった、またとないチャンスだわ。昨夜は失敗してしまったけど、今なら殿下を魅了できるかもしれない。……いいえ、絶対に魅了してやるわ！】

（お姉様が殿下を……！）

オティリエはイアマの心の声を聞きながら、ヴァーリックの裾を必死に引っ張る。いくらヴァーリックが他人の能力を防げるからといって油断は禁物だ。しかも、イアマはヴァーリックを魅了しようと昨夜よりも躍起になっている。万が一ヴァーリックの能力が負けたら——。

【大丈夫だよ、わかっているから】

ヴァーリックは声を出さずに返事をすると、まっすぐにイアマの瞳を覗き込んだ。

「お茶は結構だよ。先ほども言った通り、すぐに屋敷を発ちたいんだ」

「そんなに急がなくてもいいじゃありませんか！　もっと殿下にわたくしのことを知っていただきたいんです。だって、わたくしほど聡明で見た目もいい令嬢なんて、この国にはいませんもの。あなたの妃にぴったりでしょう？」

何度もまばたきを繰り返してヴァーリックを見つめながら、イアマは焦燥を募らせていく。

【おかしい！　やっぱり殿下には魅了が効いていない！　どうして⁉　わたくしの能力が効かない人間なんてこれまで存在しなかった！　そもそも、能力なんて使わなくても、みんなわたくしに魅了されていたというのに！】

（本当に、殿下にはお姉様の能力がまったく効いていないんだわ）

密かに感動しつつ、オティリエがヴァーリックをそっと見上げる。彼はオティリエの頭を撫で、目を細めた。

「悪いけど、僕は君を聡明とは思わないし、なんの魅力も感じない」

「なっ！　このわたくしに『魅力』がないですって⁉」

イアマのこめかみに筋が立つ。それは魅了の能力を持って生まれたイアマにとって、この世で一番屈辱的な言葉だった。

「よくも……よくもそんなことを！」

「この際だから言っておくけど、どれだけ能力を使っても無駄だよ。僕が君に惹かれることはない。妃候補にすらなれないよ」

ヴァーリックはイアマの怒りを受け流しつつ、案内役の侍女の方を向いた。

「そういうわけだから君、今すぐオティリエ嬢の荷物をまとめてくれるかい？　もうここには戻らないから、そのつもりで」

「えっ？　しょ、承知しました。けれど、オティリエ様に荷物と呼べるようなものは……っ！」

「余計なことを言うんじゃないの」

イアマが侍女の脇を小突く。侍女は困惑しながら口を噤み、ヴァーリックの視線を避けるようにしてうつむいた。

「それじゃあ行こうか」

ヴァーリックはそう言ってオティリエを抱き上げる。まったく予想していなかった行動に、オティリエは慌てふためいてしまった。

「えっ……殿下⁉　私、自分で歩けます」

「だけど、さっきからふらついているだろう？　階段で転んだりしたら大変だ。いいから僕につかまっていて」

「でも……」

心配してもらえるのは嬉しいが、家族や使用人たちからの扱いとのギャップが大きすぎて、まったくっついていけない。恥ずかしさもあいまって、オティリエの顔は真っ赤に染まってしまった。

「では、僕たちはこれで失礼するよ」

ヴァーリックはオティリエの表情をたっぷり観察した後、イアマに向かって声をかける。彼女は拳を震わせつつ、ふたりのことをジロリと睨みつけた。

【許さない】

イアマの激しい怒りが心の声と合わせてオティリエに伝わってくる。

【おっかないねぇ】

けれどそれは、彼女の声が聞こえないヴァーリックも同じらしい。ヴァーリックは呟きつつ、オティリエに優しく微笑みかけるのだった。

階段を下りると、寝間着にガウンを羽織ったオティリエの父親がふたりの前に現れた。

「こ、これは殿下！　こんな格好で申し訳ございません。なにぶん先ほど目が覚めたばかりでして」

もみ手をした後、父親が勢いよく頭を下げる。そのあまりの勢いにオティリエは思わず目を見開いた。

【使用人たちが血相を変えて起こしに来るから何事かと思えば……まさか本当に殿下がお見えになっているとは思わなかった。しかし、情報が錯綜していて状況がまったくわからない。どうしてオティリエは殿下に抱き上げられているんだ？】

父親はヴァーリックとオティリエを交互に見ながら困惑を隠せずにいる。ヴァーリックはニコリと微笑んだ。

「構わないよ。昨夜は疲れただろう？　こちらこそ、こんな時間に悪かったね」

「いえいえ、とんでもございません！」

ヘコヘコと頭を下げつつ、父親は心の中でため息をつく。

【昨夜はイアマの機嫌が過去最高に悪かったからな……。馬車の中で延々と恨み言を聞かされたせいで疲れたんだ。それもこれもすべてオティリエのせいだが】

そこまで考えて、父親はオティリエをチラリと見る。

「あ、あの！　殿下、そろそろ下ろしてください。私はもう、大丈夫ですから」

父親の咎めるような視線があまりにもいたたまれない。

「そう？」

ヴァーリックは若干不服そうにしつつも、オティリエを下ろしてくれた。

「ところで、殿下はどうしてオティリエを……？」

「ああ、使用人たちからまだ聞いていない？　イアマ嬢がオティリエ嬢にひどい仕打ちをしていてね。怪我をしていたから、こうして僕が連れてきたんだ」

「イアマが⁉」

父親は真っ青な顔で目を見開く。

イアマがオティリエに対して冷たく当たるのはいつものことだ。けれど、それを他人に見られた経験はない。ましてやヴァーリックは王族だ。困惑するのは当然だろう。

「それは、あの……本当なんでしょうか？　さすがにイアマも妹に怪我を負わせるようなことはしないはずで——なにかの間違いでは？」

「そう思いたい気持ちはわかる。けれど、本当のことだ」

ヴァーリックは小さくため息をつきつつ、オティリエの父親をジッと見つめた。

「僕は最初、応接室に案内されたんだよ？　オティリエ嬢とあなたを呼んできます、って使用人たちから言われてね。けれど、待っている間に二階からものすごい音と罵声が聞こえてきて、いてもたってもいられなくて様子を見に行ったんだ。そうしたらオティリエ嬢が本棚のそばで倒れていてね。……なんなら僕の記憶を読み取ってみる？　僕がなにを見て、なにを聞いたか。そうしたら信じられるだろう？」

「そんな！　滅相もございません！」

父親はブルブル震えながら何度も何度も頭を下げる。それから「申し訳ございません」と口にした。

「――ねえ、侯爵はいったい誰に、なにに対して謝っているのかな？」

ヴァーリックが尋ねる。父親はキョトンと目を丸くした。

「え？　それは……当然殿下の発言を疑うような尋ね方をしてしまったことに対して謝罪を申し上げているのですが」

「侯爵……僕はそんなことはどうでもいいんだ。それよりも、君には他に謝るべき相手がいるだろう？」

これまで温厚だったヴァーリックの表情が途端に険しくなる。

【なんだ？　殿下はいったいどうしてそんなに怒っていらっしゃるんだ？　いったい……】

父親はしばらく考え込んだ後、ヴァーリックの視線の先にオティリエがいることに気付き、それからもう一度頭を下げた。

「オティリエ、その……すまなかった」

「……いえ」

返事をしたが、オティリエの胸はズンと重苦しくなった。

（お父様はなにもわかっていらっしゃらない）

形だけの謝罪になんの意味があるだろう？　彼はなぜオティリエに対して謝らなければならないのか、まったく理解をしていない。ただただヴァーリックが望むから、彼の望み通りの行動を取っているだけなのだ。

「この件については、後日じっくりと話を聞かせてもらうつもりだ」

「そうですか……。いや、しかし、殿下にはなんの関係もないお話でございますし、イアマには私からしっかりと言い聞かせますので」

「関係あるよ。僕はオティリエ嬢を迎えに来たんだから。使用人からそう聞かなかった？」

ヴァーリックが父親に冷たい視線を投げかける。父親はコクコク頷きながら、ヴァーリックの顔色をチラチラうかがった。

「ああ、はい。確かにそのようなことをお聞きしました。しかし、私には殿下がオティリエを迎えに来た理由がとんとわからなくて……」

父親が大きく首をひねる。オティリエ自身もヴァーリックの来訪の目的を未だに知らない。

（ヴァーリック様はどうして私を迎えにいらっしゃったの？）

答えを求めてオティリエがヴァーリックを見つめると、目の前に手が差し出される。

「オティリエを僕の補佐官として迎え入れたいんだ」

「え？」

聞き返したのはオティリエだった。

それは他人の心の声が聞こえるオティリエにもまったく思いがけない言葉で。ヴァーリックを見つめつつ、驚きに目を瞬いている。

「補佐官、ですか？　この私が？」

「そう。この家を出て、僕のために力を貸してほしい。どうだろう？」

ヴァーリックが優しく微笑む。オティリエの胸がドキドキと高鳴った。

（補佐官？　私が殿下の？　……本当に？）

彼の役に立ちたいと願ったのはつい昨日のことだ。信じられない気持ちでヴァーリックを見つめれば、彼はコクリと大きく頷く。たとえ心の声が聞こえずとも、ヴァーリックにはオティリエの気持ちが――彼についていきたいと思っていることがわかるのだろう。オティリエの頬が真っ赤に染まっていく。ヴァーリックはそっと目を細めた。

「し、しかし殿下！　恥ずかしながらオティリエは凡庸《ぼんよう》で――大した教育を受けさせておりません。申し訳ございませんが殿下のお役には立たないかと」

「凡庸……なるほど。侯爵は僕の人を見る目を信用できないのかな？」

「い、いえ！　その……そういうわけではございませんが、しかし！」

オティリエの父親が慌てふためく。

【まずい……『大した教育は受けさせていない』というのは大嘘だ。オティリエにはまったくと言っていいほど教育を受けさせていない。しかし、そんな内情を殿下には知られたくはない。ただでさえ不興を買っている状態なのに、これ以上は……】

彼はあれこれ考えたのち、気まずそうに視線をそらした。

「殿下の人を見る目は確かです。本当に、素晴らしい慧眼だと思います。しかし、私はオティリエよりもイアマの方が即戦力になれると思うのです。あの子にはありとあらゆる教育を受けさせましたから」

「即戦力、ねえ……」

「そうです。しかし、もしも殿下がオティリエを補佐官にと本気でお望みなら、この私のすべてをかけてオティリエを教育いたしましょう。なれど、そのためにはもうしばらくお時間をいただきたい。どうか、どうかご一考いただけないでしょうか？」

父親が大きく頭を下げる。オティリエは思わずうつむいてしまった。

（確かに、お父様の言う通りだわ）

今のままではオティリエはヴァーリックの力にはなれないだろう。自分自身、もともとは『もっと自分の能力を磨いてからヴァーリックに会いに行こう』と思っていたのだ。ヴァーリックが会いに――迎えに来てくれたからといって、このまま受け入れていいのだろうか？　今のオティリエでは、ヴァーリックの力になるどころか、足手まといになるのではないだろうか？

「……そうだね」

ヴァーリックが言う。悔しさのあまり、オティリエはグッと唇を噛んだ。

（わかっていたはずなのに。……私自身、その方がいいって思っているはずなのに）

それでもオティリエの心がズンと沈んでしまう。もしも自分に言い返すだけの力があったら――そんなことを思ってしまう。

と同時に、オティリエの父親が「では！」と嬉しそうに微笑んだ。

「君の提案について、きちんと考えてみたよ。だけどね、たとえ即戦力にはならなくても、僕はオティリエ嬢をこの家に置いておきたくないんだ」

「「え……？」」

「殿下……」

オティリエと父親が同時に呟く。ヴァーリックはオティリエに向かって微笑みかけた。

オティリエが静かに涙を流す。ヴァーリックはオティリエの涙をそっと拭った。

「大丈夫。君の能力は僕が磨く。だから安心して。僕と一緒に行こう」

改めて、目の前に差し出された手のひらをオティリエが見つめる。

正直言って、今はまだヴァーリックの役に立てる自信があるわけではない。今はよくとも、いつかヴァーリックに幻滅されるのではないか――そんな不安も存在する。

（それでも）

彼とともに行きたい――そばにいたい。役に立ちたいと願い、オティリエはヴァーリックの手を握る。

「決まりだ」

ヴァーリックは満足気に微笑むと、オティリエの肩をポンと叩いた。

ヴァーリックに導かれ、オティリエは馬車に乗り込んだ。

「それでは侯爵、詳しいことは書面で」

ヴァーリックはオティリエの父親に向かい合い、真剣な表情でそう告げる。

「……本当にオティリエを連れていくのですか、殿下？」

恐縮しきった様子でヴァーリックの顔を覗き込むオティリエの父親に、彼はコクリと大きく頷いた。

「昨日の夜会でも伝えたけれど、オティリエ嬢の能力は素晴らしい。僕としては、ぜひとも欲しい能力だ。侯爵がそんなにも難色を示す理由が僕には理解できないな。……いや、原因については予想できるけどね」

そう言ってヴァーリックは父親の肩をポンと叩く。その瞬間、父親の瞳がカッと大きく見開かれた。

「あ……あぁ…………？　え？　イアマ！　オティリエ？」

馬車の中のオティリエを見つめつつ、彼は愕然と膝をつく。

（これは……お父様の記憶？）

オティリエの脳内に勢いよく流れ込んでくる映像――幼い頃のイアマだ。傍らにはおくるみに巻かれた赤ん坊の姿。おそらくこちらがオティリエなのだろう。

小さなイアマが父親の瞳をまっすぐに見つめる。

【わたくしだけをかわいがって！　オティリエのことなんて見ちゃいやだ！】

きっとこれが、イアマがはじめて父親を魅了した時なのだろう。オティリエは心ががんじがらめにされるような息苦しさを感じた。

「オティリエ」

父親がオティリエの名前を呼ぶ。それはイアマに対して向けられるのと同じ、温かく愛情のこもった視線――それから罪悪感に満ちた表情だった。しかし、それはほんの一瞬のことで、彼はすぐに元の冷たい瞳に戻ってしまう。

「…………？　なんだ今のは？　…………いや、失礼いたしました。少々ぼーっとしてしまったようで」

父親はハッと姿勢を正してから、ヴァーリックに向かって頭を下げる。ヴァーリックは「いや」と返事をしつつ、ふぅと小さく息をついた。

【まあ、十六年間も魅了――洗脳を続けられていたんだ。完全に正気に戻すことは不可能だと思っていた。でも、こうして接触を続けていたらもしかしたら――】

ヴァーリックがチラリとオティリエを見る。オティリエはハッと息を呑んだ。

（つまり、ヴァーリック殿下はお父様の体の中にあるお姉様の魅了の能力を無効化したってこと？）

だとしたら、父親は心の底からオティリエを嫌っているわけではないのだろうか？　いつかオティリエを認めてくれる日が来るのだろうか？

（ほんの一瞬……本当に一瞬だったけれど、お父様が私に優しくしてくださった）

こんなささいなことがオティリエにはあまりにも嬉しい。オティリエは目頭が熱くなった。

「それじゃあ侯爵、またいずれ」

ヴァーリックがそう言って馬車に乗り込む。それから、ふたりを乗せた馬車がゆっくりと王都に向けて動き出した。

「最後に屋敷を見ておかなくていい？　僕はもう、君をあの家に戻す気はないよ？」

段々と屋敷が遠ざかっていく。オティリエが首を横に振ると、ヴァーリックは穏やかに微笑んだ。

「そう。オティリエが構わないならそれでいいよ」

ヴァーリックは返事をしながら、オティリエの手をギュッと握る。

（ヴァーリック様……!?）

突然のことに、オティリエの頬が赤くなる。ヴァーリックはニコリと笑みを深めつつ、オティリエの瞳をジッと見つめた。

「それより、これからは補佐官になるんだし、僕のことは殿下じゃなくて名前で呼んでほしいな」

「え？　でも……」

オティリエからすれば恐れ多い。『はいどうぞ』と言われて、いきなり切り替えるのは困難だ。

「大丈夫、他の補佐官もみんなそうしているから問題ないよ。というより、ひとりだけ違う呼び方だったら浮いてしまうだろう？」

「それはそう、ですね」

「僕も今後はオティリエと呼ばせてもらうし。ね？」

ヴァーリックはどこか期待に満ちた瞳でオティリエを見つめている。呼ぶまで次の話題に移れそうにない。

「……ヴァーリック様」

「うん」

彼はそう言って、とても嬉しそうに笑う。ただそれだけのことなのに、オティリエの胸がドキドキと高鳴った。

「城に着くまでの間に、これからのことを少し話しておいてもいい？」

「はい。あの、でも……」

オティリエがチラリと視線を落とす。手は今もヴァーリックに握られたままだ。

「ん？」

ヴァーリックはほんの少しだけ首を傾げ、オティリエに向かって微笑みかける。

それから彼はあえて口で言わず、心の中でオティリエに向かってそう問いかけた。

【嫌かな？】

（嫌、じゃないけど）

恥ずかしいしドキドキする。そのせいできちんと頭が働いているかも不安だ。

けれど、緊張で震える指先が、心が、彼のおかげで落ち着いているのもまた事実で。

（どうしよう、どうするのが正解なの？）

誰かと触れ合ったり会話をしたりする経験が乏しすぎて、どうすればいいのかちっともわからない。

オティリエは考え込んだまま真っ赤になってしまった。

「あぁ……困らせてごめん。オティリエの反応があまりにもかわいくて」

「……！」

こらえきれないといった様子でヴァーリックが笑う。彼は名残惜し気に手を離した後、オティリエの頭をそっと撫でた。

「城に着いたらまず、オティリエの部屋に案内するよ」

「私の部屋、ですか？」

「そう。住み込みで働いてもらう使用人のための部屋があるから、取り急ぎ一室用意させたんだ。これからどんなところで生活をするか、先に確認しておきたいだろう？」

ヴァーリックがオティリエに問いかける。どんな部屋でも構わないけれど、気遣いが嬉しい。オティリエは「ありがとうございます」と頭を下げた。

「昼からは他の補佐官に城内を案内させるよ。その時に各部署への挨拶も一緒に済ませてきて。今後僕への取次はオティリエに任せるから、顔と名前を覚えてもらわなきゃね」

「わ……わかりました」

段々、これからオティリエがすべきことが具体的になっていく。オティリエは気が引き締まる思いがした。

「それから、これは今日の仕事の中で一番大事なことなんだけど」

「は、はい！　なんでしょう？」

改まった様子で切り出され、オティリエの心臓がドキッと跳ねる。ヴァーリックはそっと目を細めた。

「昼食は僕と、他の補佐官たちと一緒にとること」

「え？　それが一番大事なお仕事なんですか？」

思いがけない内容に、オティリエは思わず聞き返してしまう。ヴァーリックがクスクスと声をあげて笑った。

「そうだよ。これから片腕として働いてもらうんだから、僕はオティリエのことをもっとよく知っておきたい。他の補佐官も同じ気持ちのはずだ」

そう言ってヴァーリックはオティリエの目をジッと見つめる。好奇心に溢れた瞳。彼にはオティリエとは違って他人の心を読む能力なんてないはずなのに——まるで心を見透かされているかのような気がしてくる。

「それから、オティリエにも、僕のことをもっと知りたいと思ってもらえたら嬉しいな」

「え……？　それはもちろん……知りたいと思ってます。もっと、もっと」

オティリエがためらいがちに答えれば、ヴァーリックは少しだけ目を見開き、恥ずかしそうに口元を隠す。

【『知りたい』って……言われる側は結構照れるものなんだな。というか、オティリエに興味を持ってもらえてるって思ったら、嬉しい】

ヴァーリックはそっぽを向いて悩まし気なため息をつく。おそらく彼は、オティリエに心の声が聞こえていると気付いていないのだろう。

（誰かの心の声が聞けて嬉しいって思ったのは、これがはじめてかも）

楽しくて嬉しくてなにやらむず痒くて、オティリエは笑い出しそうになるのを必死に我慢するのだった。

＊＊＊

（やはり急いで正解だった）

ヴァーリックはオティリエをチラリと見ながら、ホッと胸を撫で下ろす。

昨夜、はじめてオティリエを見た時は、そのあまりのかわいさに心を奪われた。そして、彼女の能力と境遇を知って、なにがなんでもアインホルン家から助け出したい、欲しいと思った。もしもヴァーリックの到着が遅れていたら、オティリエはひどい怪我を負わされていただろう。間に合ってよかったと心から思う。

こんなにも愛らしく、庇護欲をかき立てられる女性をヴァーリックは知らない。容姿のかわいさもさることながら、ヴァーリックの言動に対する反応も、雰囲気も、すべてがかわいくてたまらなかった。

とはいえ、ヴァーリックは王太子だから、これだけでオティリエを王太子妃に選んだりはしない。妃には誰もが納得する素晴らしい女性を迎えなければならない。王族は己の感情だけで動いてはいけないのだ。

しかし、自分にそう言い聞かせたくなるほど、ヴァーリックははっきりとオティリエに惹かれていた。

もしも彼女が補佐官として有能だったら――そんなことを想像して、ヴァーリックは頬が紅くなる。

（さすがにこんな本音はオティリエに聞かせられないな）

密かに自身の能力を発動しつつ、ヴァーリックは苦笑を漏らすのだった。

＊＊＊

城に着くと、幾人もの使用人たちがヴァーリックとオティリエを出迎えてくれた。車道に沿って立ち並ぶ使用人たちを見ながら、オティリエは思わず息をつく。

（そうよね。ヴァーリック様は王太子なのよね）

本来ならば雲の上にいるはずの人。けれどその気さくさに、その温かさに、差し伸べてくれる手のひらに、優しい笑顔に、ものすごく近くにいるように感じてしまう。

「おいで、オティリエ。足元に気を付けて」

「あっ、ありがとうございます」

オティリエがヴァーリックに手を引かれて馬車を降りると、プラチナシルバーの長髪の男性が前に躍り出て、恭しく頭を下げた。色白で線が細く、女性のように整った中性的な顔立ち。髪の色合いも相まって精巧な氷の人形のようにも見える。年齢はオティリエよりも数歳上だろうか？　落ち着いた大人の男性といった印象だ。

「おかえりなさいませ、ヴァーリック様」

「ただいま、エアニー。こちらがオティリエだよ」

「そうですか、こちらの女性が」

エアニーと呼ばれた男性は、アイスブルーの瞳でまじまじとオティリエを観察した後【なるほど、ヴァーリック様らしい】と心の中で小さく呟いた。

（え？　それって……どういう意味？）

彼が抱いているのが好感なのか、嫌悪感なのか、はたまたまったく別の感情なのか、ちっとも判断できない。『ヴァーリックらしい』という言葉の意味合いを彼と出会ったばかりのオティリエが理解できないのは当然なのだが、どうしても気になってしまう。

「オティリエ、エアニーは君の同僚――僕の補佐官のひとりだよ」

「そうなんですね。よろしくお願いいたします」

オティリエが頭を下げると、エアニーはわずかに眉を上げた。

「あ……あの？」

それはどういう感情、どういう表情なのだろう？　もしかして、オティリエと一緒に働くのが嫌なのだろうか？

困惑しているオティリエをチラリと見つつ、ヴァーリックがエアニーに微笑みかけた。

「エアニー、仕立て屋の手配は？」

「終わっております。もうまもなくこちらに到着する予定です」

「オティリエの雇用契約書は？」

「そちらもすでに。アインホルン侯爵に送付する文書一式も整えました」

「午後からの段取りは？」

「すでに関係各所に通達を出しております。資料の方もこちらに」

「うん、完璧」

ヴァーリックはそう言ってニコリと笑う。息のあったかけ合いに、オティリエは呆気に取られてしまった。

「オティリエ、エアニーは無表情でとっつきづらそうなタイプに見えるけど、根はとても優しいやつなんだよ。今日オティリエを迎えに行くにあたっていろんな準備を整えてくれたのは彼だしね」

「あ……そうなんですね。いろいろとお手数をおかけしてすみません」

「いいえ。仕事ですから当然のことです。それに、あなたにはこれからヴァーリック様のために馬車馬のように働いていただきますから」

「ば、馬車馬ですか」

オティリエの表情が少しだけ引きつる。ヴァーリックはクスクス笑いながら首を横に振った。

「大丈夫。エアニーは少し大袈裟なやつなんだ。ただ、僕の公務が忙しいのは事実。だからこそ、補佐官を増やしてエアニーの負担を少しでも軽減してやりたかったんだよ」

「そうなんですね」

返事をしつつ、オティリエはニコリと微笑んだ。

(忙しいのに補佐官の負担まで考えてくださるなんて、ヴァーリック様はやっぱり優し――)

【ああ、ヴァーリック様……なんてお優しい方なんだ】

その時、なにやら嬉しそうな声が聞こえてきて、オティリエは思わず目を丸くする。

(今の……エアニーさんの声よね？)

けれど、心の声とは裏腹に、エアニーは涼し気な表情のままだ。もしかしたら聞き間違えだろうか？　オティリエはそっと首をひねった。

「そういうわけだから、エアニーはオティリエと一緒に働くのが嫌なんてことはないから、安心して」

ヴァーリックが言う。オティリエがそろりとエアニーの方を見つめれば、彼は無表情のままコクリと小さく頷いた。

「たった半日の間に部屋や侍女の手配をしてくれたし」

【ヴァーリック様のお望みですから当然です】

「僕がオティリエの事情を話したら仕立て屋を呼んでくれたし」

【ヴァーリック様の隣に立つ人間にみっともない格好をさせるわけにはいきませんから】

「いつもいろんなことを先回りして用意してくれるんだ。本当に優秀な補佐官だよね」

【ヴァーリック様の補佐官ですから！　当然のことです】

オティリエはヴァーリックの声とエアニーの心の声とを交互に聞きつつ、思わず感心してしまう。

（エアニーさんはヴァーリック様のことを敬愛しているのね）

いや、敬愛より崇拝と言った方がいいだろうか？　オティリエ自身、ヴァーリックには底知れぬ恩義を感じているし、心から慕っているものの、彼は桁違い——熱量が違うと感じてしまう。

「あの、エアニーさんは私の能力についてご存じなんでしょうか？」

「はい。ヴァーリック様から聞き及んでおります。他人の心の声が聞こえるそうで」

エアニーが答える。まったく動揺している感じがない。つまり、彼は己の心の声を聞かれても構わないと思っているのだろう。

「そうそう。僕さ、エアニーが普段なにを考えているかすごく気になるんだよね。必要最低限のことしかしゃべらないし。……オティリエ、後でこっそり教えてくれる？」

「え？　えっと……」

これまでのやり取りからして、エアニーがヴァーリックを慕っているのは確かだ。しかし、その想いを直接言葉で伝えている感じは見受けられない。もしもエアニーの心の声を知ったら、ヴァーリックは喜ぶだろうが……。

「ヴァーリック様が気になさるようなことはなにも。考えたことはすべて口に出すように心がけておりますので」

エアニーがさり気なく口を挟み、チラリとオティリエの方を見た。

「まあ、そうだよね。エアニーだもんね。オティリエの件を伝えた時も『ぜひとも欲しい能力だ』って言ってくれたぐらいだし、すごく正直で誠実な男性だから。それに、エアニーには他の人だったら言いづらいだろうなってこともズバズバ指摘してもらえて、僕は助かってるよ」

ヴァーリックが微笑む。すると、今にも舞い上がりそうなエアニーの感情がオティリエに流れ込んできた。

【ヴァーリック様がぼくを！　このぼくを！　褒めてくださった！】

涼し気な表情からは想像もできないような狂喜乱舞っぷり。

彼はひと通り感動しきった後、オティリエの方へ向き直った。

【オティリエさん、ヴァーリック様は本当に素晴らしい方です。オティリエさんを心配して、ご自分で直接迎えに行くと言って譲らなかった。急がなければオティリエさんが家族からひどい目に合わされてしまうかもしれないと、寝る間も惜しんでぼくや他の補佐官にあなたを迎えるために必要な指示を出していらっしゃいました。……本当に、優しい方なんです】

エアニーは相変わらず無表情だ。けれど、表情に出ないだけで彼の心はとても温かい。

「そういうわけだから、オティリエにはエアニーと仲よくしてやってほしいんだけど」

そう口にするヴァーリックはどこか不安そうな表情だ。オティリエは微笑みつつ、力強く頷いた。

「もちろんです！　ヴァーリック様、私、エアニーさんのこと、とても好きになってしまいました」

「……え？　好き？　とても？」

ヴァーリックが尋ねる。オティリエはもう一度力強く頷いた。

「はい！　好きです」

「なんで？　僕もまだ、オティリエにそんなこと言ってもらったことないのに!?」

驚き首を傾げるヴァーリックを見ながら、オティリエは——それからエアニーはクスクスと笑うのだった。

エアニーとの挨拶を終えた後、オティリエは自身の私室へと案内された。

「城内は用途によって塔が分かれています。執務を行う行政塔と王族のみなさまが暮らす塔、それから使用人たちが暮らす塔です。他にも夜会や会合用の広間や図書館、温室に礼拝堂などが備えられていますが、残念ながら本日中にすべてを回ることはできません。時間がいくらあっても足りませんからね。そして、ここから先が使用人用の塔です。後で地図を渡しますよ」

「なるほど……ありがとうございます」

エアニーの後ろを歩きながら、オティリエは必死にメモを取る。

（気を抜いたら迷子になってしまいそう）

物覚えは悪くない方だが、これだけ広く、似たような部屋が並んでいると、慣れるのに時間がかかるかもしれない。

「オティリエさんの部屋はこちらです。日当たりがいいでしょう？　ヴァーリック様があなたのためにと選んでくださったんですよ」

「ヴァーリック様が……」

部屋を見回しつつ、オティリエは胸が温かくなる。

案内されたのは角部屋の眺めのよい部屋だった。使用人たちが暮らす塔の最上階。他のフロアよりも部屋数が少ないため、よほどのことがない限りは迷わずに済みそうだ。

「ベッドにドレッサー、クローゼット、文机、本棚……事前にある程度の家具は入れさせました。他に、なにか不足するものはありますか？」

「そんな……そんなこと、思うはずがありません。本当に、ありがとうございます」

オティリエは恐縮しつつ、大きく頭を下げる。

この部屋は実家のオティリエの私室よりもよほど広く、調度類も綺麗で豪華だ。ひそかに感動をしているオティリエに、エアニーは「いえ」と返事をした。

「それから、こちらはあなたの専属侍女のカランです」

「え？　私に侍女、ですか？」

エアニーは頷き、チラリと後ろを振り返る。次いで部屋に現れたのは、オティリエと同じ年頃のかわいらしい女性だった。

「カラン、オティリエさんに挨拶を」

「はい。カランと申します。よろしくお願いいたします」

カランはそう言って、オティリエに向かって頭を下げる。思わぬことにオティリエは視線を泳がせた。

「エアニーさん、お心遣いは大変嬉しく思います。ですが、私には侍女なんてもったいなくて……。実家でもそういった女性はつけてもらっていませんでしたし」

なんなら食事すら自分で取りに行くような生活を送っていたのだ。これではあまりにも恵まれすぎていて、かえって怖くなってしまう。

「もちろん、ヴァーリック様にお聞きして存じ上げています。けれど、オティリエさんはこの城のことをなにも知りませんし、多忙なヴァーリック様を支える立場のあなたにも、支えとなる人物が必要かと存じます」

エアニーは表情を変えぬまままそう返事をした。

「そう、ですね。けれど……」

【あたし、やっぱり必要ないのかな】

とその時、カランの心の声が聞こえてくる。

【せっかくヴァーリック様に拾っていただいたのに、先輩から担当を外されてしまって、まだほとんど仕事らしい仕事をもらえていない。このままじゃいつか城から追い出されてしまう。……居場所がなくなってしまう。あたしだってヴァーリック様のお役に立ちたいのに】

（この子は……ヴァーリック様がどこかから連れてきたのかしら？）

詳しい事情はわからないものの、どうやらカランはオティリエと似たような経歴の持ち主らしい。

オティリエは思わず親近感を抱いた。

「えっと……彼女には具体的にどんなことを任せればよいのでしょう？」

正直、なにをお願いすればいいのかよくわからない。オティリエが尋ねると、エアニーが「そうですね」と思案する。

「たとえば、これから仕立て屋がこの部屋に来るので、ドレスを見立ててもらってはいかがでしょう？　カランはセンスがいいとヴァーリック様がおっしゃっていましたから」

「そうなんですね」

そういえば先ほどドレスのことを話していたな、と思い出す。ヴァーリックの隣に立つのにみっともない格好はさせられないとも。

「それに、着替えや化粧、食事やお茶の準備など、カランに頼めることはいくらでもあります。……いいですか、オティリエさん。ヴァーリック様の下で働くということは、あなた自身が人を使い、動かすということなんです」

「人を使い、動かす……」

そんなこと、考えたことがなかった。もちろん、ヴァーリックに実家から連れ出されたのはつい先ほどのことだから、まだ仕事をしている自分について想像が追いついていないのは仕方がない。それでも、自分の認識が甘かったことを痛感してしまう。

「ですからまずは身近なところから——カランと練習してはいかがでしょう？」

「それじゃあ……よろしくお願いいたします」

「……！　はい、あの……よろしくお願いいたします！」

オティリエが言えば、カランが嬉しそうに瞳を輝かせる。

【受け入れてもらえてよかった！　少しでもヴァーリック様のお役に立てるよう頑張らないと！】

自分とよく似た彼女の心の声を聞きながら、オティリエはそっと目を細めた。

「それでは、午前中いっぱい時間を差し上げます。ドレスを何着か選んでください。ヴァーリック様からランチミーティングをと言われていますから、それまでに着替えを済ませて。時間になったら迎えに来ます。午後からは挨拶回りをしますので、そのつもりでいてください」

「わかりました。お忙しい中ご対応いただき、ありがとうございました」

エアニーはカランの紹介を終えた後、ヴァーリックのもとへと戻っていった。曰く『オティリエを急に迎え入れたことで、仕事が押している』らしい。そういう内情を包み隠さず話してくれるところがオティリエにとってはありがたい。変に心の声で聞かされるより、ずっと気が楽だ。

と、エアニーと入れ替わるようにして仕立て屋が部屋にやってくる。彼らはすぐに着られる既製品を多数持ってきてくれた。

（それにしても、いろんなドレスがあるのね）

オティリエは部屋に運ばれてきたドレスを眺めつつ、ほぅと小さくため息をつく。

ひと口にドレスといっても、昨日の夜会で着ていったものとは素材もデザインもまったく違っていた。

「こちらは女官のみなさまから特にご愛用いただいているドレスです。華やかで、上品なデザインと評判でして、うちの店で一番の売れ筋商品です」

「そうなんですね……」

店員に紹介されたのは、光沢のある柔らかな生地でできたドレスだった。体のラインに沿ったマーメイドタイプで、品よく大人っぽい一品である。

（店員さんもおすすめしているし、ひとまずはこれでいいかな）

自分のためにあまり時間を取らせるのも申し訳ない。オティリエはドレスに近付いてみる。

【うーーん……このドレス、すごく綺麗で城内でも同じタイプのものをよく見るけど、オティリエ様にはあまり似合わない気がするなぁ】

と、カランの心の声が聞こえてきた。『似合わない』の言葉に若干ショックを受けつつ、オティリエはカランをチラリと見る。

【オティリエ様は小柄でスレンダーだから、もっと違うタイプのドレスの方が似合う。というか、絶対かわいいと思うのよね。多分、このドレスが一番高くて儲けが多いんだろうけど、すすめるドレスを間違ってると思うわ】

(わぁ……)

ご名答。オティリエには店員の心の声もバッチリ聞こえている。商売人だから儲けを追求するのは当然だと思い、あまり気にしないようにしていたが、似合わないなら話は別だ。そもそも、ドレスを選ぶのだって、ヴァーリックの隣に立つに相応しい格好をするためなのだし。

【でもなぁ……このドレスを着ている人を見ると仕事ができる女って感じがするし、オティリエ様はもしかしたら気に入るかも……】

「あの、カランはどう思う?」

自分からは口を挟みづらいだろう——オティリエはカランに助言を求めてみる。

「そうですね……ちょっとまだ考えがまとまらなくて。あの、他のドレスも拝見していいですか?」

「ええ。かまいませんよ」

カランは仕立て屋に許可を得て、ドレスを手に取り調べはじめた。

(カランったら……私のためにあんなに色々考えてくれているのに)

今のところはそれを口にしていない。彼女は相当慎重なタイプのようだ。何着も何着もドレスを見比べて、首をひねったり唸ったりしている。しばらく吟味を続けた後、カランがガラリと表情を変えた。

【このドレス、いいかも。スカートがプリーツになってる。かわいい。生地も硬めで皺になりづらそう。ヴァーリック殿下の補佐官は激務と聞くし、こういったドレスの方がいいんじゃないかしら？

それに、オティリエ様の瞳の色ともよく合うし】

カランが今眺めているのは、白と藤色のコントラストが愛らしいドレスだ。腰の部分がキュッと絞られたAラインのデザイン。レースやリボンがアクセントになっている。先ほどの大人っぽいドレスとは違い、背伸びをせずに着られそうな印象を受けた。

「こちら、試着してみます？　サイズの調整も必要ですし」

「そうですね」

店員がオティリエに声をかける。カランは「お願いします」と言いながら、なおも一生懸命にドレスを選んでいた。

（すごい集中力）

カランはひとつのことに注力したいタイプなのだろう。先ほど彼女は『先輩から仕事を外されてしまった』と言っていたが、これが原因のひとつなのかもしれない。

（だけど）

「とってもお似合いです！　本当に、愛らしいですわ！」

仕立て屋がそう言って瞳を輝かせる。お世辞ではなく本心だ。

「……ありがとう」

カランが選んでくれた一着は着心地がよく、オティリエにとても似合っている。時間はかかったがとてもいい仕事だ。

（カランに任せておいたら大丈夫）

彼女はきっと、オティリエのためにいろんなことを頑張ってくれるだろう。

もう一度、鏡に映った自分を見つめながら、オティリエはそっと目を細める。

(ヴァーリック様、似合ってるって言ってくれるかな)

その時、なぜかそんなことを考えてしまい、オティリエの頬が紅くなった。胸がドキドキと鳴り響く。もうすぐ迎えが来るというのに――落ち着こうと思えば思うほど、オティリエの緊張感は増していくのだった。


オティリエは残りのドレス選びをカランに一任し、ヴァーリックの執務室へと向かっていた。

広い城内をエアニーの先導を受けて突き進む。

彼はオティリエのドレスをチラリと見つつ【なるほど】と心の中で呟いた。

「それはあの、及第点ということでよいのでしょうか?」

仕立て屋には褒めてもらえたし、オティリエ自身も気に入っている。けれど、他人の意見は気になるものだ。特に、ヴァーリックの補佐官であるエアニーの意見は事前に聞いておきたいところである。

「ええ。あなたによく似合っていますし、城内で働くに適しているかと」

「そうですか……! よかった」

やはりドレス選びをカランに任せたのは正解だった。オティリエひとりだったら、店員の意見をそのまま採用していただろう。自分に似合わないドレスに満足していたに違いない。

「それにヴァーリック様好みの服装です」

「……! そう、なんですか?」

その瞬間、オティリエの胸がドキドキと騒ぎ出す。動揺を悟られたくない――オティリエはわずかにうつむいた。

「ええ。あの方はあなたのような愛らしい女性を好みますから、変に背伸びをした服装じゃなくてよかったです」

エアニーがサラリとそう言ってのける。しかし、オティリエの動揺は加速していくばかりだ。

(ヴァーリック様は愛らしい女性が好み……)

いや、だからなんだというのだろう？　オティリエはブンブン首を横に振り、考えるのをやめようと試みる。けれど、どう足掻いても、思い浮かぶのはヴァーリックのことばかりだ。

「あの……エアニーさんと一番はじめにお会いした時、私を見て『ヴァーリック様らしい』って心の中でおっしゃってましたよね？」

他に話題が思いつかず、オティリエは思い切って質問を投げかける。

「ええ。確かにそんなことを思いましたね」

「あれはどういう意味なんですか？」

「ヴァーリック様はついつい守ってあげたくなるようなかわいいものが大好きなんです。子猫とか子犬とか小鳥とか。どうやら庇護欲をかき立てられるらしく。おかげで城内ではあの方の保護した動物たちが何匹も飼育されているんです。ですから、あなたを見て『ヴァーリック様らしい』と思いました」

「な……なるほど。そうだったんですね」

ヴァーリックはもともと面倒見のいいタイプなのだろう。だからこそ、オティリエのことも放っておけなかったのだ。ありがたい……そう思うと同時に、オティリエの胸がツキンと痛む。

（どうして？　なんでそんなふうに思うんだろう？）

オティリエはエアニーにバレぬよう、少しだけ首を傾げた。

「ここから先が執務用スペース――行政塔です」

エアニーが言う。使用人たちの塔とはガラリと印象が変わり、空気がピンと張り詰めているように感じられた。オティリエが姿勢を正すと、エアニーが少しだけ目を細める。次いで【いい心がけです】と心の声が聞こえてきた。

ヴァーリックの執務室はそこからさらに奥まったところにあるとのことで、オティリエはエアニーとともに歩を進める。

「始業時間は朝九時です。あなたの部屋からヴァーリック様の執務室までかなり距離がありますので、遅刻しないようにいらっしゃってください」

「わかりました。あの、ヴァーリック様は何時に執務室にいらっしゃるんですか？」

「……いい質問です。ヴァーリック様は十五分前には執務室にいらっしゃいます」

「なるほど」

つまり、彼が執務室に来るまでの間に出勤するのが望ましいだろう。オティリエはメモを取りながら、後でこれからの生活を頭の中でシミュレーションしておこうと決心した。

「さて、こちらがヴァーリック様の執務室です」

エアニーが足を止めたのは、他の部屋よりも明らかに重厚な扉の前だった。外には騎士たちが控えており、ふたりを見るなり恭しく頭を下げる。

「ヴァーリック様、入りますよ」

ノックをしたのち、エアニーがそう声をかける。彼は慣れた様子で扉を開けると、優雅にお辞儀をした。

「オティリエさんをお連れしました」

「うん、ご苦労さま。オティリエ、早く入っておいで？」

ヴァーリックの声が聞こえてきて、オティリエはゴクリとつばを飲む。意を決してエアニーの後ろからそろりと部屋に入り、お辞儀をした。

「ヴァーリック様、……失礼いたします」

緊張しつつ、オティリエがそろりと顔を上げる。

【かわいい】

すると、ヴァーリックの声が——それから他の補佐官の声が混ざって聞こえた。オティリエの頬が紅く染まる。ヴァーリックはそんなオティリエを見つめた後、満足気に微笑んだ。

「いらっしゃい。……いや、おかえりって言った方が正しいね。これからはここがオティリエの帰る場所になるんだから」

「おかえり……」

呟きながら、オティリエの胸がじわりと温かくなる。

実家には彼女の居場所なんて存在しなかった。常に忘れ去られた状態で、部屋の中にこもってばかりいた。夜会から帰った時だって、誰も彼女のことを出迎えてはくれなかった。『おかえり』だなんて優しい言葉、かけてもらった覚えがない。

「ほら、こちらにおいで」

ヴァーリックがオティリエを手招きする。室内を見回しつつ、オティリエはヴァーリックのもとへと向かった。

ピカピカに磨き上げられた床。扉を入るとすぐに、応接用のテーブルと革張りのソファが置かれていた。広い執務室の中央にはヴァーリックが使う大きな文机。近くには足の長いテーブルと椅子がある。全面窓になっており、室内はとても明るかった。

（やっぱりすごく豪華ね）

さすがは王太子の執務室だ。部屋にあるものすべてが最高級品。びっくりするほど高価に違いない。ちょっと歩くだけで床を傷つけないか不安になるし、なにかに触れるたびにビクビクしてしまいそうだ。

「大丈夫。はじめは緊張するかもしれないけど、すぐに慣れるよ」

「……そうでしょうか？」

「もちろん。そうなるように僕が努力するからね」

ヴァーリックがそう言って笑う。オティリエの胸がドキッと跳ねた。

「補佐官たちには基本的に隣の部屋で仕事をしてもらっているんだ。ほら、あっちに机がたくさん並んでいるだろう？　オティリエの机も用意してあるから、後で確認して」

「ありがとうございます」

ヴァーリックが指さしたのは扉のない続き間だった。どうやら終始ヴァーリックと一緒にいるわけではないらしく、オティリエは少しだけ安心してしまう。

（こんなにずっとドキドキしていたら体がもたないわ）

そんなオティリエの表情を見つめながら、ヴァーリックが彼女の手を握る。驚き慌てふためくオティリエを前に、ヴァーリックはそっと目を細めた。

「そろそろ食事にしようか。色々と話したいことがあるんだ」

「あ……はい。よろしくお願いいたします」

エスコートのためだとわかっているのに……わかって以降もオティリエのドキドキは止まらない。ヴァーリックをチラリと見上げつつ（やっぱりこれじゃ身がもたない）と思う。

ヴァーリックは執務室の一角にある足の長いテーブル席へとオティリエを案内してくれた。

「補佐官たちと食事をしたり、みんなで作業をしたりする時にこのスペースを利用するんだ。僕はみんなと一緒に食堂には行けないし、他の部屋に移動をすると時間がもったいないだろう？　応接テーブルだと食事は取りづらいしね。だから、エアニーに頼んでこうしてスペースを用意してもらったんだよ」

「そうなんですね」

会話をしながら下座を確認し、オティリエはそちらの方へ足を向ける。

「オティリエはこっち。僕の隣に座って」

が、すぐにヴァーリックに引き止められ、席を指定されてしまった。

（いいのかな？）

ヴァーリックの隣だなんて恐れ多い。新参者がそんないい席に座っていいものか……チラリとエアニーの方を見ると、彼はコクリと大きく頷く。

【大丈夫。ヴァーリック様がお望みなのですから、その通りになさってください】

（ヴァーリック様がお望み……）

オティリエがおずおずと顔を上げる。すると、期待に満ちたヴァーリックの瞳がこちらをまっすぐに見つめていた。

「おいで、オティリエ」

もう一度促され、指定された席へと座る。そして、ヴァーリックが座るのを見届けてから、エアニーを含む男性補佐官七人が席に着いた。

全員が着席するのを見計らって侍女たちがやってくる。すぐに食事の準備がはじまった。

「そのドレス、とてもよく似合っているね。……かわいい」

と、ヴァーリックがオティリエに声をかける。完全に油断していたため、オティリエは一層ドキッとしてしまった。

「ありがとうございます。カランが選んでくれたんです」

ヴァーリックに褒めてもらえたことが嬉しい。だが、その分だけ恥ずかしく、彼の顔をまっすぐに見られない。真っ赤に染まった頬を隠しつつ、オティリエはやっとの思いでお礼を言う。

「隠さないで。もっとちゃんと見せてよ」

「え？　む……無理です。私、今顔が真っ赤になってて、ヴァーリック様にお見せできるような状態じゃとてもなくて……」

座っていることすらやっとなのに……オティリエは心臓を宥めつつ、必死に深呼吸を繰り返す。

「ヴァーリック様——あまりイジメると、オティリエさんに嫌われますよ」

と、エアニーが助け舟を出してくれる。ヴァーリックは「それは困るな」と笑いつつ、オティリエの頭をそっと撫でた。

「ごめんね、オティリエがあまりにもかわいくて」

「いえ……」

だからそれが――と言いたくなるのをグッとこらえ、オティリエはパタパタと顔をあおぐ。ようやく落ち着いてきたところで、エアニー以外の補佐官たちと自己紹介を交わした。

「全員優しいから遠慮なく頼って。もしも困ったことがあったら、きちんと相談するんだよ。もちろん、相手は僕でも構わないし」

「ありがとうございます。そうさせていただきます」

オティリエはそう返事をするが、極力ヴァーリックに負担をかけたくない。こうして拾ってもらえただけでありがたいのだ。なにかの折には他の補佐官を頼ろうと密かに決心する。

「あの、不勉強で恐縮なのですが、公務とは具体的にどのようなことをなさっているのですか？」

これから先、自分がどんな仕事をするのか――エアニーとの会話で少しずつわかってはきたものの、まだまだ想像が追いつかない。午後からは実際に仕事に入るというので、今のうちにある程度心の準備を済ませる必要があるだろう。

「僕がいきなり連れてきたんだ。不勉強だなんてそんなふうに思わなくて大丈夫だよ」

ヴァーリックが穏やかに笑う。お礼を言いつつ、オティリエは少しだけ頭を下げた。

「僕の仕事の内容は……そうだね。色々あるけど、まずは父上の決めた国の方針を踏まえて、分野ごとに目標を設定したり、なにをやりたいかを検討したりしていく。その上で、法律や予算、今後の国の計画について各部署の文官たちがより具体的な案を作成してくれるから、それを確認して許可を与えたり、修正を加えたりすることかな。もちろん、文官たちには事前に『こういう内容にしたい』っていう希望は伝えているし、打ち合わせもたくさんしているけど、父や僕がすべての仕事をできるわけじゃないからね。どうしたって生じるズレを、すり合わせていく必要があるんだ」

「なるほど……」

簡単なことのように説明しているが、果たしてオティリエにできることはあるのだろうか？　返事をしつつ、オティリエは不安になってくる。

「まあ、そうはいってもみんな優秀だからね。僕の仕事は基本的に印鑑を押すことだと思っているよ。補佐官に頼むことといったら、文官たちとの連絡や調整、書類のやり取りが主だから、そんなに身構えなくて大丈夫」

そうなんですね、と返事をしつつ、オティリエは他の補佐官たちをチラリと見る。彼らの心の声を聞くに、誇張表現ではないらしい。オティリエは少しだけ胸を撫で下ろした。

「あとは国が主催する式典への参加や、外交関係も僕の仕事だね。式典への参加だけならそんなに負担じゃないんだけど、先だって文官が作った挨拶文や手紙を添削する必要がある。他にも案外事務的な作業が多いんだ」

（へぇ……）

そうなんだ、と感心していると、エアニーがそっと身を乗り出した。

「このへんの事務的な作業をヴァーリック様ではなく、ぼくたち補佐官が担当しています。もちろん、内容に問題がないかヴァーリック様にはおうかがいを立てますし、基本的には典型的な文例や書式例があるのでご安心を。いかに効率よく数をこなしていくか、ということが重要になってきます」

「わ、わかりました」

不安がっていても仕方がない。オティリエはコクリと頷き、大きく息をついた。

「それから、今年は僕の結婚相手を本格的に選ばなきゃいけない年なんだよね」

ヴァーリックはそう言って困ったように笑う。

「結婚相手……」

「うん。僕ももうすぐ十八歳。そろそろ王位を継ぐことを考えなければならない年齢だ。祖父も父上も十八の時には婚約を発表していたしね」

カチャカチャとフォークやナイフの音がやけに大きく感じられる。なぜだか胸がツキンと痛み、オティリエは思わず手を当てた。

「本当なら、すでに内々定を出しておくべき時期なんですよ。けれど、ヴァーリック様がお相手選びに乗り気じゃなかったので」

「え？　そうなんですか？　というより、本当にまだお相手は決まっていないんですか？」

王族の結婚相手といえば、国の未来を左右する超重要事項。相当早い時期から選定がはじまってしかるべきだろう。他国では年端も行かぬ頃から婚約を結ぶと聞くし、ヴァーリックにも密かにそういう相手がいそうなものだが。

「本当だよ。まっさらな白紙状態だ」

「どうして？」

「だって、人間どう転ぶかわからないじゃないか。神童と呼ばれた人間が最終的には凡人という評価で終わることなんてざらにある。その逆もまたしかりだ。だから、急いで結婚相手を選ぶ必要はないっていうのが僕の考え。とはいえ、あまり長引かせてもいいことはないから、そろそろ本腰を入れなきゃならないんだけど。国民を不安にさせたくはないしね」

ヴァーリックはそう言って、オティリエのことをまっすぐに見つめる。なんとなくいたたまれなくなって、オティリエはほんのりとうつむいた。

「まあ、妃選びを実質的に進めるのは母上なんだけどね。それでも、僕の希望は最大限に尊重してもらえる。だから僕は、この一年の間にどんな女性がいいかをきちんと考えなきゃいけないんだ」

「そうですね。ヴァーリック様は夜会にもほとんど出席なさいませんから。……意向に沿った結婚相手を選定するために、なにか方法を考えなければいけません」

オティリエに向けてエアニーが状況を補足してくれる。なるほど、そういったことも補佐官の仕事のひとつなのだろう。オティリエは「わかりました」と返事をする。

「まあ、もうそんな必要ないかもしれないけどね」

ヴァーリックが目を細める。と同時に、他の補佐官たちがそっと顔を見合わせた。

「え？　どうしてですか？」

尋ねても、ヴァーリックは微笑むばかりで返事はない。彼の心の声も聞こえないままだ。

（知りたいような、知りたくないような）

はじめて覚える胸のざわめきに戸惑いつつ、オティリエはギュッと目をつぶるのだった。

【三章】補佐官のお仕事

柔らかな朝日がまぶたをくすぐる。温かくふかふかの布団にくるまれながら、オティリエはそのあまりの気持ちよさに微笑んだ。

「おはようございます、オティリエ様」

優しい声音。ゆっくり目を開けると、侍女のカランの笑顔が飛び込んできた。

(夢かしら?)

目覚めたことを嬉しく思う日が来るなんて。

朝が来るたびに『また目が覚めてしまった』と何度も何度も思ってきた。日のほとんど当たらない薄暗い部屋で、空腹に喘ぎながら涙を流した日々が嘘のようだ。

「さあ、朝の準備をしましょう。今日も忙しいのでしょう?」

「……ええ。お願いできる?」

泣きそうになるのをグッとこらえて、オティリエはゆっくりと身を起こす。それからカランと微笑み合った。

「疲れはきちんと取れましたか?」

洗顔を済ませ、髪を整えながらカランが尋ねてくる。

「そうね、ベッドの寝心地が最高だったし、仕事がとても楽しかったもの。あまり疲れていないと思うわ」

そう返事をしたものの、鏡に映った自分の顔を見て、オティリエは思わず苦笑を浮かべてしまう。

昨日は昼食を済ませた後、エアニーと一緒に城内をひたすら歩き回った。総務、経済、文化、外交、福祉に建築土木など、各分野の責任者にオティリエを紹介するためだ。責任者たちはみな、オティリエの二回りは年上の男性ばかり。失礼がないようオティリエはまったく気が抜けなかった。

とはいえ、若い娘だからと高圧的な態度を取る者も少なくない。しかし、彼らはオティリエがアインホルン家の末娘だと知るとくるりと手のひらを返し、ヘコヘコと低姿勢になる。オティリエの父親はやはり相当恐れられているらしい。心の声が聞こえるオティリエは、なんとも言えない複雑な気持ちになってしまった。

肉体的な疲労に精神的な疲労。それが完全に解消されたといえば嘘になる。

【オティリエ様、やっぱりまだ疲れているみたい。当然よね。働きはじめたばかりだもの。今日は少し頬紅を濃くしてみようかな？　血色がよく見えると、疲れが目立たないかも。色は……色白だからオレンジよりピンクの方が似合うわね。それから、髪型は今日のドレスに合わせて……】

カランはオティリエの様子を観察しつつ、いろんなことを考えてくれている。それだけで気持ちの疲れが癒えていく心地がした。

身支度を整えた後、カランがオティリエにお茶をいれてくれる。

「オティリエ様、お食事はお部屋で召し上がりますか？」

「えっと、他に選択肢があるの？」

昨夜は初日ということもあって定時で上がり、私室で夕食をとった。足がパンパンだったため、カランに世話されるがままになっていたが、他の方法があるのだろうか？

「はい。オティリエ様がお望みなら、食堂に下りてお食事をすることも可能ですよ。ただ、たくさん人が来ますからね。お疲れの時にはあまりおすすめできません。他の補佐官の方は、別の職種の人と情報交換をしたい時なんかに利用しているみたいですけど……」

「そう……。それじゃあ、今日のところは部屋で食事をしてもいいかしら？」

他人の心の声が聞こえてしまうオティリエは、人の大勢いる場所が得意ではない。これまでほとんどひとりぼっちで生活をしていた彼女にとって、昨日はそういう意味でも試練の連続だった。

「もちろんです！　それでは、お茶を飲みながらゆったりとお待ちくださいね」

カランはそう言って嬉しそうに部屋を後にする。オティリエはソファに移動すると、ふぅと大きくため息をついた。

（なんだか久しぶりにひとりになった気がする）

たった一日で生活が激変してしまった。

そういえば、ヴァーリックからは昨夜『努めてひとりになる時間を作るように』と助言を受けている。

『オティリエが自分を成長させたいと思っていることはわかっている。だけど、焦っちゃダメだよ。ゆっくり心と体を慣らしていくんだ』

彼の言葉を思い出すだけで体がじわじわと熱くなる。今すぐ変わりたい――もっと強くならなければと思う。

（よし、頑張ろう）

オティリエはグッと伸びをし、ペチペチと自分の頬を叩いた。

(とはいうものの)

人間やはり、いきなり強くなれるわけではない。

始業開始一時間前。オティリエは執務室の前でひとり、扉とにらめっこをしていた。

(扉の外に騎士がいないから、ヴァーリック様はまだいらっしゃっていないはず。すでに出勤している補佐官はいるかしら? ここからじゃ心の声が聞こえないからわからないわ)

なにぶんはじめての出勤のため、いろんなことがわからない。執務室は開いているのか、どんなふうに入室すればいいのか、入室して一番になにをすればいいのか。——なにより単純に勇気が出ないのだ。

(落ち着いて。勇気を出すのよ、オティリエ。ヴァーリック様のために強くなるって決めたでしょう?)

こんなところでつまずいていたらなにもできない。オティリエがノックをしようと決心したその時だった。

「入らないの?」

耳元で爽やかなテノールボイスが響く。

「ヴァーリック様」

慌てて後ろを振り返れば、この部屋の主——ヴァーリックが身をかがめて微笑んでいた。

「おはよう、オティリエ」

「おはようございます、ヴァーリック様」

「昨日はよく眠れた？　……見る限り顔色はよさそうだけど」

ヴァーリックはそう言ってオティリエの顔を覗き込んでくる。

（よかった……！　カランに感謝しなくちゃ）

化粧でごまかせていなかったら、ヴァーリックにいらぬ心配をかけていたかもしれない。オティリエはコクコク頷きつつ「ありがとうございます」と返事をする。

「おかげさまで、ぐっすり眠らせていただきました」

「それはよかった。食事はどうだった？　オティリエは小さいからたくさん食べなきゃ」

ヴァーリックはそう言ってオティリエの頭をそっと撫でる。恥ずかしいやら嬉しいやら。オティリエの頬が紅く染まった。

「それにしても早いね。まだ始業開始の一時間前だよ？」

「し、新人なので。他の人より早く来なきゃって思ったんですけど」

「うん、いい心がけだね。でも、こんなに早く出勤しなくて大丈夫」

ヴァーリックはそう言って執務室の中に入る。室内はしんと静まり返っており、他に人がいる気配はない。

「でも、ヴァーリック様はすでにいらっしゃっていますし」

「ん？　今日は特別」

「え？　……特別？」

オティリエが目を丸くする。

そういえば、ヴァーリックは勤務開始時間の十五分前に出勤するという話だった。なぜ今ここにいるのだろう？

「オティリエはきっと、早く来ているだろうなあと思って。だからいつもより早く部屋を出たんだ。来てみてよかったよ」

「え？」

その瞬間、オティリエの頬がより一層真っ赤に染まった。

（わ……私のため？）

全身が燃えるように熱い。

ヴァーリックに気にかけてもらえたことが嬉しい。こんなによくしてもらってバチがあたらないだろうか？　オティリエはまだなんの役にも立たない新人だというのに。

「ねえ、せっかくふたりきりになったんだ。仕事の前に少し話をしようか」

ヴァーリックはニコリと笑みを深めつつ、ソファに座るようオティリエに促した。

「昨日一日働いてみて、どうだった？　エアニーたちの前じゃ本音が言えないんじゃないかなって気になっていたんだ」

ヴァーリックがオティリエの隣に腰かける。昨日、昼食で隣に座った時よりも距離が近い。緊張を悟られないよう、オティリエは必死に笑顔を取り繕った。

「まだ仕事らしい仕事はできていないのでなんとも。私に務まるのか不安がないって言ったら嘘になります。だけど、エアニーさんをはじめ、他の補佐官もみんな優しくて……嬉しいです。本当に感謝しています」

オティリエの能力を知ってなお、補佐官たちは彼女に温かく接してくれた。もちろん、オティリエを補佐官にすると決めたのはヴァーリックだから、表立って文句を言う者はいないだろう。けれど、心の中でも彼らは優しく、終始オティリエを気遣ってくれていたのだ。

「よかった。みんな僕の自慢の補佐官だからね」

ヴァーリックが微笑む。嬉しそうな表情に、オティリエは胸が温かくなった。

（私もいつか、ヴァーリック様に自慢してもらえるような補佐官になれるかしら）

……なれるといいなと思いつつ、オティリエはふふ、と微笑む。

「昨日も言ったけど、最初からあまり無理をしてはいけないよ？　キツいと思ったら休んでいい。体力的なことも心配だけど、オティリエは心の声まで聞こえてしまうから、他の人より疲れやすいと思うんだ」

「ヴァーリック様……」

こんなふうにいたわりの言葉をかけてもらえて、嬉しくないはずがない。オティリエは泣きそうになるのをこらえつつ「ありがとうございます」と返事をした。

「だけど私、大丈夫です。確かに疲れはしましたけど、これまでずっとひとりきりで部屋にこもっていたでしょう？　いろんなことが新鮮で……時間が過ぎるのがあっという間で。楽しかったし、嬉しかったんです」

誰も訪れない部屋の中、娯楽と呼べるようなものはなにもなく、死んだように生きてきた日々。屋敷の人間に会ったとしても、返ってくるのは冷たい視線と心の声ばかり。なにもしていないはずなのに疲れている。心理的な疲労——生きることへの恐怖がすさまじかった。

それに比べれば、昨日の疲れなどどうってことはない。ヴァーリックと会話をして、オティリエは改めてそう思った。

「そっか。……わかった。僕もオティリエのことは気を付けて見るようにしておくから」

「え？　そんな……大丈夫です！　ヴァーリック様にそんな負担はかけられません。こうして拾っていただけただけで本当にありがたいですし、自分の面倒は自分で見ますから」

エアニーからヴァーリックは面倒見がいい人だと聞いている。これが彼の性分なのだろう。それでも、オティリエは自分ひとりではなにもできない子猫や子犬ではないのだし、あまり心配されると不安になる。自分はここにいてもいいのだろうか、と……。

「……僕がそうしたいだけなんだけどな」

「え？」

それは心の声と聞きまがうほどの小さな声だった。オティリエが聞き返すと、ヴァーリックは穏やかに目を細める。それから彼女の肩をポンとたたき、ソファからゆっくりと立ち上がった。

「わかったよ。だけど、こうして定期的にふたりで会って、オティリエの本音を聞かせてほしい。……もちろん、オティリエが嫌じゃなかったらだけど」

「え？　ふたりで、ですか？」

オティリエの心臓がドキッと跳ねる。ふたりきりじゃなくとも本音は話せる。もちろん、他の補佐官の話などはしづらいだろうが、元より他人に聞かせられないような話をするつもりはない。

（でも……）

ヴァーリックがオティリエを見つめる。こんな尋ね方をされて『嫌』だと言えるはずがない。

「お願いいたします」

「うん。……断られなくてよかった」

ヴァーリックはそう言って心底安心したように笑う。オティリエは思わず視線をそらした。

（ヴァーリック様はズルい）

こんなふうにオティリエがドキドキしていることを彼は知っているのだろうか？　……知っていて、あえてこんなことを言うのだろうか？

（私の気持ちがヴァーリック様に伝わればいいのに）

とその時、オティリエはヴァーリックが彼の能力を他人に分け与えられることを思い出す。加えて彼は『能力は磨くもの』とも話していた。もしかしたら、特訓次第でオティリエにも使えるようになるのだろうか？　そうすれば、オティリエの心の声をヴァーリックに伝えることができるのだろうか？

「あ、あの！　ヴァーリック様は以前、私に他の人の心の声が聞こえないようにしてくださいましたよね？」

「ん？　……ああ、能力の譲渡のこと？」

ヴァーリックは聞き返しつつ、オティリエの手をそっと握る。

「能力の譲渡は基本的に身体的な接触を通して行うんだ。自分の体の中に流れている気を意識して——それを手のひらに集めて渡すイメージ。オティリエもやってみる？」

「は、はい。ヴァーリック様がよろしければ教えていただけると嬉しいです」

いつかオティリエの能力がヴァーリックの役に立つ日が来てほしい。オティリエはヴァーリックの手を握り返し、ギュッと目をつぶってみる。

「……どう？　能力の流れを感じる？」

「えっと――ごめんなさい。よくわからない、です」

オティリエはがっくりと肩を落としつつ、小さくため息をついた。

（やっぱり、そんなにすぐに変われるものじゃないのよね）

ある日突然、なんでもできる人間に生まれ変わっている……なんて都合のいいことは、おとぎ話の中でしか起こらない。格好悪くとも情けなくとも、できない自分と向き合って、少しずつ練習を積み重ねていくしかないのだ。オティリエは手のひらに力を込め直した。

（いつかヴァーリック様に私の能力を渡せたら……役立てていただけたら、そしたら私がこんなにもヴァーリック様を慕っているって伝わるかな？）

と、ヴァーリックが「ん？」と小さく目を見張る。彼はキョロキョロと辺りを見回した後、もう一度オティリエをまじまじと見る。オティリエはギュッと目をつぶったまま、必死に自分の能力と向き合っていた。

「オティリエ、あの……」

（頑張って、一日でも早く強くなりたい。助けられるだけじゃなく、私がヴァーリック様を守れるようになりたい。他の補佐官みたいに、ヴァーリック様に自慢に思ってもらえるような女性にならなきゃ）

と、オティリエの耳に【ドキドキ】と、心の声とは別の音が聞こえてくる。しかし、この部屋には他にヴァーリックしかいないはずだ。しかもそれは、自分の鼓動とは違うタイミングでオティリエの心に響き渡る。

（それじゃあこれはヴァーリック様の……？）

そんなまさか――と怪訝に思いつつオティリエがゆっくりと目を開ける。すると、真っ赤に頬を染めたヴァーリックが目に飛び込んできた。

「え？」

どこか気恥ずかしげなヴァーリックの表情。オティリエの鼓動の音が――自分とは別の【ドキドキ】の音が大きくなる。

（つまり今、ヴァーリック様がドキドキしていらっしゃるの？）

これまで、他人の心臓の音なんて聞こえてきたことがなかった。ヴァーリックのおかげで心読みの能力が鍛えられたのだろうか？　それとも、ヴァーリックの心臓の音があまりにも大きいせいだろうか？　なんにせよ、彼がドキドキしていることは間違いないだろう。

（どうして？）

……動揺のあまり、思考がうまくまとまらない。はっきりと尋ねることも気が引けて、けれどどうしても気になって、オティリエはヴァーリックの顔を見つめてしまう。

「ごめん――僕もまだまだ修行が足りないみたいだ」

ヴァーリックが口元を隠しつつ、悩まし気なため息をつく。

「え？　……えぇ？」

なんのことかよくわからないまま、オティリエは自分とヴァーリック、ふたり分の鼓動の音を聞き続けるのだった。

始業時間を迎え、オティリエの仕事が本格的にはじまった。

「まあ、まずは最低限の知識をつけなければ、どうしようもありません」

デスクの上に書籍や資料がドン！と積み上げられる。オティリエは目を瞬かせつつ「はい……」と相槌を打った。

「我が国の法律や現況、地理、歴史に加え、有力貴族たちの情報を集めました。昨日挨拶をして回った各部署の責任者や、主要な文官の名簿もあります。あいにく我々は忙しいので、まずはご自分でそちらを読んでください。わからないことがあれば聞いていただいて構いません。専門的な分野を学ぶ段階になったら、実務にあたっている文官をお呼びします。辞書の使い方はわかりますか？」

「大丈夫です。ありがとうございます」

さて、どれから手をつけよう――オティリエはひとまず一番上に置かれた歴史書を手に取ってみる。

（……読み書きができるのは幸運としか言いようがないわね）

オティリエに教育係がついていた期間は短い。その間に学んだ内容は実に少なかった。けれどオティリエは実家で捨てられる寸前の新聞を密かに回収し、読み書きの練習をするのに使っていた。むしろそれだけがオティリエの退屈な日常を紛らわす唯一の手段だったと言っても過言ではない。

最初のページを開くと年表が載っていた。

何百年も前に遡る建国の歴史。当時の人々がどのような生活を送っていたのか、どうして王が誕生したのか、文化発展の過程、それぞれの年代における課題、国を大きく変えた王や家臣の名前、いろんなことが時系列で記されている。

（これがヴァーリック様が背負っているものなのね）

今を生きる国民や国土だけではない。彼が守らなければならないのは、過去や未来を生きる国民、文化、それからこの国の歴史そのものなのだと実感する。

（あら？　これ、なにかしら）

ふと、歴史書の端に小さなメモを見つける。

【すごい。一度に何人もの話を聞き分けられるなんて、この年の王にはアインホルン家の血が流れているのだろうか？】

どこか幼さの残る文字。数ページめくってみたところ、オティリエはまた似たような走り書きを見つけた。

【文字や文学の発展の歴史にも王の影あり。これから先、僕もなにか考えなければいけないのかも】

【妃が何人もいれば、その実家が争うのは当然だろうな。おじい様やお父様には妃がひとりしかいないし、歴史から教訓が活かされている……と思いたい】

【この時代は貴族たちの争いが激しい。王が王として機能していない。民の負担があまりにも大きい。こんな歴史を繰り返してはいけない】

（これは……）

オティリエの前にこの歴史書を使って学んだ人がいる。内容から判断するに、その人物は王家に連なる者に違いない。

（もしかして……）

「どう、オティリエ。勉強は進んでいる？」

と、背後から声をかけられる。

「ヴァーリック様」

「懐かしいなぁ。幼い頃、僕もこの歴史書で勉強をしたんだよね」

ヴァーリックはオティリエの手元を覗き込み、穏やかに目を細めた。

「あの、このメモはヴァーリック様が？」

「そうそう。僕はあまり物覚えがよくなくてね……こうして感じたことを書き込んだら歴史を自分事として捉えられるかなあと思って、色々と書き込んでいたんだ。ほら、ここ。絵を描いて状況を想像したりしてさ」

ペラペラとページをめくり、ヴァーリックはオティリエに微笑みかける。

（どうしよう。顔、すごく近い……）

少し動いただけで触れてしまいそうなほど。ヴァーリックの声がダイレクトに耳に響いてドキドキしてしまう。

「——ヴァーリック様、時間が押しております」

「わかってるよ。少しぐらい息抜きをさせてくれてもいいだろう？」

エアニーが苦言を呈す。ヴァーリックは困ったように笑いつつ、オティリエの頭をそっと撫でた。

「気になるところから……最初は浅くて構わないから、いろんな知識を吸収してみて。好奇心がオティリエを成長させてくれるよ」

「はい。ありがとうございます」

彼もきっと、そうやって少しずつ成長をしていったのだろう。オティリエは幼いヴァーリックの文字を撫でつつ、なんだか嬉しい気持ちになる。

【まったく。ヴァーリック様はオティリエさんにものすごく甘い】

と、エアニーの心の声が聞こえてくる。

【本当はオティリエさんには新品の歴史書をお渡しするはずだったんですよ。けれど、ヴァーリック様がこちらを渡すようにと聞かなくて】

オティリエが目を丸くする。エアニーはふっと口元を緩めた。

【歴史書だけでなく、他の書籍もヴァーリック様がつい昨日まで愛用していたものです。大事に使ってください】

(ヴァーリック様が愛用していた……?)

目の前に山積みにされた書籍や資料。それらがヴァーリックの愛用していたものだというのなら——これからオティリエの進む道は、ヴァーリックに繋がっているのだと感じられる。彼がオティリエを本気で育てようとしてくれているのだと思えた。

「ヴァーリック様、私、頑張ります」

「うん。期待してる」

微笑むオティリエを見つめつつ、ヴァーリックは眩し気に目を細めた。

「オティリエさん、こちらの書類の作成をお願いできますか？」

「はい！　喜んで」

勤務開始からもうすぐ一週間。オティリエは簡単な事務仕事を任されはじめていた。同僚から書類を受け取ったオティリエは朗らかな笑みを浮かべる。

【オティリエさんは文字が綺麗だし、内容を丁寧に確認してくれるから、安心して書類仕事を任せられる】

とは、とある補佐官の心の声だ。

現状オティリエは定型的な書類しか担当していないものの、忙しいヴァーリックの補佐官たちの負担は軽減できているらしい。

（まだまだ本当の意味で戦力にはなれていないけど）

それでもオティリエは素直に嬉しいと思う。ほんの少しでもいい。前に進めていると感じたかった。

「おはよう、オティリエ。今日も頑張っているね」

とその時、背後から優しく声をかけられる。ヴァーリックだ。

「おはようございます、ヴァーリック様」

「今週いっぱい事務仕事は難しいと思っていたんだけどな……あの量の資料をもう読んでしまったんだって？　今日だってこんなに早く出勤しているし」

ヴァーリックはオティリエの作成した書類を確認して「バッチリだ」と目を細める。

「はい。知らないことを学ぶのがすごく楽しくて……特にヴァーリック様のメモを読んでいると、いろんなことがものすごく身近に感じられるんです。エアニーさんから資料を持ち帰っても大丈夫だとお許しをいただきましたし、部屋に帰ってからも夢中で読ませていただきました。それに、早く仕事を覚えたくて」

オティリエの笑顔を見つめつつ、ヴァーリックは空いた椅子へと座る。それからオティリエの目の下をツイと撫でた。

「貪欲なのはいいことだ。だけど、睡眠時間はきちんと取らなければいけないよ」

「あ……」

(少し寝不足なの、バレてしまったかしら)

カランに化粧でごまかしてもらったが、くまが隠しきれていなかったようだ。「すみません」と返事をしながら、オティリエはほんのりと頬を染めた。

「大丈夫です。明日はお休みですし、ゆっくり休養しようと思っています」

補佐官たちには週に二日、決められた曜日に休みが与えられている。オティリエにとっては明日が
その初日だ。

(明日はゆっくりお茶を飲みながら、ヴァーリック様からいただいた書籍を読み返すんだ)

一周目と二周目では感じ方が異なり、新たな学びもあるという。オティリエは部屋にこもって復習
に励む気満々だった。

「休養……うん、そうだね。それも大事だよね。オティリエのことだから、明日も資料を読み込もう
とか思っていそうだし」

「……?」

ヴァーリックが少しだけ言いづらそうに視線を泳がせる。

(どうかしたのかしら?)

オティリエが首を傾げると、ヴァーリックは彼女に向き直った。

「オティリエ……もしよかったら、明日街に出かけない？」

「え？　街に、ですか？」

思いがけない提案に、オティリエは目を丸くする。

「うん。君を城に連れてきた日、窓から街を嬉しそうに眺めていただろう？」

「あ……はい。すみません、姉からみっともないからやめるようにって咎められていたんですけど」

どうやらまた、無意識に窓の外を眺めてしまっていたらしい。

「謝る必要なんてない。むしろ僕はこの街を気に入ってもらえて嬉しいんだ。だから、せっかくの休みだし、王都を案内できたらなぁって」

（王都を……）

もしもお願いできるなら、どんなにいいだろう。窓から眺めるだけだった美しい街並みを、自分の足で見て歩けたら楽しいに違いない。

けれど、案内人の負担を考えるとどうしても気兼ねしてしまう。オティリエはチラリとエアニーを見上げた。

「えっと……お気持ちは嬉しいんですけど、貴重なお休みですし、エアニーさんにはただでさえ私のせいで色々とご迷惑をおかけしているので」

「ぼくは行きませんよ？」

「え？」

オティリエはまた首を傾げる。じゃあと隣を見ると、ヴァーリックがスッと自分を指さした。

「僕がオティリエを案内しようと思って」

「ええっ？　ヴァーリック様が!?」

王都を案内するというくだりで、まさかヴァーリック自身の名前が出てくるとは想像もしなかった。

オティリエは仰天しつつ、小刻みに首を横に振る。

「そ、そんな……ヴァーリック様に案内人をお願いするなんて、私にはもったいなくて」

「そんなことないよ。案内人だなんて堅苦しく考えなくていいし、僕もそろそろ街を見に行きたいと思っていたんだ。どうせ行くなら、オティリエが一緒だと楽しいだろうなぁって。嬉しいなぁと思ったんだけど……」

オティリエの心臓がドキドキと早鐘を打つ。

明日は休日。勤務時間外だ。断ろうと思えば断れる。——けれど、こんなふうに言われて「嫌」だなんて言えるはずがない。

（そもそも、嫌なはずがないし）

ただただ恐れ多いというだけだ。

「休日に上司と会うのは負担？　やっぱり嫌かな？」

「そんなことないです！　絶対、思うはずがありません」

むしろ嬉しい——そんな本音は言えないけれど。

「それじゃあ昼頃、部屋に迎えを寄越すから」

「あ……はい。わかりました」

結局、オティリエがヴァーリックに勝てるはずがないのだ。頬を染めてうつむくオティリエに、ヴァーリックが追い打ちをかける。

「せっかくのデートだから、おめかししてきてね。……楽しみにしてる」

「え？」

ボン！と音が聞こえそうなほど真っ赤になったオティリエは、ヴァーリックの言葉を何度も思い返しながら、しばらくの間呆然としてしまうのだった。

＊＊＊

（ああ……忌々しい。いったいどういうことなのよ！）

アインホルン家の屋敷の一角——かつてオティリエの私室だった場所にイアマはいた。床にはナイフでズタズタに切り裂かれた枕やシーツ、羽毛が散らばっている。

妹のオティリエが王太子ヴァーリックに連れていかれてからもうすぐ一週間。

父親によると、オティリエはヴァーリックの補佐官として採用され、城で働いているらしい。王族の補佐官といえば、文官たちの中でもよりすぐりのエリート。将来の出世を約束されたも同然だ。優秀と謳われるアインホルン家の一族ですらも、過去に補佐官としての地位を勝ち取った者はそう多くないと聞く。

（それなのに、あの子がヴァーリック殿下の補佐官ですって⁉　ありえない。務まるわけがないのに）

イアマはオティリエになにも与えなかった。父親や使用人たちの愛情も、慈悲も、食事だってまともにとれない状況に追いやってきたし、教育を受ける機会も教育係たちを魅了して奪い取った。そうすることでイアマの自尊心は満たされ、とてつもない優越感に浸ることができる。オティリエは常に不幸でいなければならない——だからこそ、イアマはオティリエにだけは魅了の能力を使ったことがなかった。

そうしてすべてを奪ってきた甲斐あって、オティリエは誰ともまともに会話すらできない。そんな出来損ないが使い物になるとはとても思えなかった。

しかし、どうせすぐに戻ってくるだろうというイアマの想定とは裏腹に、オティリエは未だ城にいる。

（違う……これはなにかの間違いだわ）

間違いというのは正さねばならないものだ。――というより、このままではイアマの気がおさまらない。

イアマは階段を下りると、使用人のひとりに声をかける。

「ねえあなた、城に行ってオティリエを連れ戻してきなさい」

「城に、ですか？　しかし、私が行って相手にしてもらえるものなのでしょうか」

「わたくしが言ったことがわからないの？　連れ戻してきて」

できるか、できないか、どんな方法を使うかなんてどうでもいい。イアマが欲しいのは結果だけ。くだらないことを尋ねるなと心の中で舌打ちをする。

「ああ、イアマ様……仰せのままに」

イアマに見つめられると、使用人は頬を真っ赤に染め、トロンと夢見るような瞳になる。

（そう。これよ。これが正しい反応なのよ）

ヴァーリックによってズタズタにされたイアマのプライドが、自己顕示欲が満たされていく。

（今に見てなさい）

イアマは王都の方角を睨みつけると、手に持ったナイフを勢いよく振り下ろした。

＊＊＊

（おめかし……おめかしとは）

はじめて迎えた休日の朝——オティリエは鏡の前でにらめっこをしていた。

ヴァーリックから街に出かけようと誘われたのは昨日のこと。退勤して以降、どんな格好をすればいいのか考え続けているものの、まったくいい案が浮かんでこない。

『せっかくのデートだから、おめかししてきてね。……楽しみにしてる』

（あんなふうにお願いされたんだもの。下手な格好は絶対できないし……）

「失礼します……っと、休日なのに早起きですね。おはようございます、オティリエ様」

そろりと部屋の扉が開き、カランがヒョコリと顔を出す。

「カラン！　今日はお休みだったんじゃ？」

侍女にだって休日は必要だ。今日ぐらい、自分のことは自分でしようと思っていたのだが。

「オティリエ様にとってははじめての週末ですもの。お疲れでしょう？　なにかお役に立てればと思いまして」

【それに、昨夜なんとなく様子がおかしかったから、気になったのよね】

そう言って微笑むカランが、今のオティリエにとってはまるで神様のように見える。オティリエは「だったら……！」と話を切り出した。

「昼から街に出かけるの。だけど、私にはどんなドレスを着ればいいかわからなくて」

「まあ！　そういうことでしたら遠慮なく頼ってください。そのためにあたしがいるんですから」

ドン！と胸を叩き、カランは瞳を輝かせる。オティリエはコクコクと頷いた。

「ちなみに、お出かけはおひとりで？　それとも、どなたかとご一緒なさるんですか？」

「え？　えっと……」

【あっ、この反応はデートだ。オティリエ様って案外やるわね】

と、オティリエが返事をするより先に、カランが結論にたどり着く。オティリエは恥ずかしさのあまり真っ赤になってしまった。

（デートだなんて……ヴァーリック様は私をからかってるだけよね？）

数日間一緒にいてわかったが、ヴァーリックはオティリエの反応を見て楽しんでいる傾向がある。もしかしたら、王族の彼にとってはデートの定義からして一般人とは違うのかもしれない。けれど――。

『おめかししてきてね。……楽しみにしてる』

オティリエは雑念を振り払い、鏡の前の自分に向き直る。

真相はどうあれ、ヴァーリックからはそう指定されているのだ。きちんとオーダーに応えるべきだと言い聞かせる。

「ねえ、こういう時、どんな格好をすればいいの？　それに、化粧とか、髪型とか」

「そうですねぇ……お相手の好みはご存じですか？」

「好み……」

『ヴァーリック様はあなたのような愛らしい女性を好みますから、変に背伸びをした服装じゃなくてよかったです』

と、エアニーから言われたことを思い出す。

「かわいい系が好き、なんですって」

「なるほど……。ちなみに、同じ部署の方ですか？」

「え？」

同じ部署――というか上司なのだが、ヴァーリックと出かけるとは言わない方がいいだろう。オティリエは「そう」とだけ返事をする。

「だったら、お仕事の日とは少し違った印象を目指してみましょうか」

「少し違った印象……？」

とは、どういう感じなのだろう？　理解の追いついていないオティリエをそのままに、カランは頭の中でイメージを膨らませていく。

【ギャップ萌って大事だと思うのよね。オティリエ様は清楚系のザ・優等生って感じが似合っているし、お仕事の時にはそこを全面に押し出しているけど、せっかくお出かけするんだもの。小悪魔系というか……甘辛ミックスな感じにしたらどうかしら？　口紅とかシャドウとか、普段よりもちょっと濃いめのものを選んで、ドレスも――こういう時のために雰囲気がちょっと違うかわいいのを選んでおいたし。髪も巻いてみたいなぁって思っていたのよね】

オティリエの脳裏にいつもとは違った雰囲気の自分が浮かび上がる。

ドキドキしつつ、オティリエはカランに身を任せた。

数刻後、オティリエは迎えの騎士に連れられてとある馬車へと向かった。馬車には先客がおり、オティリエを確認するなりニコリと微笑む。

「こんにちは、オティリエ。今日は来てくれてありがとう」

そう口にする彼の表情は心底嬉しそうなもので。オティリエはドキドキしながら、深々と頭を下げた。

「ヴァーリック様……お礼を言うのはこちらの方です。今日はよろしくお願いいたします」

ヴァーリックはオティリエの手を取ると、馬車の中へとエスコートをしてくれる。オティリエが着席したのを合図に、ふたりを乗せた馬車がゆっくりと走りはじめた。

「今日はいつもと違った印象だね」

ふたりきりになるとすぐ、ヴァーリックが話題を振ってくれる。

「あ……服装ですか？」

「ううん。服も、髪型も、お化粧も。仕事の時とは違ってる」

ヴァーリックはそう言って、オティリエのことをまじまじと見つめた。

カランが選んだのは紫がかったピンクのシルクと、黒のレースが組み合わされたガーリッシュなドレスだ。プレンセスラインの柔らかなスカートに黒いレースの手袋、いつもよりかかとの高いエナメルの靴を合わせ、帽子でバランスを取っている。

髪型は両サイドの髪をふんわりと巻いてからシニヨンにまとめた。

お化粧はというと、カランがたっぷり時間をかけて艶肌を作り上げた後、目の周りをあれこれ塗りたくられて、人形のように大きな瞳ができあがった。頬紅と口紅はいつもより赤みの強いピンク。自分が自分じゃないみたいで、オティリエは少しだけ気が気じゃない。

（ヴァーリック様、どんなふうに思っていらっしゃるんだろう？）

印象が違うとは言われたが、それ以外の感想が聞こえてこない。変だとか、似合わないとか、そういうことを思われていたらどうしよう？　――後ろ向きなことばかりを考えて、次第に顔がうつむいてしまう。

「ねえオティリエ、顔を上げて」

オティリエが密かに困惑していると、ヴァーリックからそう声をかけられる。おそるおそる顔を上げたオティリエに、ヴァーリックはふわりと微笑んだ。

「僕がどう思っているか、知りたい？」

「え？　それは……はい。知りたいです」

人の気持ちなんてわからなければいいのに――ずっとずっとそう思って生きてきた。わからなければ傷つかない。苦しまなくて済む。自分の能力を呪ったことだってあったのに、オティリエは今、誰かの気持ちを知りたいと心から思っている。

「……オティリエがそんなふうに思えるようになって本当によかった」

ヴァーリックが微笑む。オティリエは「え？」と小さく首を傾げた。

「出会ったばかりのオティリエはとにかく『心の声が嫌でたまらない』って感じだったからね。僕はよく考え事をするし、仮定や推測をすることがとても多い。混乱させるかもしれないと思って、できる限りオティリエに心の声を聞かせないようにしていたんだ」

「そうだったんですか？」

ヴァーリックの心の声が聞こえないのは、オティリエに聞かれたくないことがあるからだと思っていた。しかし、よくよく考えれば、ヴァーリックははじめ『聞かれて困ることはない』と話していたし、オティリエのために能力を使ったり使わなかったりしていたということなのだろう。

「すみません、私ったら……。ヴァーリック様はそんなことまで考えてくださっていたんですね」

「謝る必要なんてないよ。僕が言わなかったし、聞かせなかっただけだからね。だけど、もうそんな必要はないのかな？」

ヴァーリックから改めて尋ねられ、オティリエはこの一週間の自分の状況をきちんと振り返ってみる。

「えっと……そうですね。確かに最近は、心の声があまり気にならなくなってきました。聞こえるけど聞こえないと申しましょうか。今なら夜会や人の多い場所でも怖くないと思う程度には慣れてきたと思います」

同じ部屋で働く他の補佐官たちは、ありとあらゆる考え事をしながら仕事をしている。その時作成している書類の内容を心の中で呟いている者もいれば、目の前の仕事をこなしながら次の仕事の段取りを考えている者、交渉を予定している文官とのやり取りをひたすらシミュレーションしている者もいるし、ふとした時に婚約者の顔を思い浮かべて嬉しそうにしている補佐官もいる。

そんな心の声たちに、はじめはオティリエも戸惑った。けれど、日が経つにつれ段々耳が、心が慣れていく。聞いているけれど聞いていない――聞き流すということを覚えたのだ。

会話をしている時は別として、そうでない時は無意識に『聞かない』という選択ができるようになってきた気がする。もちろん、実家のようにみながオティリエに意識――とりわけ悪意を向けているわけではないという事情も大きいが、過去のオティリエには決してできなかったことだ。

「そうか。それはよかった」

「これがヴァーリック様のおっしゃっていた能力を磨くということなんでしょうか？」

「うん、そうだね。ひとりで過ごしていたら『意識的に聞かない』という経験はできないし、能力の使い方も模索できない。この間僕に自分の能力を渡そうとしてくれた時みたいな実践も」

「はい！　全部、ヴァーリック様が私を連れ出してくださったおかげですね」

「それは違うよ」

と、ヴァーリックが否定する。なぜ？と首を傾げると、ヴァーリックはそっと目を細めた。

「オティリエは屋敷で家族や使用人たちに立ち向かおうとしていただろう？　あんなひどい環境で、それでも変わろうって、強くなろうともがいていた。だから今、君が変わりはじめているのは僕のおかげではない。オティリエ自身が頑張ったからだ。もっと自分に自信を持って。君は本当に頑張ったんだよ」

ヴァーリックの言葉にオティリエの目頭が熱くなる。

そんなふうに言ってもらえて嬉しくないはずがない。

（私、頑張ったんだ……）

まだたったの一週間だけれど。他の人に比べれば小さな一歩かもしれないけれど。それでも己の努力を、変化を認めてくれる人がいる。

だからこそ、オティリエにははっきりさせておきたいことがあった。

「あの……改めまして、ヴァーリック様は今日の私の服装、どう思います？」

「え？　かわいいよ。ものすごくかわいい。今すぐ抱きしめたいって思うほど、本気でかわいい」

「えっ⁉　だっ⁉」

あまりにもサラリと回答され、オティリエは思わず真っ赤になる。

「よかった……やっと言えた。本当は早くオティリエを褒めたくてたまらなかったんだ」

「えぇ？　……それ、本心ですか？」

だとしたらいささか意地悪が過ぎる。オティリエはずっとずっと、心の底からヴァーリックの評価が気になっていたというのに。オティリエに心の声を聞かせないようにしていたのは、からかうためだったのではないかと疑ってしまうのも無理はない。

「もちろん。お望みなら、今から僕が感じたことを全部説明するけど」

「いっ、いいえ、滅相もございません。ヴァーリック様に変だと思われていないならそれで十分です」

「変？　まさか。いつものナチュラルメイクもかわいいけど、今日の肌は見ていて触れたくなるなって思ったし」

言いながら、ヴァーリックはオティリエの隣の席に移動する。

「頬や口紅は――ちょっと目に毒かな。かわいいのに艶やかって、たまらない。うっかり見たら目が離せなくなりそうだ」

「それは……ありがとうございます？」

目に毒などと言いながら、ヴァーリックはオティリエをまじまじと見つめていた。頬に、唇に視線が注がれていると意識すると、オティリエはなんとも表現しがたいいたたまれなさを感じてしまう。

実際に触れられたわけではないのに、まるでそうと錯覚してしまいそうな、そんな感覚を。

（ヴァーリック様がそんなことを考えるはずがないのに）

とすれば、これはオティリエの想像なのだ。そんなことを考えるなんて不敬が過ぎる。雑念を必死で振り払い、オティリエは平常心を装った。

「ドレスも髪型も本当にかわいい。普段とのギャップが大きいから、すごくグッとくる。僕の知らない一面が他にもっとあるんじゃないかって、色々と想像してしまうんだろうね」

「あっ、そこはカランがすごくこだわってくれたところです。いつもと同じじゃ新鮮味がないからって」

「そうなんだ。ねえ、カランには誰と出かけるって言ったの？」

ヴァーリックはそう言ってオティリエの髪にそっと触れる。ドキッとしながら、オティリエは首を横に振った。

「言ってません。成り行き上、同じ部署の人と出かけるとだけ伝えましたけど、深く追求はされませんでした。ですが、カランはヴァーリック様がお相手だなんてまったく、想像もしていませんでしたから、どうぞご安心ください。私が言うから絶対です！」

オティリエはさておき、ヴァーリックに変な噂が立ったら大変だ。必死でそう説明すると、ヴァーリックはキョトンと目を丸くしながら「え……言っても構わなかったのに」と口にする。

「ダメですよ。ヴァーリック様はこれからお妃様を選ぶ大事なタイミングなんです。視察に合わせて新米補佐官に王都を案内するっていう言い訳が立つにせよ、女性と一緒に出かけるということは、あまり人には知られない方がいいんです」

「それ、エアニーの入れ知恵だろう？　補佐官としてはとても正しい。だけど……僕はデートだって言ったのになぁ」

ヴァーリックがしょんぼりと肩を落とす。ツキンと胸が痛む気がする——おそらく自分自身の痛みではない。他人の心の痛みを感じるなんてはじめての経験だ。ヴァーリックのおかげで能力が開花したのだろうか？

（ヴァーリック様……）

オティリエはヴァーリックの補佐官だ。彼のために働くこと、己の能力を磨くことが仕事であり、果たすべき使命である。けれど、オティリエにはそれよりも一番に優先すべきものがある。

オティリエはためらいつつも、ヴァーリックの袖をキュッと握った。

「……だからこそ——ヴァーリック様が楽しみにしてるっておっしゃったから、私はカランと一緒におめかしを頑張ったんですよ」

「うん、知ってる。すごく嬉しかった」

ヴァーリックはそう言ってオティリエをそっと抱き寄せる。と同時にあぁーと叫び声にも似たため息が聞こえてきた。

【しまった……結局我慢できなかった。だって、オティリエがあんまりかわいいことを言うから】

次いで聞こえてくる心の声。ヴァーリックの鼓動の音までバッチリと届いてきて、オティリエは頬が真っ赤に染まる。

（先ほど『もう隠さなくていいかな？』って言われたけれど）

実際に心の声が聞こえてくると、どうしてもドギマギしてしまう。これは本当に聞いていても大丈夫な内容なのだろうか？　……そう尋ねたくなってしまう。

「ねえオティリエ、カランは君が誰と出かけるって想像していたの？」

「え？　それは……エアニーさんかブラッドさんあたりじゃないかって。おふたりは婚約者もいないし、面倒見がよさそうだからって想像してましたけど」

「そっか」

ヴァーリックが心の中で小さく唸る。どうやら考えがまとまらないらしい。

「ヴァーリック様？」

「ああ、ごめん。……多分なんだけどさ」

言葉にならない感情を必死にひねり出しながら、ヴァーリックは小さくため息をつく。

「僕はカランに『オティリエが他の補佐官と出かけてる』って思われるのが嫌なんだよなぁ」

「え？」

それはどういう意味だろう？　オティリエはヴァーリックの言葉を頭の中で呟きながら、彼と同じように唸り声をあげる。

「それは……どうしてなんでしょうね？」

「ね？　僕にもよくわからない。こんな経験はじめてだ」

悔しいと唇を尖らせるヴァーリックにオティリエは思わず笑ってしまう。

「いつか理解できる日が来たらいいですね」

「……うん。もしもオティリエが僕より先に理由に気付いたら、その時は教えてくれる？」

「それは――責任重大ですね。心して聞かねば」

またひとつオティリエの仕事が増えてしまった。

けれど、頼ってもらえることが嬉しい。オティリエはそっと目を細める。

「頑張ります」

ヴァーリックは「うん」と笑って答えた。


王都の外れでふたりは馬車を降りた。

「さてと、お腹が空いたね。まずは食事にしようか」

ヴァーリックはそう言って、オティリエに優しく微笑みかける。と、オティリエはあることに気付いて足を止めた。

「ヴァーリック様……今日は瞳の色がいつもと違うんですね?」

普段は紫と緑の神秘的なオッドアイなのに、今日は両目とも緑色だ。薄暗い馬車の中ではいまいちわからなかったが、太陽の下だと一目瞭然である。

「僕の瞳の色は目立つからね。僕がどんな顔か知ってる者には少なくとも、オッドアイというだけで身分がバレてしまう可能性もある。だから、補佐官のひとりに頼んで緑色に見えるように変えてもらったんだ。服装もいつもとはちょっとテイストが違うだろう? どう? 似合ってる?」

「はい、とっても素敵です」

城にいる時よりも少しカジュアルな街歩きにピッタリのファッション。醸し出す高貴なオーラから平民には当然見えないが、爽やかでカッコよく、いつまでも見つめていたくなる。

(でも……私はいつものヴァーリック様が好きだな)

オティリエと同じ紫色の瞳――それが彼とオティリエを繋いでくれる絆のような気がしていた。だから、少しだけ寂しい……なんて、そんな本音はとても言えないけれど。

「――オティリエはいつもの僕の方が好き?」

と、ヴァーリックが耳元で尋ねてくる。オティリエは驚きに息を呑み、顔を真っ赤に染めて視線をそらす。

「え? そんなことは……」

(なんで気付かれてしまったの?)

今はヴァーリックに能力の譲渡をしていないというのに。半ばパニックのオティリエを見つめつつ、ヴァーリックはクスクスと笑い声をあげる。

「ごめんね。……今のは僕の願望。そうだったらいいなって思っただけなんだ」

「え?」

「僕はね、オティリエとおそろいの紫色の瞳をとても気に入っているんだよ」

どこか煽情的な表情。オティリエの心臓が小さく跳ねる。

おいで、と手を引かれ、オティリエはヴァーリックの腕に自身の手を添える。それからふたりはゆっくりと街に向かって歩きはじめた。

「そういえば、今日はオティリエにひとつ、お願い事があるんだよね」

「なんでしょう、ヴァーリック様? なんなりとお申しつけください」

どんなことをすればいいのだろう? 自分でも頼りにしてもらえることがあるのかと、オティリエは少しだけ気分が高揚する。

「今日は僕のことを『リック』と呼んでくれるかな？　ほら、ヴァーリックって名前は珍しいからさ」

「えっ！　さすがにそれはちょっと……」

王太子を愛称で呼ぶのは不敬がすぎる。バレたらエアニーが冷ややかに怒り狂う案件だろう。

「今日はできる限りお名前をお呼びしない方向で――」

「なんなりと、って言ってくれたのに？」

しまった。すでに言質を取られている。これでは断ることは難しい。

「……エアニーさんには内緒にしてくださいね」

「もちろん。ふたりだけの秘密ね」

ヴァーリックはそう言って上機嫌に笑った。

レストランに到着すると、美しい庭園が見渡せる個室へと案内される。街中の隠れ家――百年以上続く老舗店とのことだ。

（ここなら警備も万全にできるし、ヴァーリック様が人目にとまることもない）

離れた位置からふたりを守る騎士に視線をやりつつ、オティリエはホッと胸を撫で下ろす。

「ここは王室御用達のレストランでね。幼い頃、父や母と一緒に食事に来たことがあるんだ」

「そうなんですか」

「うん。最近じゃ父上は忙しくて、一緒に食事をする機会もほとんどないから、僕にとってこのレストランは思い出深い場所なんだ」

家族との思い出の店――オティリエにはそんなものは存在しないけれど、ヴァーリックの表情や言葉から、ここが彼にとってとても大事な場所だということが伝わってきた。

そこへ、前菜が運ばれてくる。「さあ食べようか」と喜ぶヴァーリックに、オティリエは待ったをかけた。

「あ、あの……まずは私が毒見をしないと」

城内で王族が口をつけるものにはすべて毒見がされていると聞いている。これまで毒見役が倒れたという話は聞いたことがないが、万が一ということもあり得るのだ。

「大丈夫。きちんと判別できる方法があるんだよ」

ヴァーリックはそう言って胸元についているブローチをおもむろに外した。

「オティリエにはこれがなんだかわかる？」

「え？　えっと……」

ブローチに埋め込まれているのは水色の透き通った石だった。アクアマリンによく似ているが、色彩や光沢が微妙に違っている。

「もしかして水晶、でしょうか？」

「正解。だけどただの水晶じゃないんだ。この水晶にはエアニーの能力が込められている」

「エアニーさんの？」

ヴァーリックはオティリエからブローチを受け取ると、料理の上にそっとかざす。すると、ブローチがほんのりと光り輝いた。

「エアニーは物事を識別する能力を持っているんだ。素材、産地、成分構成、良し悪しなど、いろんな情報を自由自在に読み取ることができる。もちろん、毒が入っているかどうかもね」

「そ、そんなすごい能力をお持ちだったんですね……！」

さすがはヴァーリックの側近。ものすごい才能の持ち主だとオティリエは感嘆してしまう。

「オティリエの能力だってエアニーに負けない素晴らしい能力だよ？」

「え？　私？　あ、ありがとうございます。だけど、私の能力はまだまだですし、これから先に活かせる機会があるかもよくわかりませんから」

唐突に褒められて、オティリエはちょっぴり動揺してしまう。

この一週間の仕事内容から判断するに、現在オティリエに求められているのは事務処理能力だ。それも十分とは言い難いが、今後、心を読み取る能力が必要となるかはわからないし、今のところ使いこなせる自信もない。

(私ももっと、ヴァーリック様の役に立ちたいんだけどな)

誰にでもできる仕事なら、ヴァーリックがオティリエを拾う必要はなかった。瞳の色を変化させたり、物から情報を読み取ったり……エアニーや他の補佐官は立派にヴァーリックの役に立っている。

オティリエも、オティリエだからこそできるなにかが欲しい。そうでなければ、ここにいていい理由がなくなってしまう。

「オティリエ、君を連れてきたのはこの僕だ。自分を——僕を信じて。今はまだ、そばにいてくれるだけで構わない。焦らないで。ゆっくり自分の能力を磨いていってよ」

「……はい、ありがとうございます」

ゆっくり、着実に。今は力をつける時期だ。——他の補佐官たちも同じことを言うし、オティリエ自身も自分にそう言い聞かせている。

それでも焦ってしまうのだからどうしようもない。一分が一時間に、一日が一週間に、一週間が一カ月になればいいのにと願ってしまう。早く成長したくて……ヴァーリックに追いつきたくてたまらなかった。

食事を終えると、オティリエとヴァーリックは街へと繰り出した。けれど、ふたりが向かうのは人混みの多い商店街ではない。郊外の方角だ。

「ヴァーリック様、あの……」

「オティリエ、違うだろう？」

オティリエがヴァーリックに声をかけようとした瞬間、ヴァーリックがシーッと指を立てる。オティリエは思わずドキッとした。

「えっと……」

期待に満ちた表情でヴァーリックがこちらを見つめている。オティリエはゴクリと息を呑んだ。

「リ……リック様、こちらにはなにがあるんですか？」

オティリエが呼ぶと、ヴァーリックがとても嬉しそうに目を細める。それから彼はオティリエの頭をそっと撫でた。

「オティリエは熱心に歴史書を読んでくれていただろう？　だから、王都にある歴史に関連深い名所を巡ってみようと思ったんだよね」

ヴァーリックの言葉に、オティリエはぐるりと街並みを見回してみる。と、見覚えのある建物を発見して思わず瞳を輝かせた。

「もしかして、あちらはトゥワリエ寺院でしょうか？」

「そう。僕の曽祖父が作らせた寺院だ」

「たしか、天災や疫病が続いた後、平穏な世を願って建てられたお寺なんですよね？　大きな聖女様の像が祀られているって読みました」

寺院に近付くにつれ、たくさんの人々が参拝している様子が見えてきた。

「そうだよ。寺院に込められた願いの通り、父の御代は平穏だ。けれど、いつまた大変な事態が起こるとも限らない。だから、オティリエにも実際にここに来てみてもらいたかったんだ。とても綺麗な場所だろう？」

「ええ」

城とはまた趣の異なった美しい建物。神聖な場所ならではの澄んだ空気を吸い込みながら、オティリエはほぅと息をついた。

「なんだか心が洗われますね」

寺院の奥にある白磁の聖女像を見上げながら、オティリエはそっと手を合わせる。

書物に書かれた内容や挿絵を見るより、自分の目で見て、感じたものの方がずっとずっと自分事としてとらえられる。

なにより、参拝者の表情や様子は挿絵からはうかがうことができない。

(みんな温かい表情をしている)

建物の美しさや歴史的な背景も相まって、ここは国民たちの心の拠りどころなのだろう。

「この辺には他にも歴史的な建造物がいくつもあるから回ってみる？　もちろん、オティリエが別のことをしたいならそれでも……」

「いいえ！　私からもぜひお願いしたいと思っていました。あの……リック様がよろしければ、宝物殿も拝見してみたいのですが」

「もちろん。時間が許す限り色々と回ってみようか」

ふたりはそれから色んな場所を歩いて回った。歴史の舞台となった門や古い王族の墓、花や噴水の美しい自然公園——どれもオティリエが見てみたいと願っていた場所だ。

（私よりもヴァーリック様の方がよほど、人の心を読むのが上手だわ）

どこに行きたいとねだったわけではないのに……ヴァーリックはオティリエの見たい景色を見せてくれる。行きたい場所へと連れていってくれる。

「本当は古都の方も回りたいんだけどね。今日の反応を見るに、オティリエはとても好きそうだし……」

「古都！　すっごく興味あります。たしか三百年前に遷都をしたんですよね？」

都が移ることはそう多くない。だが、人口が一極集中してしまった場合や、天災等の影響により都として機能しなくなった場合など、必要に応じて遷都が行われる。

「そう。理由は覚えてる？」

「理由は……宗教的な干渉が強くなったからだと読みました。神官や彼らと結託した貴族たちが政治に口を挟むようになったのだと。ですから、彼らの影響を断ち切るために、大きな神殿や寺院がたくさんある古都から離れ、今の土地に王都を移したんですよね？」

「正解。きちんと勉強できているね」

ヴァーリックはそう言ってニコリと微笑む。

「今日はあまり時間がないし、三カ月後、古都にある神殿に視察に行く予定になっているんだ。その時に案内をしてあげるから楽しみにしていて」

「え？　あの、私も視察に同行していいんですか？」

「もちろん。オティリエは僕の大事な補佐官のひとりだからね」

そっと頭を撫でられ、オティリエは胸がキュッとなる。楽しみで、嬉しくて、たまらなかった。

「さて、せっかく街に来たんだし、買い物もしていこうか。広場のそばにいい店がたくさんあるんだ」

「はい！　ぜひ、お願いします」

しばらく歩くと、王都の中央部――バルグート広場が見えてきた。広場は多くの人でごった返しており、オティリエは驚きに目を見張る。

「……すごい人出ですね」

王都の人口は知っているが、普段扱っている数字とは桁が違うため、実際のイメージが湧かなかった。ここにいるのはそのうちの一部だと理解しているものの、どうしたって圧倒されてしまう。

【あっ、あの店かわいい】

【邪魔。人多すぎでしょ。こんなところで止まるなっての】

【たしか、あっちに美味しいドーナツ屋があったような……】

(やっぱり、これだけ人がいると、心の声も相当な大きさになるわね)

ダイレクトに頭に響いてくる声たちを、オティリエは意識的に遠ざける。全部に耳を傾けていたら、途中で疲弊してしまいそうだ。

「大丈夫、オティリエ？　はぐれないように気を付けて。ちゃんと僕に掴まっているんだよ？」

「あ、はい。ありがとうございます」

オティリエはヴァーリックの腕に手をのせ、彼と寄り添うようにして歩いた。

広場には露店が出ており、歩くたびにオティリエの目を楽しませてくれる。

(あっ、あのスカーフかわいい。あのハンカチも。あれは……ブックカバーかしら)

時に立ち止まって商品を見ながら、オティリエの気分は高揚していった。貴族の令嬢が購入するような高価な品ではなかったが、見ているだけで癒やされるし、幸せな気分になってくる。

「どれもかわいいね。オティリエによく似合いそうだ」

髪飾りを手に取り、オティリエにあてがいながらヴァーリックが笑う。

「あっ……ありがとうございます。どれも素敵ですよね。惚れ惚れしてしまいます。だけど、私は自分で自分のものを選んだことがほとんどなくて。どれがいいか決めきれる気がしないんです。ドレスもカランに選んでもらいましたし」

実家で使っていたものはすべてイアマの使い古しだった。なにかを選ぶ権利が自分にあるという状態にまだまだ慣れることができず、オティリエは及び腰になってしまう。

「大丈夫だよ。何時間でも付き合うから。オティリエが好きだと思えるものにとことん向き合ってよ」

「そ、そういうわけにはまいりません。ヴァーリック様の貴重な時間を、そんなことのために費やすなんてダメです。お買い物は私のレベルがもう少し上がってから……あまり時間をかけずに選べるようになってからということで」

と、オティリエがそう答えたその時だった。

【殺す……ここにいるやつらみんな、俺が殺してやる】

(え?)

頭の中に知らない男性の心の声が流れ込んでくる。キョロキョロと辺りを見回してみたものの、どの人が、どこから発したものかがまったくわからない。

(どうしよう……)

オティリエは途方に暮れながら、ゴクリとつばを飲んだ。

「オティリエ? どうかしたの?」

と、ヴァーリックが声をかけてくる。オティリエの様子がおかしいことに気付いてくれたのだ。

「ヴァーリック様、声が……」

「声?」

【許さない。絶対、絶対許さない】

こうしている間にも、男性の心の声が聞こえてくる。どうしたら一番効率よくヴァーリックに状況を伝えられるだろう? 今は説明している時間が惜しい。

(そうだわ)

オティリエはハッと思い立ち、ヴァーリックの手のひらを勢いよく握る。

「オティリエ!? いったいどうし……」

【殺してやる。全員、許してなるものか。大丈夫、今日のために準備を積み重ねてきたんだ。絶対に成功させてみせる】

いきなり手を握られたために一瞬だけ頬を染めたものの、ヴァーリックはすぐに神妙な面持ちへと切り替わった。

（私には聞こえるだけで、どうしたらいいかなんてわからない。だけど、ヴァーリック様なら解決策を見つけてくださるかも）

伝われ、と念じながら、オティリエは手のひらに自分の能力を集中させる。自分が聞いている心の声と同じものが、ヴァーリックにも聞こえるように。働きはじめた翌日に、ヴァーリックとふたりで訓練をした時のことを思い出したのだ。

「オティリエ、僕にも聞こえる。ひとまず状況はわかった。だけどこれは……この声の主はどこにいるんだろう？」

「わかりません。これだけ人が多いからまったく特定ができなくて」

ヴァーリックはオティリエからそれだけ確認すると、離れたところに控えていた護衛騎士たちを呼んで、すぐに事態を説明する。騎士たちは一瞬だけ怪訝な表情をしたが、他でもないヴァーリックからの要請だ。真剣な表情で頷き合った。

「まずは広場の警備を担当している騎士たちに連絡を。不審な男性を見つけたらただちに対処するようにと」

「承知しました」

必要最低限の護衛を残し、騎士たちはヴァーリックの指令でそれぞれ動きはじめる。なおも聞こえる心の声に困惑しつつ、オティリエはゴクリと息を呑んだ。

「オティリエ、心の声は大体どのぐらいの距離まで聞こえるものなの？」

「基本的には普通の声が聞こえる程度の距離と同じだと思います。ですから、通常は半径五メートルが限度です。だけど、この声の主はあまり近くにはいない気がしています」

「それはなぜ?」

「聞こえ方がいつもと少し違うんです。くぐもっている感じがするのに、そのくせすごく大きく響いてきて。きっと……想いがあまりにも大きすぎて、遠くにいるけど心の声が聞こえてくるっていう状況なんだと思います」

オティリエは説明をしながら、キョロキョロと辺りを見回してみる。やはりそれらしき人物は見当たらない。

「だったら、僕と手を繋ぐまでの間に聞こえた内容は? 凶器とか、方法とか、そういったことは言っていなかった?」

「なにも。ただこの広場の人間をみんな殺すとだけ……ごめんなさい、なにもできなくて」

「そんなことないよ。君がいなかったら、僕たちは事件が起こった後に動くことしかできなかった。お手柄だ。……だけど、オティリエの気持ちはよくわかる。僕ものすごく歯がゆい。早く心の声の主を見つけなければ」

ふたりは手を繋いだまま、必死に耳をすませ続ける。しかし、聞こえてくるのは恨み言ばかり。具体的な犯行計画は聞こえてこなかった。

「あ、あの! 犯人は全員を殺すと言っていたんですが、そんなことが可能なんでしょうか?」

「できるかできないか、で言うなら不可能ではない。ただし、方法はかなり限定されるよ。たとえば爆弾を設置するとかね。もしもその仮説が正しいとして、爆弾を仕掛けるなら、広場の中央か人の集中している西側エリアに設置すると思う。その方が効率的に多くの人を傷つけられるからね」

「そんな! それじゃあ、私たちも急いで向かわないと……」

「大丈夫。僕の護衛ならそのぐらいのことには気付いてくれるはずだ。きっと今頃、中央と西側に優先的に人を配置してくれている。ただ、どのぐらい猶予があるかわからないし、方法も爆弾とは限らない。そんなものを素人が作れるとは思えないし」

とその時、脳裏にまた心の声が流れてくる。

【よし、はじめよう】

「ダメだ、男性が動き出す」

ヴァーリックが言う。オティリエたちに緊張が走る。広場のあちこちを見回しつつ、不安と焦燥感がオティリエの胸を焼いた。

(なにか……なにか手がかりはないの？)

目をつぶり、必死に意識を集中させる。

【よしよし、いい子だ。そう……こっちに行くんだ】

と、それまでとは異なる囁くような声音が聞こえ、オティリエは思わず振り返った。

「……！　ヴァーリック様、今の声聞こえましたか？」

オティリエは言いながら、ヴァーリックの手をグイッと引く。そしてそのまま通路の方へ向かって走りはじめた。

「オティリエ!?」

「さっき『いい子』って言ってるのが聞こえました。なにかを操っているみたいな発言も。男性はきっとひとりじゃありません。おそらくは動物……大型犬か馬と一緒にいるんじゃないでしょうか？」

広場に動物——たとえば馬車がいきなり、しかも意図的に突っ込んできたらどうなるだろう？　……おそらくは負傷者が多数発生する。パニックだって起こるだろう。それだけで大きな被害が予想されるが、もしもそれだけで終わらなかったらどうだろう？　たとえば犯人が広場の中で刃物を振り回したりしたら……。

（心の声がどんどん大きくなってる。多分……うん。声の主は間違いなくこっちにいる。もう少し、もう少し――）

「あれだわ！」

加速しながら広場へと向かってくる馬車が、オティリエの目に飛び込んできた。

「止まって！　そっちに行ってはダメよ！　お願いだから！　止まって！」

必死に声を張り上げながら、オティリエは馬車に向かって走っていく。けれど、地面の揺れる音が、事態に気付いて逃げ惑う人々の喧騒が、馬のいななきが、オティリエの声を妨げてしまう。

【行け……そのまま進むんだ！　もうすぐ俺の願いが叶う！】

「オティリエ、あの馬車で間違いない？」

「ヴァーリック様、はい！　間違いありません！」

先ほどまでとは異なり、心の声がはっきりと聞こえる。オティリエはコクリと頷いた。

「だけど、私じゃ彼を止められない。このままじゃ広場に突っ込まれちゃう……」

「大丈夫。絶対に止められるから。フィリップ」

「はい、ヴァーリック様」

その時、ヴァーリックの護衛として残っていたフィリップが、オティリエたちをその場に押し留める。それから彼は加速する馬車の前へと躍り出ると、右手をスッと前に掲げた。

「フィリップさん⁉　そんな、馬車がもうあんなに近くにいるのに！　あれじゃ正面からぶつかって――」

「大丈夫だよ、オティリエ。僕の従者はみんな素晴らしい能力を持っているんだ」

そう口にするヴァーリックの表情は自信に満ち溢れている。オティリエはおそるおそる馬車の方をもう一度見た。――と、先ほどまで広場めがけて走っていた馬が、唐突に足を止めているではないか。

【なぜだ⁉　どうして急に足を止めた⁉　止まるな！　動け！　走れ！】

バチン、バチンと馬を叩く痛ましい鞭の音が聞こえてくる。けれど、馬は微動だにせず、フィリップに向かって頭を垂れた。

「ヴァーリック様、そんな……信じられません。あんな状態で馬が止まるなんて」

「すごいだろう？　僕はフィリップを心から尊敬しているんだ。実は僕、かなりの動物好きでね。猫やら犬やら、捨てられた動物たちを保護して城で飼育してるんだ」

「はい、それは存じ上げております」

その話を聞いて、オティリエは自分も捨て猫や犬と似たような立場なのではないかと思ったのだ。当然、しっかりと覚えている。

「だけど、残念ながら僕自身はあまり動物に好かれる方ではなくてね……。どれだけかわいがっても、すぐにそっぽを向かれてしまうんだ。それでも、どうしても彼らと仲よくなりたくて。そんな時に、動物に好かれる素晴らしい能力を持った騎士がいるって聞いたら、重用したくなるだろう？」

ヴァーリックはそう言って護衛騎士――フィリップの方を見る。彼は馬に頬ずりをされながら、オティリエたちの方を向いて笑っていた。

「まあ、あそこまでくると『好かれる能力』というより『意のままに操れる能力』って言った方が正しいけどね。フィリップは暴走している動物が相手でも、あの通り落ち着けることができるんだ。本当に唯一無二の才能だろう？　心底羨ましい。だから、彼が僕の従者になってくれてよかったって心から思うんだ」

ヴァーリックはフィリップを見つめつつ、眩しそうに目を細める。オティリエは思わずハッと息を呑んだ。

『僕は他人の能力がなければなにもできない。腹立たしくて、悔しくて、拗ねていた時期がかなり長かったんだ。けれど、ないものねだりをしても仕方がない――ある日唐突にそう気付いてね。方向性を変えることにしたんだ。ないものは集めればいい。アインホルン家に限らず、僕はいろんな才能のある人たちを自分のもとに集めることにしたんだ』

（そっか。ヴァーリック様が集めているのは補佐官たちだけじゃない。護衛騎士たちもヴァーリック様が能力に惚れ込んで集めた人たちばかりなんだわ）

オティリエははじめて会った夜にヴァーリックが話していたことを思い出す。

「オティリエの能力も同じだよ。誰にも真似できない唯一無二の才能だ。君がいたから事態に事前に気付くことができた」

「え？　だけど私は心の声が聞こえただけで、実際に男性を止められたわけでもありませんし……」

「自分ひとりでなんでもできる必要はない。人にはそれぞれ、得意なことと苦手なことが存在する。大事なのは、必要な時に自分にできることを頑張ることだ。――オティリエが今日、そうしてくれたみたいにね。だから、自信を持って。焦らないで。ゆっくりと自分の能力と向き合ってほしい。僕は君を必要としているんだよ」

「ヴァーリック様……」

彼にはオティリエが焦っていることなどお見通しだったのだろう。優しい言葉をかけられて、オティリエは思わず泣きそうになる。なにより、ヴァーリックから必要とされていることが、オティリエには嬉しくてたまらなかった。

「くそっ！　くそっ！」

と、馬を動かすことを諦め、馬車からひとりの男性が降りてくる。げっそりと痩せ細った中年の男性だ。見れば、彼の手には刃渡りの短い刃物が握られていた。

「ヴァーリック様、見てください！　男性が！」

「大丈夫だよ。素人がナイフを振り回したところで、訓練を積み重ねた騎士には決して敵わない。フィリップは騎士としても優秀なんだ。なんといっても僕の護衛騎士だからね」

ヴァーリックの言葉通り、フィリップは男性からいともたやすくナイフを奪うと、地面にグイッと組み伏せる。「よし」と小さく呟き、ヴァーリックはニコリと微笑んだ。

「お手柄だよ、オティリエ。君がいなかったらたくさんの人々が負傷していたと思う。事件を未然に防げてよかった。……犯行を企んでいたあの男性のためにも。本当にありがとう」

「いえ、そんな……。ヴァーリック様のお役に立てたなら嬉しいです」

こんなふうにお礼を言われることにはまだ慣れない。しかも、定型的な事務処理を終えた時とは言葉の重みが違っている。あまりの照れくささに、オティリエはそっと下を向いた。

「後のことはフィリップたちに任せて大丈夫だ。疲れただろう？　僕たちはそろそろ城に戻ろうか？」

ヴァーリックがオティリエの肩をポンと叩く。オティリエは少しだけ迷った後、首をそっと横に振った。

「よかったら少しだけ……少しだけ、あの男性と話ができませんか？」

「え？　だけど……」

【いくら武器を奪って無力化しているとはいえ、あんな恐ろしいことを企んでいた男性だ。オティリエと直接会話をさせるのは少し不安だな。彼の心の声を聞いてオティリエが傷つくのは嫌だし、きっとものすごく疲れているはずだ。正直、これ以上負担をかけたくない】

ヴァーリックの心の声が聞こえてくる。おそらく彼は、自分の考えがオティリエに聞こえていると気付いていないのだろう。言おうか言うまいか迷っているのが伝わってくる。

（ヴァーリック様ご自身も疲れていらっしゃるのだわ）

そのせいでオティリエの能力を弾ききれていない。

けれど、それでも……オティリエはヴァーリックの顔をまっすぐ見つめた。

「知りたいんです。あの人の心を。どうしてあんなにも追い詰められていたのかを」

ヴァーリックが目を丸くする。

「オティリエ……」

「いえ、私が知ってどうこうできる話じゃないかもしれないし、そういう仕事を専門にしている人がいるってことも知っています。だけど私には、あの人が心の中で叫んで、もがいて、泣いていたのがずっと聞こえていたから。だから……」

心の声が聞こえるオティリエだからこそ、わかることがあるのではないか？　――おこがましくもそんなふうに思ってしまうのだ。

ヴァーリックはそっと目を細めると、オティリエの頭を優しく撫でる。

「わかった、行こう」

「……！　ありがとうございます！　あの、わがままを言ってすみません。ヴァーリック様は私を気遣ってくださったのに」

「そんなこと思わないよ。僕はむしろ、オティリエのそういうところがすごく好きだ」

「え？」

なんの気なしに紡がれた『好き』という言葉。けれど、オティリエに対する威力は絶大だ。

（好きって……好きって…………いえいえ、特別な意味じゃないってわかってますけど！　できればもう少し別の言葉をチョイスしていただきたかったなぁ、なんて）

ただの言葉の綾。こんな時に過剰反応すべきではない……そうとわかっていながら、オティリエの心臓はバクバクと鳴り響くのだった。


オティリエはヴァーリックに連れられて、男性のもとへとやってきた。周囲にはフィリップの他にも、事態を把握して駆けつけた騎士たちが大勢いる。当の男性はというと、ロープで手足を縛られ、がっくりとうなだれていた。

「ヴァーリック様」

騎士たちが一斉に頭を下げる。ヴァーリックは彼らにそっと微笑みかけた。

「お疲れ様。よくやってくれたね。……実は、彼と話がしたいと思っているんだ。みんなは少し下がっていてくれる？」

ヴァーリックが言うと、騎士たちは顔を見合わせながら困惑顔を浮かべる。

【ヴァーリック様の命令ならば従うべきとは思うが】

【大丈夫だろうか？　こんな現場に殿下をお連れして、後で問題になるのでは……】

万が一ヴァーリックになにかあったら——従者としては当然の考え方だ。

（やっぱり諦めるべきなのかしら？）

申し訳なさにオティリエがうつむいた時だった。

「大丈夫だよ。僕は君たちを信頼している。身の安全は完全に保証されているってね」

ヴァーリックが言う。彼の言葉と笑顔に、騎士たちがウッと息を呑んだ。

「それに、話をするのは僕じゃなくてオティリエだ。どんな発言を受けても責任は僕が取るし、君たちへの影響はなにもないから」

今は心の声が聞こえているわけでもないのに……ヴァーリックは騎士たちの懸念を感じ取り、きちんと解消してやっている。オティリエは密かに感動した。

「さあ、オティリエ」

騎士たちが後ろに下がると、ヴァーリックはオティリエの肩をそっと押す。

「ありがとうございます、ヴァーリック様」

オティリエは深呼吸をしてから、ゆっくりと身をかがめた。

「あの……」

「どうして……どうしてこんなことに？　俺の計画は完璧だったはずなのに。どうして事件を起こす前に止められてしまったんだ？　どうして？　どうして？」

耳を近付けなければ聞こえないほどのか細い呟き。オティリエはゴクリとつばを飲みながら、さらに体を近付けた。

「私には聞こえていたんです。あなたの心の声が」

「心の声？　……馬鹿なことを。そんなもの、聞こえるはずがない」

【俺の感情が、苦しみが誰かに聞こえるというなら、そもそもこんなことにはならなかった】

男性はふっと嘲るように笑う。オティリエは静かに首を横に振った。

「そんなことはありません。あなたは馬車の中で『許さない。殺してやるって』……ずっとそう叫んでいたでしょう？」

ピクリ――男性はおずおずとオティリエを見上げた。

「それで俺の企みがわかったっていうのか？」

「……ええ」

返事を聞くなり、男性はワッと声をあげて泣きはじめた。

「嘘だろう？　ちくしょう！　余計なことを……！　おまえが！　おまえが邪魔をしなければ、俺は望みを果たすことができたのに！　本当に、どうして邪魔なんて……」

「嘘、ですよね？」

オティリエが囁く。男性は目を丸くして、オティリエのことを凝視した。

「あなたは『余計なことをされた』だなんて思っていない。本当は誰かを傷つけたいわけじゃなかったんですよね？　……だって、あなたは迷っていたから。本当は引き返したくてたまらなかったんでしょう？」

　オティリエの言葉に、男性は首を横に振る。彼は噛みつかんばかりの勢いで、グッと身を乗り出した。

「違う！　わかったようなことを言うな！　俺は一度だって『引き返したい』なんて後ろ向きなことを考えちゃいない！　なにがあってもやりとげると！　絶対に思い知らせてやるって思っていた」

「そうですね。確かに、心の声はそう言っていました。……自分の心をごまかすために。自分を鼓舞するために。……そうでしょう？」

　オティリエが尋ねると、男性は眉間にシワを寄せた。

『許さない』『行かなきゃ』『よし行こう』『殺すんだ』って、何度も何度も聞こえました。それなのに、あなたはなかなか動き出さなかった。広場の近くに到着していたにもかかわらず、です」

「そ、そんなの当たり前のことだろう？　俺がしようとしていたことはそれほどまでにだいそれたことで……」

「そんなふうに思っている時点で、あなたは『嫌』だったんですよ。本当はそんなこと、したくなかったんです」

　人の心は時に嘘をつく。自分自身を騙すために。正当化するために。――守るために。真逆のことすら考える生き物なのだ。

「私も同じでした。行かなきゃいけない場所があるのに、どうしても嫌で。ドアノブに手をかけては引っ込めて、うずくまって。そのたびに『行かなきゃ！』って何度も何度も自分に言い聞かせてきたんです。だけど、本当は嘘だから……足が竦んで動き出せなくて。怖いって……嫌だって思えば思うほど、ますます嫌になっていって。そんな気持ちをごまかすために『私は行きたいんだ』って自分の気持ちに嘘をつくようになっていったんです」

それはほんの少し前までのオティリエの日常。部屋から一歩外に出れば、屋敷のみんながオティリエを嘲笑い、冷たい言葉を浴びせかける。それでも、生きていくためにはどうしても食事が必要だった。

嫌だと、行きたくないと、何度も思った。しかし、それでは足に力が入らない。

だから、オティリエは自分に嘘をついた。暗く悲しい気持ちから目をそらすために。そうしないと壊れて消えてしまいそうだったから。

「違う！　俺は……俺はそんなこと」

「それじゃあ、あなたは人を殺してなにがしたかったんですか？」

「え？　それは……」

男性がウッと口を噤む。

【俺はただ思い知らせたかっただけだ。俺をかえりみなかった国に。社会に。俺をこんなふうにしたのはおまえらだって、そう言ってやりたかった。だけど、そんなこと言ったところで……】

「俺はただ思い知らせたかっただけだ。俺をかえりみなかった国に。社会に。俺をこんなふうにしたのはおまえらだって、そう言ってやりたかった――そうなんですね？」

オティリエが男性の心の声を声に出して言う。男性は大きく目を見開き、呆然とオティリエを見つめた。

「本当に、聞こえるのか？」

「はい、聞こえます。人を傷つける事件なんて起こさなくても、あなたの気持ちは伝わります。……私が聞きます」

オティリエが男性の手のひらをギュッと握る。彼は瞳を潤ませた後、パッと視線をそらした。

「だけど、聞いてもらったところでなにも意味はない。おまえだけが知ったところで、国は、社会は、人々はなにも変わらない……」

「そんなことないよ」

と、ヴァーリックが口を挟む。彼はオティリエ同様男性のそばにかがむと、ニコリと微笑んだ。

「こう見えても僕は王太子だからね。君が欲してやまない国や社会を変えるための力を持っているんだ」

男性がひときわ大きく目を見開く。彼は涙を流しながら、ガクリと肩を落とした。

「誰かを傷つけなくても、人々の注目を集めなくても、想いは届くよ。あなたがそれほどまでに思い詰めていたことを、僕たちはちゃんと知っている。だから、どうか安心して。……自分の気持ちに素直になってほしい」

ヴァーリックが言う。声にならない叫び声がオティリエの心に直接響く。悲しいのか、嬉しいのか、困惑しているのか……胸をかきむしりたくなるようなわけのわからない感情に、こちらまで泣きそうになってしまう。

「――ありがとう」

消え入りそうな小さな声。オティリエはハッと男性を見つめる。

「止めてもらえてよかった。……ありがとう」

嗚咽混じりの声はひどく聞き取りづらい。けれど、オティリエには彼がなんて言いたいのかはっきりと聞こえる。

「はい」

胸に手を当てながら、オティリエはそっと目を細めるのだった。

オティリエたちが帰りの馬車に乗り込む頃には、空はどっぷり暗くなっていた。昼間とは違った表情を見せる街並みを眺めながら、オティリエはほぅと息をつく。

「疲れただろう？　城に着くまで休んでいて」

ヴァーリックはそう言って、オティリエを自分に寄りかからせる。すぐに襲いかかる心地よい睡魔。オティリエは首を横に振りながら、グッと姿勢を正した。

「大丈夫です。ヴァーリック様こそお疲れなのではありませんか？」

「ん？　……そうだね。かなり疲れた、かな」

今度はヴァーリックがオティリエへと寄りかかってくる。ドキッと心臓が跳ねるのを感じつつ、オティリエは平常心を装った。

「それにしても、世の中にはひどいことをする人がいるものですね」

「……うん、そうだね」

馬車に漂うしんみりとした空気。ふたりが考えているのは、先ほど広場に馬車で突っ込もうとした男性のことだ。

男性はもともと、素晴らしい技術を誇る馬車職人だった。過去には王室への献上品として馬車を作ったことがあるほどだという。しかし、彼はある日、弟子にそのすべてを奪い取られてしまう。技術、他の弟子たち、部品を卸している業者に加え、顧客すらも奪われてしまった。

当然男性だって黙っていなかった。奪われたものを取り返そうと手を尽くした。取引先を走り回り、なんとか受注を再開してもらえるよう懇願した。

しかし、弟子の離反の裏にはとある貴族が存在した。金儲けを生きがいとしたディングリーという伯爵だ。

伯爵は弟子に対して資金援助をする代わりに、利益の一部について還元を受ける。弟子の作った馬車の供給が増えれば増えるほど、伯爵は他の貴族たちに自分の投資の腕を自慢することができるし、弟子は弟子で、信頼も実績もないうちから貴族の後ろ盾という強い力添えを得ることができる。双方に旨味のある契約だ。

そんな状態で、一商人である男性が太刀打ちなどできるはずがなかった。弟子も、馬車を作るための材料も、顧客たちも、なにひとつ取り戻すことができないのに、仕事なんてできるはずがない。収入は途絶え、すぐに蓄えも尽きてしまった。すでに家賃は数カ月滞納しており、追い出されるのは時間の問題。当然食事だって満足にとれず、夢も希望も残っていない。死を待つだけの人生。

……ただ死ぬだけでは終われない。

そんな時に男性が思いついたのが、馬車で広場に突っ込むことだったのだという。そうすれば、自分の生きた証を――馬車を歴史に残すことができる。こんな理不尽がまかり通る世の中に一石を投じ、彼を傷つけた当事者たちには死よりも恐ろしい制裁を。生き地獄を味わわせたかった。

『関係ない人たちを巻き込んではいけないと頭ではわかっていました。けれど、俺にはこれしか考えられなかった。誰も俺が苦しんでいることに気付いてすらくれない……この世界が大嫌いでした。全員同罪だとすら思っていました』

すべての事情を語り終えた男性は、絞り出すようにそう呟いた。オティリエはヴァーリックと顔を見合わせつつ、かける言葉が見つけられない。

『企みを止めてもらえて嬉しかったという気持ちは本当です。誰も傷つかなくてよかったと心からそう思います。だけど……だけど俺は！　仕事もなにもかも失って、これからどうやって生きていけばいいかわからない』

男性の涙に胸が痛む。オティリエには彼の気持ちが痛いほど理解できた。

（私もお姉様からすべてを奪われてきたから）

……いや、相手がもともと信頼していた人間である目の前の男性の方が、失望感は大きかっただろう。もともと持っていたものを失うのと、最初からなにも与えられていないのとでは感じ方が違うはずだ。オティリエは目頭が熱くなった。

『フィリップ、彼を城に。……温かい食事を提供するように』

『はい、ヴァーリック様。すぐに手配いたします』

『え？　し、しかし殿下！　俺は、温かい食事をいただけるような立場では……』

『あなたがなにを企んでいたにせよ、結果的にはなにも起こらなかったんだ。まずは心と体をしっかりと休めてほしい。これからのことはあなたひとりで考える必要はない。僕や僕の部下たちが力になろう』

『殿下……』

男性と一緒に途方に暮れていたオティリエは、ヴァーリックの言葉に温かい気持ちになる。まるでもう一度オティリエ自身を救ってもらえたかのようで――オティリエは涙を流しながら微笑んだ。

「まあ、ひどいっていえば、オティリエの家族も大概だと思うけどね」

「え？　あ……そうですね」

ヴァーリックに話を振られて、オティリエはハッと我に返った。

こうして外の世界に出てみると、改めてあの屋敷の異質さに気付かされる。オティリエは苦笑いをしつつ、そっと窓の外を見た。

「私も、さっきの男性も、もっと早く誰かに相談が……助けてって言えていたらよかったのでしょうけどね。正直私はそんなこと、思いつきもしませんでした。世界中のみんなが私のことを嫌っていると思い込んでいましたし、どこに行けばいいかもわかりませんでしたから」

オティリエの場合はそもそも、外に出るという選択肢もなかったし、情報を得るすべだってひどく限られていた。仮にそういった場所が存在しても、利用できなかった可能性は高いだろう。

「……そうだね。現状は『助けて』と自ら声をあげることができない人に気付くための方法が存在しない。もしもオティリエが夜会に出席しなかったら、僕は君が苦しんでいることに気付かなかっただろう。国としては家庭や個人の事情に入り込むことは控えている、というのが実情だ」

普通の家庭は国や領主の介入なんて必要ない。貴族であればなおさら、他人から詮索されるなんて恥以外のなにものでもないだろう。だからこそ、オティリエの父親はヴァーリックから口出しされることに困惑し、ひどく嫌がったのだから。

「しかし、相談のための窓口だってきちんと整備されているとはいい難い。敷居が高いと感じる人は多いだろうし、そもそも存在すら知らない人も多いだろう。基本的には道路や水道といった国民みんなに関わることが主で、個別の相談に丁寧に応じているわけではないしね」

「……作れないものでしょうか？　人々の声に耳を傾ける場所を」

オティリエが思わず小さく呟く。「え？」と目を丸くするヴァーリックに、オティリエは焦って首を横に振った。

「い、いえ！　色々と課題があって今の形になっているとわかってるんです。それに、場所とか、人員とか、ノウハウとか、予算とか！　そういうものをクリアできないと新しい事業はできないんだってことも、先日教わりました。だけど、あんなことがあった後だから……なんとかできないかなって思ってしまうんです。理想は理想で、全部を実現できないってこともわかっているんですけど……」

「いいかいオティリエ。よく覚えておいてほしい」

ヴァーリックが改まった様子で口にする。相槌を打ちながら、オティリエは思わず居住まいを正した。

「僕たちの仕事は理想を描き、追い求めることだ」

「え？」

いったいどういうことだろう？　オティリエはそっと首を傾げた。

「他の誰かが……たとえば文官や重鎮たちが『無理だ』と言ったとしても、ひたすらに夢を見続ける。それを叶えるための道を模索する。僕はね、国を動かす者として『こうしたい』っていう強い想いを持つことが大事だと思っている。だから、無理だと思うことでもどんどん口にしてほしい。できるかできないかは後でゆっくりと考えればいい。だって、僕たちが理想を追い求めないで誰が追い求める？　実現させる？　夢のない国ほど悲しいものはないよ」

「ヴァーリック様……」

トクントクンと心臓が鳴る。これは期待……あるいは興奮だろうか？　オティリエがヴァーリックを見つめると、彼は目を細めて笑った。

「僕は王太子で、君はその補佐官なんだ。理想家であろう。貪欲にいこう。やりたいことは全部やる。もちろん、今すぐにってわけにはいかないかもしれないけど」

「はい、ヴァーリック様」

先ほど男性に向かってヴァーリックが言っていたこと。彼は……オティリエは、国や社会を変えるための力を持っているのだ。その言葉の意味をオティリエは改めて噛みしめていく。

（私は……ヴァーリック様の補佐官なんだわ）

なにやら体が燃えるように熱い。

新たな決意を胸に、オティリエは力強く微笑むのだった。

【四章】オティリエと神官と心読みの能力

（いったいどうなっているの？）

イアマが悔しげに唇を噛む。

妹のオティリエが屋敷を出てすでに三カ月。彼女は未だにヴァーリックの補佐官の地位におさまっているらしい。

しかも、手柄をあげ、重宝されているという噂すら聞く。愚鈍で無能――使いものになるはずがないあのオティリエが。憤るのも当然だ。

（あの子を迎えに行った使用人もノコノコと帰ってきてしまったし、本当に腹立たしいわ）


三カ月前、イアマはオティリエを連れて帰るようにと厳命し、使用人を城へ送り込んだ。けれどその男は『面会すら叶いませんでした』と笑顔で報告してきたではないか。

その時のイアマの怒りようは、筆舌に尽くしがたいほどであった。

『この役立たず！　なにが面会すら叶いませんでしたよ！　会えるまで何度でも粘りなさい！　大体、正面突破が無理なら城に侵入すればいいだけでしょう？』

『そんなことをしては私の命がなくなってしまいます』

『なくなってしまえばいいのよ、そんなもの！　わたくしの願いを叶えることの方がよほど大事でしょう！』

普段はイアマに心酔している使用人たちすら震え上がるほどの剣幕。当の使用人は困ったように笑い続けているのだから、余計イアマの気に障る。

『まあまあイアマ、彼もおまえのために頑張ってくれたんだ。そのへんで勘弁してやりなさい』

『お父様⁉　そんなの無理に決まってるじゃない！　絶対に許せない！　こんな男、さっさとクビにして！　じゃなきゃわたくしの気がおさまらないわ』

珍しく仲裁に入った父親に対し、イアマは激しく噛みつく。けれど彼はバツの悪そうな表情で、どうどうとイアマを宥め続けた。

『そんなことで使用人をクビにすることはできないよ。ただでさえ我が家は今、殿下に目をつけられているんだ。理不尽な解雇をしたと咎めを受ける可能性が高い。わかるだろう？』

『…………なによそれ』

イアマは眉間にシワを寄せ、父親の胸をグイッと押す。

『殿下なんて、身分だけが取り柄の最低な男じゃない。わたくしに対してあんな失礼な態度を取った挙げ句、オティリエを補佐官として連れていったのよ⁉　いったいなにを恐れる必要があるの！　我が家の力を使えば、あんな男、なんとでもできるはずで……』

『いい加減にしなさい！』

父親が怒鳴り声をあげる。生まれてはじめて聞いた父の怒声に、イアマは思わずたじろいだ。

『オティリエのことはもう忘れなさい。あんな娘、はじめからいなかったも同然なんだ。おまえが固執する必要はない。……違うか？』

『それは……』

そう言われては、イアマは返す言葉がなくなってしまう。

本当は忘れられるはずがない。オティリエはイアマの優越感を満たすための道具であり、大事なおもちゃだ。たまりにたまった鬱憤を晴らすために、オティリエの存在は必要不可欠なのだが。

『わかったわ』

イアマの返答に、父親や使用人たちがホッとため息をつく。

今はね、と心の中で付け加えつつ、彼女はグッと拳を握った。

あれからすでに三カ月。イアマはもう十分待った。しかし、父親にも釘を刺されている以上、前回と同じやり方でオティリエを連れ戻そうとするのは難しそうである。

(そうだわ！　文官として働いていらっしゃるお兄様なら、オティリエの状況が詳しくわかるかもしれない)

オティリエごときが補佐官としてやっていけるはずがない。重用されているらしい、というのはアインホルン家に媚を売りたい人間が父親に対して流した情報で、実態はかけ離れているということなのだろう。兄ならば、忖度のないありのままのオティリエの情報をイアマに与えてくれるはずだ。

(そうよ。よく考えたら、お兄様にオティリエを連れ戻してもらえばいいんだわ。お兄様だってきっと、無能な身内が補佐官として働くことを恥じているはずよ)

善は急げ。イアマは急いで手紙をしたため、兄に対して送るよう使用人に命令する。

(見てなさい、オティリエ。絶対にあんたをこの家に連れ戻してやるんだから)

イアマは城の方角を見つめつつ、ニヤリと笑みを浮かべるのだった。

＊＊＊

（なるほどね）

ヴァーリックはとある報告書に目を通しつつ、はぁと小さくため息をつく。

「なんと書いてあるのですか？」

「イアマ嬢が再び動き出したと。懲りないよね、彼女も」

読んでみて、とエアニーに報告書を渡しつつ、ヴァーリックは苦笑を浮かべた。

オティリエとともに街歩きに出かけた翌日、ヴァーリックは騎士たちからとある報告を受けた。オティリエを迎えに来たとアインホルン家から使用人が来ている、と。

しかし、使用人の男性には不審な点が多く、オティリエは不在にしていると断られた後も城に居座り、騎士たちの隙をついて城内に侵入しようとした。このため、ひと晩の間、牢に閉じ込められていたのだという。

「あの時、騎士たちがオティリエじゃなく、僕に直接報告をあげてくれてよかったよ。おかげでオティリエに余計な不安を抱かせずに済んだ。貴重な情報源を手に入れることもできたしね」

ヴァーリックはそう口にしつつ、報告書をチラリと見る。

三カ月前、ヴァーリックは捕らえられたアインホルン家の使用人の男性と面会した。おそらくイアマの魅了により操られているのだろうと予想して。

案の定、使用人はイアマにより強い暗示をかけられていた。必ずオティリエを連れ戻してくるように、と。

幸いだったのは、彼はアインホルン家で雇用されてまだまもなく、魅了の影響が小さかったことだ。ヴァーリックの能力により使用人は正気を取り戻せたのである。

『ひどい……こんなことに利用されるなんて』

自分が操られていたという事実を知り、男性はひどくショックを受けていた。そのせいで牢屋にまで入れられたのだから、無理もないとヴァーリックは思う。

『君はこれからどうしたい？』

『それは……わかりません。正直言って怖いです。イアマ様にまた理不尽なことを命じられるのではないか、と。けれど、利用されたまま終わるのもなんだか悔しくて』

『……だったら、僕と取引をしない？　決して悪いようにはしないから』

ヴァーリックが微笑む。使用人はえ？と目を見開いた。

「貴重な情報源……本当にそうですね。あのままイアマ嬢が諦めてくれれば、そんなものは不要だったのでしょうが」

エアニーはそう言うと、アインホルン家の使用人からの報告書をヴァーリックに返した。

「彼女はオティリエにかなり執心しているようだからね。簡単には引き下がらないと思っていたよ」

ヴァーリックが使用人に持ちかけた取引の内容はふたつある。

ひとつは、イアマの情報をヴァーリックに提供すること。もうひとつは、アインホルン家の使用人たちの魅了を解いていくことだ。

ヴァーリックは自身の能力を込めた水晶を使用人に分け与え、他の使用人たちに渡すよう指示をした。雇用期間の短い者から少しずつ。段々と正気に戻る者が増えるように。報告書にはそちらの方の経過も順調だと記されている。

「それにしてもオティリエの兄、か」

「お会いになられますか？」

「そうだね。彼には次の視察に同行してもらおうと思っていたし、ちょうどいい機会だ」

ヴァーリックの返事を聞き、エアニーは承知しましたと頭を下げる。

（さてと）

そろそろ次の仕事に移らなければならないだろう。ヴァーリックはグッと気を引きしめた。


休憩時間、オティリエは同僚補佐官たちと穏やかに談笑していた。

「オティリエさん、大分仕事に慣れてきたね」

「はい。みなさんのおかげです。ありがとうございます」

今日はヴァーリックに会食の予定があるということで、部屋にはエアニーを除いた補佐官たちだけしかいない。滅多にない機会なので、なんだか少しだけ緊張してしまう。それに対し、補佐官たちはヴァーリックがいないためかどこか砕けた印象だ。

「教育係もほとんどついたことがないって聞いていたから、どうなるかと思ったけど、飲み込みが早くて本当にびっくりしたよ」

「本当、本当。まだ三カ月しか働いていないとは思えない。いつも正確・丁寧に文書を作成してくれるし、頭の回転もすごく速いだろう？　法律の条文や各分野の専門知識も恐ろしいほど頭に入っているし、普通の文官よりもずっと優秀だよ。きっと俺たちの見えないところで努力をしてるんだろうなぁって。さすがはアインホルン家。……いや、ヴァーリック様が可能性を見出しただけのことはある」

「えっ、あっ……そうでしょうか？」

「『そうだよ』」

オティリエには彼らの心の声が聞こえるため、そういった本音の部分を事前に知っている。けれど、実際に言葉にされるのははじめてなので、少しだけ照れてしまった。

「これまで補佐官は男ばかりだったから、こんなにかわいい子が入ってくれて嬉しいんだよね。場が華やぐっていうか、和らぐっていうか」

「そうだな。エアニーさんなんてほとんど雑談をしないから、なに考えているかわからないところがあるし」

「あぁ……そう、ですよね。そう見えますよね」

同僚たちの言う通り、エアニーは必要なことだけを口にするタイプだから、周りからは不思議な人に見えるらしい。けれど、彼は存外熱い人だし、いつもヴァーリックや彼の補佐官のことを考えている。

（さすがに本人の許可なしにそれを伝えることはできないけれど）

なんだか損をしているなあとオティリエは思う。

「ねえ、心の声ってどんなふうに聞こえるの？　俺たちやエアニーさんが考えている内容もわかるってことだよね？」

「はい、聞こえます。どんなふうに聞こえるかは……ええっと、口で説明するのが難しいので、実際に体験していただく方が早いかもしれません」

「体験？」

首を傾げる同僚――ブラッドの手をオティリエはそっと握る。

【あっ、ブラッドのやつ！　オティリエさんに手を握られてる！　羨ましい。俺も握ってほしいのに】

と、別の補佐官が心の中で呟く。一方、ブラッドは目を丸くした後、オティリエの顔を覗き込んだ。

【なるほどね。こんな感じで聞こえるのか。……おもしろいな】

彼はそんなことを考えつつ、ニヤリと意地悪な笑みを浮かべた。

「おまえ、いいのか？　そんなこと考えて。婚約者に言いつけるぞ？　大体、オティリエさんには聞こえているとわかっているくせに、そういうことを考えるのはいかがなものかと思うがな」

「なっ！」

ブラッドのセリフに、もうひとりの補佐官は顔を真っ赤に染め、キョロキョロと辺りを見回した。

「やめろよブラッド。俺の婚約者、本気でおっかないんだぞ。今、ものすごいヒヤヒヤしたじゃないか」

「知ってるよ。……というか伝わってきた。おまえの心臓の音とか、胸がキュッとした感じとか、全部聞こえるんだな」

ケラケラと笑いながら、ブラッドはオティリエの方をチラリと見る。

「すごいなオティリエさん。少し手を握るだけで他の人にも自分の能力を分け与えることができるんだ」

オティリエは「ええ」と返事をした。

「ヴァーリック様に教えていただいたんです。そういう能力の使い方があるって。はじめの頃はあまり上手にできなかったんですけど、練習するうちに安定して能力を発動できるようになりまして」

 働きはじめて三カ月。当初約束した通り、オティリエは定期的にヴァーリックとふたりきりで会い、仕事の話や能力の特訓をしてもらっている。

 必要な時に必要な能力を発揮できる――それが可能になったことがオティリエは嬉しい。

 オティリエの能力は本人が思っていたよりも、たくさん使いどころがあった。

 まず、文官との交渉や調整が必要な時、相手の本音がわかっているとやり取りがとてもしやすい。譲れるラインがどこなのかを自然とはかれることは、仕事をスムーズにこなすための秘訣だった。

 また、ヴァーリックに頼まれて貴族との会合に同席したこともある。後でこっそりなに考えていたか教えてほしい、と。さすがに会合の最中に手を握るわけにはいかなかったものの、後でものすごく感謝された。

「へぇ……そうなんだ。俺も体験してみたいな」

「――婚約者に言いつけるぞ」

「いや、そういうんじゃなくて！ 単純にどんな感じか興味があるんだって！」

 オティリエはクスクス笑いつつ「いいですよ」と補佐官の手を握る。

 とその時だった。

「楽しそうだね。僕も混ぜて……」

 ヴァーリックが執務室へと戻ってくる。けれど、彼の笑顔はどこか強張っており、言葉も途中で切れてしまった。

「ヴァーリック様？」

オティリエがそっと首を傾げる。どうしたのだろう？　明朗快活なヴァーリックらしくない。と、どこからともなくズキンと胸が痛む音が聞こえてくる。

【これは……相当まずいかもしれない】

（え？）

ヴァーリックの心の声に、オティリエは思わず目を見開いた。様子がなにやらおかしい。彼からズキズキ、モヤモヤといった普段とは違う音が聞こえてくるし、表情もなんだか辛そうだ。

（ヴァーリック様、どうなさったのかしら？　もしかして、お体の具合が悪いとか？）

オティリエがそう思った途端、ブフッと盛大な噴き出し笑いが聞こえてくる。誰だろうと顔を上げてみれば、笑い声をあげたのは手を握っている補佐官だった。どうしたのだろう？と首を傾げるオティリエに、補佐官はフッと目を細めて笑う。

【違うよ、違う。そうじゃないんだよ、オティリエさん】

（え？　違う？　そうじゃない？）

心読みの能力を分け与えている彼にも、オティリエと同じようにヴァーリックの心の声が聞こえたはずだ。しかし、違う、と断言されるのであれば、体調が悪いわけではないのだろう。

（だったら、ヴァーリック様はどうして……）

心の中で会話を交わしていると、ヴァーリックが「んんっ」と小さく咳払いをした。

「えっと……ふたりは今、なにをしているんだい？」

「え？　と、手を握っています？」

どうしてそんなことを尋ねるのだろう？　オティリエが答えると、ヴァーリックがムッと唇を尖らせる。次いで脳内に補佐官たちの笑い声が聞こえてきた。彼らはヴァーリックからは見えないよう、顔を背けたり、下を向いて肩を震わせている。

【オティリエさん、それだけじゃ情報が足りない！】

【もう少し！　もう少し詳細を伝えてあげて！】

（詳細……詳細？）

どうして補佐官たちは笑っているのだろう？　どうしてヴァーリックは少し不機嫌なのだろう？　心読みの能力を弾かれているらしく、あれ以降ヴァーリックの心の声はちっとも聞こえてこない。混乱しているオティリエの肩を、ヴァーリックはそっと叩いた。

「オティリエ、彼には婚約者がいるんだ。手を握るのはやめておきなさい」

「え？　そ、それは知ってます。だけど……」

「ほら、もうおしまい」

彼はそう言って、オティリエの両手を補佐官から引き離す。その途端、またもや補佐官たちの笑い声が聞こえてきた。

【ヴァーリック様……！】

【ああもう、焦れったいな！】

（焦れったい？　……なにがそんなにおかしいのかしら？）

別に馬鹿にされている感じはしない。むしろなにやら温かい空気を感じるのだが、それがどうしてなのかわからないままだ。問いただしたい気持ちもあるが、彼らが笑っていることをヴァーリックには知られない方がいいかもしれないしと、オティリエは首を傾げる。

「そういえば、仕事の件でオティリエに話しておきたいことがあるんだ。少しあっちで話そうか」

と、ヴァーリックがソファの方を指差した。

【ヴァーリック様、今は休憩時間ですよ？　本当に仕事の話ですか？】

【執務室に戻ってきた時は、みんなと話したそうにしてたのになあ】

オティリエが頷くよりも先に、補佐官たちのツッコミが聞こえてくる。

（そう言われればそうだけど……）

本当にみんな、どうしてしまったのだろう？　そう思いつつ、オティリエはヴァーリックの後に続いた。

「あの、仕事の件というのは？」

ソファに腰かけるとすぐにオティリエが尋ねる。

「その前に」

ヴァーリックは改まった様子でオティリエを見つめた。

「ねえ……どうして手なんて握っていたの？　さっきも言ったけれど、彼には他に婚約者がいるんだよ？　まさか、好きだから、なんてことはないよね？」

真剣な声音。どこか余裕のなさそうなヴァーリックの表情に、オティリエは目を丸くする。

（好き？　私が彼を？）

ヴァーリックにそんな勘違いをされているとは思っていなかった。振り返ってみても、そんな雰囲気は皆無だったと思うし、どうして誤解をされたのかがわからない。オティリエは首を横に振って否定した。

「それじゃあオティリエは、なんでもないのに男性の手を握っているの？　僕の知らないところで。……僕以外の男性と？」

ヴァーリックはそう言って、オティリエの手をギュッと握る。その途端、オティリエの心臓がドキッと高鳴り、体がものすごく熱くなった。

（どうして？　さっき、ブラッドさんたちの手を握った時はなんとも思わなかったのに）

ドッドッドッドッとうるさく鳴り響く鼓動の音。どこか苦しげなヴァーリックの表情に、オティリエの胸がギュッとなる。

「違います。さっきのはただ……私の能力を他の人に体感してもらうために握っていただけなんです！」

このままではいたたまれない。恥ずかしさのあまり目をつぶりつつ、オティリエは必死にヴァーリックへと訴える。

「体感？　オティリエの能力を？」

「そうです。どんなふうに聞こえるのか気になると言われたので、それで」

オティリエの返事を聞きながら、ヴァーリックの顔がゆっくりと紅く染まっていく。

「そうか。そうだったのか……」

「はい。ですから、私が彼を好きだとか、誰の手でも握っているというわけではなくてですね！」

どうか誤解を解いてほしい。懸命に訴えかけると、ヴァーリックは盛大なため息をつきながら、オティリエの肩口に顔を埋めた。

「え？　あの……ヴァーリック様？」

「ごめん……カッコ悪いな、僕」

そんなことは思っていないと首を横に振ったものの、おそらくヴァーリックには見えていないだろう。それよりなにより、近すぎる距離が、彼と触れ合っていることの方が、オティリエにとっては重要だった。

先ほどよりも速くなる鼓動。ヴァーリックにまで聞こえてしまうのではないか？　……そう思ったオティリエだったが、途中から脳内に響いている鼓動の音がひとつでないことに気付いてしまう。

（ヴァーリック様もドキドキしている？）

どうして？　……そう尋ねたくなるのをグッとこらえ、オティリエは深呼吸をした。

「ごめん……本当にごめん」

「いえ、そんな。ヴァーリック様に謝っていただくようなことではございません。ただの誤解ですし」

「ううん、さっきのは絶対的に僕が悪い。——頭にね、血がのぼったんだ」

「え？」

オティリエが思わず聞き返す。ヴァーリックはようやくチラリと顔を上げると、バツが悪そうな表情を見せた。

「オティリエが僕以外の男性の手を握っているのを見て、すごくモヤモヤして……嫌な気持ちになった。冷静になれば、君が自分の能力を体験させようとしていただけだって気付けたはずなのに、そんなことはちっとも思いつかなかった。……本当に、ただただ嫌だったんだ」

はぁとヴァーリックのついた息が熱い。オティリエはなんと返事をしたらいいかわからず、コクコクと小刻みに頷く。

「……幻滅した？」

「いえ、まさか！　私がヴァーリック様に幻滅するなんて絶対にありません」

実家から連れ出してもらい、仕事まで与えてもらったというのに、そんなことを思うはずがない。

オティリエが必死に訴えれば「よかった……！」とヴァーリックが顔をクシャクシャにして笑う。

（ああ、なんて顔をして笑うの……！）

自分の心臓がものすごくうるさい。悲しくもないのに涙まで滲んでくるではないか。こんな感覚、オティリエは知らない。戸惑いと、照れくささの入り混じったなにか。けれど、きっとそれだけではない。

（私はきっと——嬉しいんだわ）

それがなぜなのか、うまく説明できないけれど。

オティリエとヴァーリックの視線が絡む。どちらともなく顔をそらし、それからまたゆっくりと見つめ合う。なにか言わなければ……そう思うものの、唇がうまく動かない。

どのぐらい経っただろう。沈黙を破ったのはヴァーリックだった。

「ねえ、もしも僕が『たとえ能力を分け与えるためであっても他の男と手を握るのは嫌だ』って言ったら、オティリエはどう思う？」

「え？」

どこか拗ねたようなヴァーリックの表情。普段は年齢よりも大人びて見えるのに——そんなことを考えつつオティリエは首を小さく横に振る。

「ヴァーリック様が嫌なら、今後は手を握る以外の方法を……離れていても能力を分け与えられるように練習します」

オティリエの返事を聞きながらヴァーリックが目を丸くする。それからとても嬉しそうに笑った。

（本当は『嫌なんですか？』って尋ねてみたかったけど）

この反応を見るに、きっとそうなのだろう。

だとすれば、どうして嫌だと思うのだろう――オティリエの疑問は尽きない。しかし、彼が心の声を隠している以上、詮索するのは無粋だろう。きっと聞かれたくないと思っているはずだ。

（いつか教えてくださるかしら？）

教えてほしいような、ほしくないような……そんなことを考えながら、オティリエはそっと微笑むのだった。

無事に誤解が解けた後、ヴァーリックはおもむろに別の話題を切り出した。

「お兄様、ですか？」

「うん。今度の視察に同行してもらう予定なんだ。オティリエには事前に伝えておいた方がいいと思って」

家族との関係性が悪いオティリエの気持ちに配慮してくれているのだろう。オティリエは「ありがとうございます」と返事をしつつ、そっと首を横にひねる。

「正直、兄とはほとんど話をしたことがないんです。八つも年が離れている上、私が八歳の時には家を出てしまいましたし、私とは関わり合いになりたくない、という感じでしたから」

オティリエの兄であるアルドリッヒは一度見たものは決して忘れない能力の持ち主だ。父親とも姉のイアマとも少しタイプが違う。冷静沈着、感情を揺らすことがほとんどない人で、オティリエに対しては無関心という印象。心の中で悪口を言われるわけでもなく、かといって姉から守ってくれるわけでもない。会話をした経験は皆無に等しく、顔を合わせる機会も少なかったため、どういう人かよくわからないというのがオティリエの感想だ。

「そうなんだ……。それじゃあ、彼が文官になってから実家に帰ってきた回数は？」

「おそらくゼロではないと思います。ただ……私は顔を合わせていないのでわかりません。けれど、どうしてそんなことを？」

「それだけ長期間実家から離れていたなら、君のお兄さんはイアマ嬢の魅了の影響が消えているか、薄れているんじゃないかと思ってね」

ヴァーリックの返答にオティリエは目を丸くする。

「そっか……そういう可能性もあるんですね」

もしも家族や使用人たちが魅了の影響を受けていなかったら、どんなふうにオティリエに接してくれるだろう？　イアマにしていたように優しく微笑みかけてくれるだろうか？　――城に来てからそんな想像をしたことは何度かあった。もっとも、実現する日が来るとは微塵も思っていないのだが。

「兄に魅了の影響が残っていても、仕事ですから。きちんと割り切ってこなしますよ」

好きや嫌い、苦手といった感情に左右されていては、仕事がまったく進まない。城内で働いているあらゆる人が、心の中ではあれこれ考えながら立派に仕事をこなしているのを知っているので、オティリエも見習わなければならないと思う。

「うん、いい心がけだ。だけど、事前に僕の能力で魅了の影響を無効化できないか試してみるつもりだし、視察の際にアルドリッヒとの絡みはそこまでない予定だ。それでも、辛いようなら配慮するからきちんと僕に頼ってね」

「そんな、ヴァーリック様にそこまでしていただかなくても……」

「僕がそうしたいんだよ」

ヴァーリックに微笑まれ、オティリエの胸がキュンと疼く。

彼は誰にでも優しい人だ。そんなことは重々承知している。けれど最近、なにやら特別扱いをされているような気がしてしまい、そのたびにオティリエは『勘違いだ』と自分に言い聞かせている。ヴァーリックはオティリエの能力に期待をしてくれているだけ。他の補佐官と同列なのだから、と。

(ヴァーリック様の役に立つために頑張らないと)

ペチペチと頬を叩き、オティリエは気合を入れ直した。


それから数日後、古都にある神殿の視察の日がやってきた。

「わぁ……! これがティオリオルン神殿なんですね!」

歴史を感じる古い建物と独特な香り、巨大な石柱や大理石でできた床。城や王都の寺院とはまた違った趣のある建物で、オティリエは感動してしまう。

「お疲れ様、オティリエ。道中はどうだった?」

「ヴァーリック様! 楽しかったですよ。エアニーさんやブラッドさんとたくさんお話をさせていただきました」

馬車で出かけるのは、ヴァーリックとの街歩き以来。美しい自然や街並みを眺めながら同僚たちと会話をするのは、小旅行のようで新鮮だった。

「羨ましいな。僕もそっちに加わりたかった。ひとりじゃ退屈で退屈で」

悲しげなため息をつくヴァーリックに、オティリエはクスクスと笑い声をあげる。

「ご結婚されれば、ひとりで馬車に乗る必要はなくなりますけどね」

と、エアニーがボソリと呟いた。ヴァーリックはキョトンと目を丸くした後、ふっと笑みを浮かべる。

「確かにそうだね。この視察が終わったら、母上にも相談しなければならないな」

（結婚……）

オティリエは心の中で呟きながら、なんだかモヤモヤしてしまう。

王族である以上、ヴァーリックが結婚するのは当然のことだ。もともと、今年中には妃を選ばなければならないと言っていたし、補佐官である以上、そういう話題は避けて通れない。むしろ、候補者の検討や、それにかかる支援を積極的にすべき立場だとわかっているのだが。

（婚約者ができたらきっと、今のようにはヴァーリック様と過ごせなくなるのよね）

そう思うと少しだけ……いや、かなり寂しい。

オティリエはヴァーリックが大好きだ。いつまでもそばにいたいとそう思う。けれど、もしも結婚相手が補佐官に女性がいることを嫌がったら、配置換えだって必要かもしれない。……ヴァーリックと離れ離れになってしまうかもしれない。

（もっと……もっと私に実力や実績があったら。補佐官として必要不可欠だって、みんなにそう思ってもらえたら）

そうすれば、ずっと補佐官でいられるだろうか？　ヴァーリックの隣にいられるだろうか？　どれだけ褒めてもらえても、認めてもらえても、まだまだ足りない。このままではいけないのだ――オティリエがそう思ったその時だった。

「オティリエ？」

背後から誰かに声をかけられる。補佐官たちとも顔なじみの騎士たちとも違う声だ。

「はい……？」

振り返り、オティリエは小さく息を呑む。黒髪に紫色の瞳、スラリとした長身の男性がオティリエのことを見つめている。確証はないものの見覚えのある顔だ。

「お兄様？」

アルドリッヒ・アインホルン。オティリエの兄であり、次期アインホルン侯爵家の当主である。最後に会ったのは八年前なので、少し記憶と違うところがあるものの、なんとなく面影が残っている。オティリエに声をかけてきたことからも、アルドリッヒで間違いないだろう……そう思っていたのだが。

【嘘だろう⁉　俺の妹はなんてかわいいんだ……！】

（え……？　今の、お兄様？）

聞き間違いだろうか？　オティリエは目をパチクリさせながらそっと首を傾げる。

【かわいい。亡くなったお母様にそっくりだ。ああ、どうしてもっと幼い頃にたくさん会っておかなかったんだろう！　そうすれば、オティリエのかわいさをこの目に焼きつけられたのに】

口元を手のひらで押さえつつ、アルドリッヒはオティリエを見つめ続けている。

（どうしよう。やっぱり私の知っているお兄様じゃないかもしれない……！）

驚くやら戸惑うやら。オティリエはその場に立ち尽くした。

オティリエの記憶の中のアルドリッヒは、いつも無表情で感情の変化に乏しい人だった。心の声もほとんど聞こえてこず、なにを考えているのか、そもそも考えて行動をしているかどうかもよくわからない。

とはいえ、彼の記憶力はすさまじく、いつも的確に誤りや些細な違いを指摘してくるので、使用人たちや父親からも内心恐れられていたのを覚えている。

（そんなお兄様が、私をかわいいと思うなんて……）

にわかには信じがたい。別人だと考えた方がよほどしっくりきた。

「オティリエ、大丈夫？」

と、ヴァーリックが声をかけてくる。どうして？と首を傾げたら、ヴァーリックは真剣な表情でオティリエを見つめた。

【もしかして、お兄さんになにかひどいことを思われていない？　前回話をした感じ、問題ないと思っていたんだけど】

ほとんど会話を交わさないままオティリエもアルドリッヒも黙りこくってしまったため、なにかあったのではと心配をしてくれたらしい。オティリエは首を横に振りながら「大丈夫です」と返事をする。

「ああ、ヴァーリック殿下、先日はありがとうございました」

それまでヴァーリックの存在に気付いていなかったのだろう。アルドリッヒがヴァーリックに向かって挨拶をする。

（そういえば視察の前にお会いになるっておっしゃっていたっけ……）

特段言及がなかったため、今の今まで忘れていた。

（いったいどんなことをお話しになったのだろう？）

もしかして、アルドリッヒの雰囲気が以前と違うのは、ヴァーリックが彼の魅了を解いたからなのだろうか？

内心ドキドキしながら、オティリエはふたりのことをジッと見つめた。

「こちらこそ、とても有意義な時間だったよ。オティリエの幼い頃の話を色々聞けて嬉しかった」

「え？　私ですか？」

思わぬことを言われて、オティリエは目を丸くする。ヴァーリックはクスクス笑いながら「うん」と軽く相槌を打った。

「赤ちゃんの頃の愛らしさとか、はじめて歩いた日の話とか、好きだったおもちゃ、おしゃべりの様子とか他にも色々」

「そ、そんなことをお聞きになったのですか？」

恥ずかしさのあまり、オティリエの頬が紅く染まる。

「そんなことじゃないよ。僕にとっては超重要事項だ。他でもないオティリエのことだもの」

ヴァーリックはそう言って、ふっと目を細めた。

「……アルドリッヒは生まれたばかりの君のことを心からかわいがっていた。絶対的記憶力を誇る彼が言うんだから間違いない。そうだろう、アルドリッヒ？」

「ええ。……オティリエ、俺はおまえのことを心から愛しく思っていた。信じてもらえないかもしれないけど、本当なんだ」

アルドリッヒが言う。オティリエは戸惑いを隠せぬまま、ヴァーリックの方を向いた。

「だけど、アルドリッヒは年々、オティリエに対する興味が薄れていったみたいでね」

「それは……やはりお姉様の影響で？」

アルドリッヒが小さく頷く。オティリエはそっと胸を押さえた。

「だけど、最初からそうだったわけじゃない。ちゃんと君のことを愛してくれていた人はいたんだよ。それがわかって僕はとても嬉しくてね」

ヴァーリックにポンと頭を撫でられて、オティリエは思わず泣きそうになる。

「……それじゃあ私は、最初から嫌われていたわけじゃなかったんでしょうか？　お父様も、使用人たちも、同じだって思っていい？」

ずっとずっと、そうだったらいいと思っていた。自分が冷遇されているのはイアマの魅了の能力によるもので、オティリエ自身が悪いわけじゃないんだと。そうであってほしいと願っていた。けれど、自信なんて持てなくて、こうして今日まで来てしまったが。

「これまですまなかったね、オティリエ」

沈痛な面持ちでアルドリッヒが口を開く。彼はおもむろにオティリエに近付くと、ギュッと彼女を抱きしめた。

「魅了の影響とはいえ、俺は君にひどいことをした。これまで辛かっただろう？　ずっと気付かずにいてごめん。……ごめんな、オティリエ」

家族の誰かからこんなふうに抱きしめてもらった記憶はない。しかし、アルドリッヒの腕の温もりは心地よく、どこか懐かしい感じがする。

「お兄様……」

これから大事な仕事が控えているというのに目頭が熱い。アルドリッヒの服を汚してはいけないと思うのに、ポンポンと頭を撫でられては抗うことが難しい。

【よかったね、オティリエ】

と、ヴァーリックの声が聞こえてくる。顔を上げると、見えたのはあまりにも優しい笑顔。オティリエは涙をこぼしつつコクコクと頷く。

「ありがとうございます、ヴァーリック様」

ヴァーリックはオティリエの返事を聞きながら、とても嬉しそうに笑った。


定刻になったところで神殿の視察がはじまった。

まずは神官たちに連れられて、ぐるりと神殿を一周する。その後、普段は来殿者用に開放されている祈りの間を利用して、概況説明の場が設けられた。

当日配布された資料には、支所も含めた神官たちの人数や日々の来殿者数、国からの補助金や寄付、その使途を含めた神殿の財政状況といった内容が記載されていた。

（見た感じおかしなところはない、わよね）

おかしなところがなにもないのは当然なのだが、綺麗に整った数字を見ながら、視察がつつがなく進みそうで、オティリエは思わずホッとしてしまう。

「次に財政状況でございます。資料の中ほどにございます使途明細をご覧ください。収入の多くは貧しい信者たちの食事や衣服、支援をするために使用をしており……」

視察の責任者であるヴァーリックは、神官たちと向かい合って最前列に座っている。新人のオティリエは最後方、末席だ。ふたりの間には他の補佐官や、アルドリッヒをはじめとした別の部署から派遣された文官が何人も座っていて、ヴァーリックとの距離を嫌でも感じてしまう。

（あと数年したら、もう少し近くの席に座れるかしら？）

それ以前に、まずはなんとしても補佐官として残留できるように頑張らなければならない。オティリエが気合を入れ直したその時だった。

【まあ、嘘だけどな】

と、心の声が聞こえてくる。

（え……？　嘘？）

しかもその声は、現在概況を説明している神官のものとピタリと一致しているではないか。

（どういうこと？）

もう少し詳細が聞きたい。オティリエが身を乗り出すと、神官はクククと笑い声をあげた。

【馬鹿な奴らめ。毎度毎度、形だけの視察や監査に満足して。我々が謀反の準備をしているなんて、どうせ今回も気付かないに違いない】

（そんな、謀反って……！）

オティリエの心臓がドッドッと嫌な音を立てて鳴り響く。

今から三百年前、ティオリオルン神殿のある古都から現在の王都へと遷都が行われた。

その理由は宗教的な干渉を逃れるため――神官たちが国政に口出しをするようになったからだ。

『信者たちがこんなことを求めています。ですから国をこう変えるべきです』

神官たちは口々にそう主張した。

けれど、物事にはバランスというものが存在するし、少数の人間のために現状うまくいっている制度を壊すわけにはいかない場合だってある。それに、信者のためと言いながら、実際には神官たちの私利私欲を肥やすための要求も多々あったことから、意見の採用はどうしたって慎重にならざるを得ない。

そんな中、神官たちは国王ではなく有力な貴族たちにすり寄るようになった。自分たちの要求を通すため、金で貴族たちを買収しはじめたのだ。

貴族たちにとっても、神殿との繋がりは自分の権力を安定させることに通じることから、断る者はほとんどいなかった。

しかし、これでは正常な国政運営が行えない。

このため、当時の国王は神殿や神官たちが持てる力を大幅に制限し、賄賂を受け取った貴族たちを罰した。そして、現在の王都に都を移したのだ。

その結果、神殿の力は当時よりも相当弱くなっており、今では単に民たちの心の拠り所として存在している――はずだった。

（謀反……？　神殿が？）

ヴァーリックと向かい合って説明をしている神官を見つめつつ、オティリエの心臓がバクバクと鳴る。

もしもこの話が本当なら、大変なことだ。神殿の力が衰えているとはいえ、抱えている信者数は相当なもの。ひとたび暴動が起これば、抑えるのはひと筋縄ではいかないだろう。しかも、帳簿をごまかしているのだとしたら、国が想定している数倍の力を保有している可能性だってある。

（えっと……たしか概況説明の後は、古都を周ってすぐに帰城するって言ってたわよね）

責任者は重要な場面だけ出席して、後は現場の文官たちに任せることが多い。ヴァーリックには他にも公務があるし、それは当然のことだろう。

けれど、このままでは例年通り、相手から提示された資料の数字を確認するだけで、視察が終わってしまうに違いない。そもそも、神殿が謀反を企てているだなんて誰も想像しないわけで。

（私だって未だに信じられない。神官って神に仕える人たちでしょう？　それなのにそんな恐ろしいことを考えるものなの？　今は資料を読み上げているからか、あの神官の心の声は聞こえてこないし）

けれど、オティリエは確かに神官の心の声を聞いた。決して聞き間違いではないはずだ。

仮に自信を持てずとも、不安因子があるならしっかりと調査し、事前に防ぐべきだとオティリエは思う。被害が出てからでは遅いのだ。

（だけど、私が文官たちに詳細な調査をお願いしたところで、動いてもらえるはずがない）

視察はあくまで視察。資料のすべてを引っ張り出させ、詳しく調べるためのものではない。文官たちは軽い気持ちで来ているはずだし、下っ端補佐官の根拠のない命令には従わないだろう。

彼らを動かせるとしたら、王太子であるヴァーリックぐらいのものだ。彼がひと言命じれば、文官たちは疑問を抱きながらも従ってくれるに違いない。

しかし、この場をなんの引っかかりもなしに終わらせてしまったら、後から覆すことは難しくなる。

『問題なさそうだと言われましたよね？』と相手に付け入る隙を与えてしまう。

つまり、今年は詳細に調査すると伝えるなら今なのだ。

しかし、ヴァーリックとオティリエの席は遠く離れており、彼に直接話しかけることも、手を握って心の声を聞かせることもできない。これでは概況説明が終わってしまう。

（ううん……やるしかない。なんとかしてヴァーリック様に状況を伝えなければ）

遠く離れた場所から心読みの能力を分け与えること、それはあくまで『できるのではないか』という仮定の話であり、必ずできるという保証はない。ヴァーリックですら、触れていない状態で自身の能力を与えることはできないのだ。

（それでも）

繋がれ、繋がれとオティリエは強く念じる。

自分の能力を体内から取り出して集め、飛ばすような感覚。音は空気を伝っていくのだ。オティリエの能力も同じことができるに違いない。

（聞いて、私に答えてください。ヴァーリック様。ヴァーリック様……！）

オティリエの額に汗が滲む。ズキズキと頭が痛み、ドクンドクンと心臓が鳴る。やっぱりダメなのか――オティリエが諦めかけたその時だった。

【――オティリエ？】

と、ヴァーリックの声が聞こえてくる。彼はほんの少しだけこちらを振り返り【今、僕を呼んだの？】と囁いた。

（ヴァーリック様！　私の声が聞こえるんですね⁉）

【うん、聞こえるよ。いったいどうしたの？】

ヴァーリックは前を向いたまま、オティリエに返事をしてくれる。

（よかった！　繋がった！）

オティリエはグッとガッツポーズを浮かべた後、キョロキョロと周囲を見回す。それから、ヴァーリック以外の人間にふたりの会話は聞こえていないと判断し、グッと身を乗り出した。

（私、神官の心の声を聞いたんです。『謀反を企てている』って言っていたのを！）

【え？】

ヴァーリックが思わずといった様子で、オティリエのことを振り返る。

（『どうせ今回も気付かない』とも話していました。おそらくは何年も前から準備をしていたんだと思います）

次いで聞こえるハッと息を呑む音。彼が動揺をしているのがはっきりとわかる。

（それから、財政状況を説明している時に『嘘』があるとも言っていました。どんな嘘をついているのかはわかりませんでしたが、おそらくはなにかしらの形で帳簿をごまかしているんだと思います。だけど、このままじゃ指摘することなく視察が終わってしまうから）

【それでなんとかして僕に状況を伝えたかったんだね】

（そうなんです）

ヴァーリックはオティリエの言葉を疑うことすらせず、すぐに状況を読み取ってくれる。もしも彼がこのまま神官たちの心の声を直接聞くことができたら、状況をひっくり返せるのではないか――？

（あの、今ヴァーリック様に聞こえているのは私の声だけですか？）

【いいや、オティリエ以外の人間の心の声も聞こえているよ】

心の中で資料を先読みする声、神官の説明を復唱する声、今日の食事の内容に思いを馳せる声など……おそらくはオティリエが聞いているものと同じ音がヴァーリックにも聞こえているのだろう。

（だとしたら――！）

【僕も同じ考えだ。オティリエ、このまま能力を繋ぎ続けることはできそう？　神官に対していくつか質問を投げかけ、揺さぶりをかけたい。その時に彼らの心の声を聞いておきたいんだ】

（やります。絶対にこのまま繋ぎ続けてみせます）

オティリエは力強くそう請け負う。ヴァーリックは【よし】と返事をした。


「以上がティオリオルン神殿の概況でございます」

それから数分後、神官からの説明が終わった。その間、不穏な心の声は聞こえてこなかったが、オティリエは未だに緊張で体が強張ったままだ。

（何事もないならそれでいい。だけど、さっきの言葉が本当なら……）

なんとしても真相を掴まなければならない。オティリエはゴクリとつばを飲んだ。

「説明をありがとう神官長。僕からいくつか質問をしても？」

「もちろんでございます、ヴァーリック殿下。どうぞ、なんなりとお尋ねください」

神官長――オティリエが心の声を聞いた男性だ――は揉み手をしながらヴァーリックに向かってニコリと微笑む。

「まずは神官の数なんだけど、この資料に書かれているのはティオリオルン神殿の本殿以外――各支所の神官たちの数も合計しているということで間違いない？　数年前と比べて随分人数が増えているんだね」

ヴァーリックの質問に、神官長の眉がピクリと動く。

【神官の数？　そんなこと、去年は尋ねなかったじゃないか。国にとって神官の人数なんてどうでもいいことだろうに。さて、なんと答えるか……】

ぶつぶつと文句を呟いた後、神官長はフッと目を細めた。

「……さようでございます。来殿者たちのニーズが高まっておりまして、神官の数を増やさざるを得なかったのですよ」

「その割に来殿者数はほぼ横ばい……増えていないいんだよね。ニーズの高まりというのが僕にはイマイチよくわからないな」

「それは……そんなはずは――――。いえ、後日資料をまとめて回答いたします」

神官長が眉間にシワを寄せる。ヴァーリックは反対にふわりと微笑みを浮かべた。

【ヴァーリック殿下め、いったいなんなんだ？　人の揚げ足を取りおってからに。……しかし、どう資料をまとめたものか。実際の来殿者数は資料に記載している人数よりもずっと多いから……こちらの数字が間違っていましたと修正するのが一番だろうか？　寄付金の額は絶対にいじりたくないし】

（来殿者数を少なく申告している？）

神官長の心の声を聞きながら、オティリエはそれを必死にメモしていく。どういう意味か今はわからずとも、今後の調査の足がかりとなるはずだ。

「そうだ。併せて神官の名簿を提出してもらえるかな？　支所の分まで含めてよろしくね」

「……承知しました」

ドクンドクンと神官長の心臓が鳴る。彼の動揺が伝わってくる。

【なんでだ？　そんなもの、これまで要求しなかったじゃないか。いや……気まぐれにそういうものを確認したくなることもあるだろうが。しかし……】

否が応でも高まる緊張感。オティリエはそっと身を乗り出した。

「――それから、神殿の修繕費なんだけどね」

「そちらがなにか」

神官長の鼓動の音が速くなる。彼の顔色は今や真っ青で、表情から余裕がまったくなくなっていた。

「後で修繕箇所を実際に見せてほしい。それから契約書もね」

「承知しました」

【落ち着け。見せるだけ……見せるだけだ。書き写して渡せと言われているわけじゃない。どうせ形だけの確認で終わる。大丈夫だ】

自分に向かって必死に言い聞かせるような言葉。つまり、見られたくない理由がそこに存在するのだろう。

（本当に閲覧だけで大丈夫なのかしら？　すごく怪しいのに……）

【オティリエ、僕たちにはアルドリッヒがいる。彼に見てもらえば後で書き写すことは十分可能なんだ】

（そうか。それで……！）

提出までに時間を与えてしまうと、その間に改ざんされる可能性がある。オティリエの兄であるアルドリッヒは、一度見たものは決して忘れない。だから、この場で即座に閲覧のみを求めた方がよいということなのだ。

「あとは……そうだね。今年は宝物庫や神官たちの居住スペースも見学させてもらえるかな？」

「で、殿下がお望みとあらば」

神官長は頭を下げながら、心の中で舌打ちをする。

（よかった。これで詳細に調査をすることの言い訳は立つはず）

オティリエはホッと胸を撫で下ろした。


概況説明を終えた後、オティリエたちはヴァーリックのために準備された控室へと移動した。部屋に通されたのはエアニーたち補佐官と、アルドリッヒを含めた数名の文官たちだけ。彼らは一様に、少し困惑したような表情を浮かべていた。

「ヴァーリック様、いったいどういうことでしょう？　どうしてあのような……」

「オティリエが神官長の心の声を聞いたんだ。謀反を企んでいる、ってね」

室内にざわりと動揺が走る。ヴァーリックは視線で彼らを黙らせたのち、ふぅと静かに息をついた。

「そのことを知らせてもらった後、僕も一緒に神官長の心の声を聞いた。『謀反』の二文字は聞こえなかったけれど、彼に後ろ暗いことがあるのは間違いない」

「だからあのような質問を……」

エアニーが呟く。状況がわかったことで、いろんなことに合点がいったようだ。

「僕はこれから、神殿が謀反を企てているものと断定して調査を進めていきたい。アルドリッヒ、神官から提出された資料——特に修繕契約の内容を確認、記憶し、後から書き写して提出してほしい」

「承知しました」

「すでに手元にある資料の内容については、手分けして精査しよう。神官の人数について領主たちに確認を行う。後から名簿とも照合するように。修繕契約については、内容におかしなところはないか——金額の設計について特に詳細に調査したい。修繕箇所の確認は今からするけど、後日有識者も呼んで。施工業者に裏も取るように。それから来殿者数、寄付金額についても最低一週間は調査したい」

「承知しました。采配は僕が行いましょう」

エアニーがそう返事をする。ヴァーリックは大きく頷いた。

「オティリエ、この件については君の働きがかなり重要な鍵を握ることになる。……やってくれるね？」

まだ具体的になにを任されるかはわかっていない。けれど、ヴァーリックの言うようにオティリエにしかできないことがたくさんあるはずだ。多くの人の命が、平和が、オティリエの働きによって守れるかもしれない。

「はい、ヴァーリック様」

返事をしつつ、オティリエはグッと気を引きしめ直した。

神官長が神官の名簿と契約書を手に戻ってきた後、オティリエはヴァーリックとエアニーとともに神殿の宝物庫へと移動した。

宝物庫は神殿の奥にある古い小さな建物だ。通常の参拝客が入れないよう厳重な警備が敷かれており、歴史と貴重性を感じさせる。

【オティリエ、僕に君の能力を貸してほしい。神官長の心の声を聞かせてくれるかい？】

（もちろんです）

雑音を減らすため、同行者の数はかなり絞った。このためオティリエはヴァーリックに自分の能力を分け与えると同時に、彼の目としても働かなければならない。

「こちらでございます」

ガチャガチャと音を立て、神官長が宝物庫の鍵を開ける。オティリエたちは神官長の後に続き、建物の中に入った。

事前に配布された資料には、ここで保管されている宝物の数や種類が記されている。異国から贈られた石像、神の声を実際に聞いたとされる聖人の記した経典に、国王から下賜されたという宝石。他にも陶器や十字架、絵画や鏡といった品が置かれている――はずだった。

資料と照らし合わせながら、オティリエたちが宝物の数を数えていく。

「これは……」

「うん。明らかに数が足りないね」

「え？　そんな、まさか……そんなはずは！」

ヴァーリックの言葉に、神官長は焦ったように声をあげる。彼は資料と宝物とを何度も何度も見比べながら「ああ！」と大きな声をあげた。

「――本当だ。数が足りておりません。いったい誰がこんなことを……大切な宝物を盗まれてしまうなんて」

【……私はあくまで今気付いた。今気付いたんだ】

　まるで自分に言い聞かせるような言葉。神官長は明らかに嘘をついている。ヴァーリックは険しい表情で神官長に詰め寄った。

「最後に宝物庫の中を確認したのは？」

「それは……いつだったでしょう？　覚えておりません」

【そんなこと、どうだっていいだろう？　いつの間にかなくなったと言っているのに、どうしてこうもしつこく質問を重ねてくるんだ？】

　神官長は揉み手をしながら眉間にうっすらとシワを寄せる。ヴァーリックは宝物庫の中をぐるりと歩きつつ、ジロリと神官長を睨みつけた。

「それはおかしいな。状態が悪くならないよう、神殿には宝物を適切に管理する義務がある。専門家を雇うための資金だって渡しているはずだ。帳簿にだって費用は計上されていたはずだけど……」

「そ、それは……その！　私自身が宝物庫を最後に確認した時期がわからなかったというだけで、当然、そういったことはきちんとですね……」

「それに、僕たちが視察に来ることは事前にわかっていただろう？　まさか、現物の確認もせずに視察用の資料を作ったの？」

「いえ、それは……まさか宝物を盗まれるなんて思っていなかったもので。――毎年同じ数を計上していたものですから」

　宝物はいつの間にかなくなっていた。だから自分に落ち度はない……神官長はそういう筋書きでこの場をやり過ごそうとしていたのだろう。けれど、ヴァーリックは管理責任を問いながら、ジワジワと彼を追い詰めていく。

【どうせ現物を確認されることはないと踏んでいたんだろう？　舐められたものだな……】

心の中でそう呟くヴァーリックはとても歯がゆそうだ。オティリエは胸がチクリと痛んだ。

「それで、鍵は？　どのように管理をしていたんだい？」

「わ、私の執務室に置いておりました」

「執務室には誰でも入れる状態なの？」

「いや、さすがにそんなことは」

「それじゃあ、いったい誰が宝物庫から宝物を持ち去ったんだろうね？　しかも、せっかく侵入したのに全部を持ち去らないいなんておかしいな。持ち出しやすい軽い宝物も随分残っているし。神官長もそう思わない？」

見ているだけで胃がシクシクと痛くなるような応酬。

と、見ればエアニーが宝石の埋め込まれたロザリオをジッと見つめているではないか。

「エアニーさん？　どうしたんですか？」

オティリエはエアニーと一緒になってロザリオを覗き込んだ。ロザリオの頂点には大きなルビーが埋め込まれており、周りには小さなダイヤモンドが散りばめられている。たしか、隣国から友好の印としてもらった一品のはずだ。貴重な品のため、実際に手に取って見ることはできないし、薄暗い宝物庫ゆえにイマイチ色彩がわからないけれども。

「これ、レプリカです」

「え？　つまり、偽物ってことですか？」

識別の能力者であるエアニーが断言するのだから、間違いないだろう。だが、あまりにもだいそれていて信じたくないという気持ちになってしまう。

「本来ここに嵌められているべきなのは、隣国産のピジョンブラッドです。けれど、これはよく似た色合いの紅い水晶。他の石もそう。これなどは天然の鉱物ではなく人工的に作られたもので、価値は本物の数百分の一しかありません」

「そんな馬鹿な！　……信じられない。いったい誰がそのようなことを⁉」

叫びながら、神官がビクビクと体を震わせる。

【まずい。そんなことまで見抜かれてしまうのか】

どうやらレプリカというのは本当らしい。オティリエは神官の反応をこっそり観察しつつ、エアニーの方を向いた。

「じゃ……じゃあ、本物の宝石は？」

「おそらく売られてしまったのでしょうね。普通の人間には少し眺める程度で宝石が本物か見分けることはできませんし、神殿側はバレないと高を括っていたのでしょう」

エアニーは神官に聞こえぬよう、声を潜める。

「例年の視察のような短い時間ならなおさら。正直、宝物の保管数が正しいかをひとつひとつ突き合わせることだって稀です。もしもオティリエさんがいなかったら今回も『問題なし』と判断していた可能性が高かった。――偽物を用意したのは、万が一の時のための保険だったのでしょう。神殿のやりようは本当に悪質だと思います」

オティリエはエアニーの説明を聞きながら呆然と宝物庫を眺め、胸のあたりをギュッと握る。

(神官たちは本当に国を乗っ取ろうとしているのね)

持ち去られた宝物はその資金集めのために利用されたと考えるのが自然だ。

では、資金はどこに、どのぐらいあるのだろう？　想像するだけで恐ろしい。オティリエの背筋に悪寒が走る。

【落ち着いて、オティリエ。すでに調査をする理由は十分ある。まずは神殿内を徹底的に捜索しよう】

ヴァーリックの言葉に彼女は小さく頷いた。


ヴァーリックの要請により、視察当日のうちに、たくさんの騎士や文官たちが神殿へとやってきた。

彼らに与えられた仕事は大きく分けてふたつある。

ひとつは、帳簿や来殿者数といった数字に関する調査だ。

これまでのやり取りから、神官長が寄付金等の収入や経費をごまかしているのは明らかである。しかし、その金額は未知数であり、精査が必要な状態だ。この調査により、隠された資産がどれぐらいあるのか確認することが急務となる。

もうひとつは、隠された資産の在り処を実際に探すことだ。

『金』というわかりやすい形で神殿内にあるならば話は簡単なのだが……。

「おそらくは違うだろうね」

ヴァーリックはそう言ってため息をつく。

「謀反を起こすためには『人』、それから『馬や武器、武具』『兵糧』などが必要だ。だけど、資金があったとしても、これらすべてをいきなり揃えるのは難しい。生産が可能な数には限りがあるし、神殿がそんなものを大量発注したらとても目立つからね。長い年月をかけてどこかに蓄えていると考えた方がしっくりくるんだ」

「あの……そもそも、神官たちが直接そういったものを準備できるものなのでしょうか？　つてがなさそうですし、神殿がそんなものを用意しようとすれば、それだけで怪しまれてしまうような。誰か仲介者がいるなら話は別なのでしょうけど……」

控室で声を潜めつつ、オティリエたちは状況をひとつひとつ整理していく。

「そうだね、オティリエの言う通りだ。僕はこの話の裏には絶対貴族が潜んでいると思う。大きな騎士団を持つ高位貴族なら、武器や武具を大量に購入しても怪しまれづらいからね」

「そんな……」

神殿の参拝者——信者たちは特別な訓練を受けていないから、仮に武器を手に取って襲いかかってきたとしても鎮圧するのは簡単だろう。けれど、相手が訓練を受けた騎士たちなら話は別だ。本気で国がひっくり返る可能性だってある。

「とにもかくにも、まずは調査だ」

ヴァーリックの言葉にオティリエは頷く。

とはいえ、ヴァーリックたちが神殿にとどまって調査を行うわけではない。彼には他にも公務があるし、この件について国王への報告も必要だ。この場は騎士や文官たちに任せて一旦城に帰ることになった。

けれど、ヴァーリックとともに城に戻った後も、オティリエは神殿のことが気になってしまう。神官たちがなにを考えているのか、資産は見つかったのか……不安は尽きない。オティリエにはオティリエのすべきことがあるとわかっていても、どうにも落ち着かないのだ。

深夜になり、自分に割り振られた仕事を終えた後も、オティリエはデスクから動くことができずにいた。

「オティリエ、これ以上待っていても、さすがに今夜は情報が上がってこないよ」

「ヴァーリック様……すみません。けれど、もしかしたらって思ってしまって」

調査の内容は逐一報告が上がってくることになっている。とはいえ、各担当からバラバラと持ち込まれても対応に困るし調査効率が悪いため、現場担当者がとりまとめを行う決まりだ。早くても明日の朝イチにしか報告が来ないだろうということで、他の補佐官はすでに退勤している。残っているのはオティリエとヴァーリックだけだ。

「待つこと、休むことも仕事のうちだよ。以前も言ったけれど、すべての仕事を自分ひとりでこなせるわけではないからね。そして、任せると決めた以上は相手のことを信じる。王太子の補佐官というのはそういう役職なんだよ」

「はい……そうですね」

やるべきことはたくさんあれど、自分の体はひとつしかなく、こなせる仕事や体力には限界がある。だからこそ、ひとりひとりに役割が与えられている。オティリエに割り当てられている仕事は現状ない。今は休むべき時だ……そう頭ではわかっているのだが、部屋に帰っても気が急くだけだろう。

（あっ、だけど……）

情報が集まっていない今この状態でも、オティリエにできることがあるかもしれない。これならみんなの——ヴァーリックの役に立てるのではないだろうか？

「ヴァーリック様！　私、水晶が欲しいんです！」

「え、水晶？」

「はい、できるだけたくさん！　どうすれば手に入れられますか？」

オティリエの言葉にヴァーリックは大きく目を見開く。どうやら彼にはオティリエが考えていることがわかったらしい。

「そうか……君の能力を水晶に込めれば、調査を効率的に進められる。オティリエ以外の人間も神官たちの心の声が聞けるようになるから、普通よりも多くの情報を引き出すことができる。彼らの嘘を見破ることだってできる！」

興奮した面持ちでヴァーリックがオティリエの手を握る。オティリエは大きく頷いた。

「ヴァーリック様、私、少しでも国の——あなたのお役に立ちたいんです！　どうか私を使ってください！」

「オティリエ……わかった。水晶なら城に備蓄がある。すぐに準備をさせるよ」

ヴァーリックが微笑む。数分後、オティリエの目の前に透明な水晶が積み上げられた。

「まずは水晶を手に取って。他人に能力を分け与えるのと同じ要領で自分の能力を水晶に集めるんだ」

「はい、ヴァーリック様」

両手で水晶を握って力を込めると、水晶はゆっくりと薄紫色へ変化していく。体からじわじわとエネルギーを吸い取られていく感覚だ。オティリエの額に汗が滲む。やがて全体が薄紫色へと染まり、オティリエは小さく息をついた。

「力を込めるのはこのぐらいで大丈夫だ。容量的におそらくこれ以上は入らないと思う」

「――これでどのぐらい能力が保つものなのでしょう？」

「水晶に込めた能力の効果には個人差がある。試してみないことにはなんとも言えないんだ。短時間に強い能力を発揮する場合もあれば、能力は弱くても長期間ゆっくりと持続する場合もある」

「そうなんですね」

持続力は長い方がいいものの、能力が弱すぎて心の声が聞こえないのでは意味がない。力を込める時に意識をすれば多少は効果が違うだろうか？　オティリエは別の水晶を手に取り、グッと力を込めてみる。

（もう少し、もう少し……）

「オティリエ、あまり根を詰めるとバテてしまう。君が倒れたら大変だ。今日はそのぐらいにして……」

「続けさせてください。だって私、自分の能力を必要としていただけることが嬉しいんです。大嫌いだった私の能力が国を守る鍵になるかもしれないって思ったら、居ても立ってもいられなくて」

「オティリエ……」

「それに、体力ならまだまだ有り余っています！　簡単に倒れたりしませんよ。だって私、ヴァーリック様の補佐官ですもの」

ヴァーリックの理想や願いに寄り添いながら、時に背中を守り、腕として働く。ようやくオティリエも補佐官としての仕事ができるようになってきた。――彼に見合う能力を持つと胸を張って言えるようになってきたのだ。今頑張らなくては後悔する。

「うん……そうだね」

「抱きしめたい」と――オティリエには聞こえぬように呟きながら、ヴァーリックはそっと目を細めるのだった。


オティリエが能力を込めた水晶は、翌日には神殿――調査を担当している文官たちへと届けられた。入れ替わりに、昨日の調査結果がヴァーリックたちのもとへと届くことになる。資料を読みながら、ヴァーリックは深いため息をついた。

「やはり神殿の修繕費については明らかにおかしいようだね。昨日、城内の設計担当者に実際の修繕箇所を確認してもらった上で必要な費用を計算してもらったけど、契約書に書かれている設計額とまったく合わない。材料費、人件費、作業日数のどれも相場よりも数段高い金額が記載されているんだ」

「それは――表向きの契約額は高く設定し、実際にはそれより少ない金額を業者に支払っている、ということですか？」

「そういうこと。この契約だけで少なくとも数百万、神殿が得をしている計算だ」

神殿の修繕は国からの補助金でまかなわれている。まずは神殿から国に対して見積書を提出し、内容に問題がなければ国は補助金を交付する。それから神殿と業者との間で直接契約を結んで工事を施工、契約額と補助金との差額が国に返還される、という流れだ。

「補助金の申請書を入手しました。こちらに記載されている修繕箇所と実際の修繕箇所は範囲がまったく異なります。これにより設計のおかしな部分をごまかしたのでしょう」

説明をしながら、エアニーは眉間にシワを寄せる。補佐官たちの間にため息が漏れた。

「支所で働く神官たちの人数についても、領主たちから報告が続々と上がってきています。小さな街については資料通りの人数が雇用されています。……が、大きな街では少なくともひとり、最大で三人、神官の人数が合いません」

「つまり、合わない人数の分だけ、帳簿に人件費を多く計上している、ということだね」

人件費等の経費を多く計上することは見かけ上の所得……資産を少なく見せることに繋がる。逆に言えば、その分だけ神殿が資産を隠しているということだ。

「来殿者数、寄付金等の額については鋭意調査中ですが、少なくとも一日の来殿者数は資料に記載の数字よりも多いものと思われます」

「だろうね」

ヴァーリックはまたもやため息をつきつつ、そっと額を押さえた。

「ここまで証拠が上がっているんだ。収入や経費をごまかしたことについては簡単に罪に問えるだろう。だけど、今回は隠している資産が――謀反のためのものだったという証拠を見つけなければ意味がない。首謀者のひとりを捕らえたところで暴動が起こってしまったら意味がないからね」

「……こうなったら、神官長を直接問い詰めた方が早いのでは？　ぼくたちにはオティリエさんがいますし、ある程度資料がまとまった時点で投獄するのが一番かと」

「そうだね。通常なら少しの間泳がせて様子を見るけれど、今回はその必要がない。オティリエの前では嘘が通用しないからね。謀反のこと、資産を隠している場所について問い詰めれば、たとえ黙秘をされても、心の声から証拠にたどり着けるかもしれない」

ヴァーリックの言葉に補佐官たちが頷く。

「オティリエ、やってくれるかい？」

「もちろんです、ヴァーリック様」

返事をしつつ、オティリエはグッと拳を握った。


けれど、それから二日後のこと。事態は思わぬ展開を見せる。

「死んだ？　神官長が？」

「はい。神殿内に暗殺者が入り込んだらしく……神官長の他にも、主だった神官の何人かが殺されたようでして」

報告に上がった文官は、顔を真っ青にしてそう説明した。

「なるほど……つまりは口封じをされたんだな」

「口封じ？」

「前にも言っただろう？　神官たちだけで謀反を成功させることは絶対にできない。この話の裏には絶対に貴族が絡んでいるって。おそらく、神殿に大規模な調査が入ったと知って、神官たちの口から自分を割り出されないように殺してしまったんだ」

オティリエの顔から血の気が引く。手のひらがブルブルと震え、恐ろしさのあまり息が上手にできなくなる。

（どうしよう……これじゃ、どこに資産を隠しているか聞き出すことができない。もしもその貴族が

謀反を諦めていなかったら？　国が――人々が危険な目にあってしまう）

「オティリエ、落ち着いて」

ヴァーリックはそう言ってオティリエの手を握る。指先の震えがヴァーリックの温もりで段々と収まっていく。オティリエは思わず泣きそうになった。

「ヴァーリック様……」

「大丈夫。時間はかかるけど、丁寧に調査をすれば繋がりは必ず見つけられる。必ずだ」

（だけど、それじゃ遅かったら……？）

そう問いかけたくなるのを必死に我慢して、オティリエはコクリと頷く。他の補佐官たちも顔を見合わせつつ、互いに頷き合った。


けれど、それからふた月が経っても、神殿と貴族との繋がりは見つからなかった。通常業務をこなしながら、毎日毎晩現場から届けられる資料を読み込み、調査を続けているというのに、糸口がまったくない。

（ヴァーリック様は必ず見つけられるっておっしゃっていたけど……）

生き残った神官たちを問い詰めても、彼らはなにも知らないという。オティリエの能力で心の声まで聞いたのだから、決して嘘ではないはずだ。神殿と取引のあった業者等にも事情を聞いているが、有力な情報は掴めていない。調査は暗礁に乗り上げていた。

（このままなにも見つからなかったらどうしよう？）

もうすぐ雪解けの時期を迎える。いつ王都に攻め入られてもおかしくない状況だ。焦るなという方が無理があった。

「失礼いたします、補佐官の方にお取次ぎを」

と、執務室に来訪者がやってくる。オティリエは急いで来訪者のもとへと向かった。

「お疲れ様です。こちらの書類にヴァーリック様の決裁をいただきたくて……」

渡された書類にザッと目を通す。どうやら年度はじめに必ず決裁をとる定型的なもののようだ。

「かしこまりました。それでは、こちらで概要を説明してください。ヴァーリック様には私が責任を持ってお渡ししますね。決裁が終わりましたら連絡をさせていただきますので」

「そうですか。ありがとうございます。いやぁ……殿下にひと目お会いしてみたいと思っていたのですが、やっぱりお忙しいのですね。神殿の調査も継続しているのでしょう?」

「ええ、まあ……」

返事をしながら、オティリエはチラリと文官を見る。はじめて直接やり取りをする男性だ。あまり役職は高くなく、評判もほとんど聞こえてこない。決裁等も普段なら他の職員に任せるようなタイプに見えるのだが……。

「補佐官さんも大変でしょう?」

「いえ、私は別に……仕事ですから」

むしろこれでは足りないと思っているぐらいなのに。悔しさのあまりオティリエがグッと拳を握ったその時だった。

【さっさと調査を切り上げてしまえばいいのに……なにを躍起になって調べ続けているんだ?】

と、目の前の文官の心の声が聞こえてくる。オティリエは思わず目を丸くした。

（え⁉）

オティリエの心臓がドクンドクンと大きく跳ねる。

どうしてそんなことを思うのだろう？　彼は実際に調査を担当しているわけでもないのに。

（まさか……まさか！）

ずっと探し続けていた繋がり。この文官はなにか事情を知っているのではないか？　調査を切り上げてほしいと思うようななにかを——？

（どうしよう……どうするのが正解なの？）

ヴァーリックは今、執務室にいない。理由をつけて他の補佐官を連れてきたいところだが、そんなことをすれば怪しまれてしまうだろう。オティリエがひとりで対処するしかない。できる限り会話を長引かせて情報を引き出す。ヴァーリックが神官長相手にやっていた時のように——オティリエはゴクリとつばを飲んだ。

「……だけど、そうですね。おっしゃる通り、少しだけ疲れてきました。二カ月もの間、残業三昧ですから。早く神官たちが隠した資産を見つけて、調査が終わってほしいものです」

「そんなの、探したところで無駄ですよ。どうせ自分のために使ってしまった後でしょうからね。所得隠しをする理由なんて、十中八九が私利私欲のためでしょう？」

ハハハと笑い声をあげつつ、文官はチラリとオティリエの表情をうかがう。

【いいぞ。このまま殿下に調査の打ち切りを進言しろ。補佐官たちから不満の声があがれば、殿下も気が変わるかもしれない】

やはりこの男は怪しい。首謀者——というわけではなさそうだが、関係者には間違いないだろう。

（謀反の件は補佐官やお兄様といった限られた人間にしか話していないから）

一般の文官たちは、なんのためにここまで大規模な調査を行っているか知らない。もちろん、不正があるのだから調査を行ってしかるべきなのだが、少なくとも規模を縮小してもいい頃合いだと考えている者は多いはずだ。

（けれど、調査はしっかりと継続されたままだから）

目の前の文官は、オティリエたちが謀反の証拠を探している可能性を考え、探りを入れに来たのだろう。ここで頑なに調査の必要性を訴えれば、オティリエたちが謀反を疑っていることがバレるかもしれない。

「確かに……言われてみればそうかもしれませんね」

「そうでしょう？　まあ、余計なお節介かもしれませんけど、見たところかなりお疲れのようで気になったものですから」

文官はそう言ってニコリと微笑む。もしも心の声が聞こえていなかったら『親切な気遣い』だと感じただろう。

「ありがとうございます。私、ヴァーリック様に進言してみますね！」

オティリエがそう言うと、彼は「是非そうしてください」と目を細めた。

文官が執務室から出ていった後、オティリエはすぐに他の補佐官たちのもとに向かう。それから先ほどのやり取り——彼から聞こえてきた心の声について説明した。

「調べましょう、徹底的に」

補佐官たちが力強く請け負う。オティリエたちはまっさらな紙を広げ、情報を一から整理していくことにした。

「オティリエさんが先ほど会話をしたのはジェイミー・ブランドン。ブランドン男爵の二男です。ブランドン男爵は商会関係者。爵位継承権のない二男を諜報役として城に送り込んだ、ということなのでしょう」

「ジェイミーが現在所属しているのは、戸籍等の管理に関する部署だ――ってがある。交友関係やプライベートについては俺が調べよう」

「ブランドン男爵家は古くからの爵位持ちですが、目立った功績もあげておらず、特筆したところがありません。けれど、以前から古都を生活の拠点としているため、神殿との関わりが深いと考えられます。そのへんをもっと深堀りして調べましょう。おそらくはブランドン男爵家の裏に、もっと大きな貴族がついていると思われます」

ほんの少しの手がかりをもとに、補佐官たちは自分の知っている情報を持ち寄り重ね合わせていく。

「神殿の方の調査はこのままの規模で継続させるべきだな。あちらの意識を神殿の調査に集中させて、ブランドン男爵家の調査を目立たなくしておきたい。オティリエさんのヴァーリック様に対する影響力も低く見積もってもらっておいた方が都合がいいし」

「とすれば、ブランドン男爵家関係の調査は僕たち補佐官だけで行った方がいい。ジェイミーの他にも城内に協力者が紛れ込んでいる可能性があるし、情報統制がしやすい。もちろん、怪しまれないように通常の仕事をこなしながらということになるけど……」

「やりましょう」

オティリエが補佐官たちを見つめる。彼らはふと目元を和らげ、コクリと大きく頷いた。

＊＊＊

それからひと月後のこと。リンドヴルム王国と隣国との堺にあるゲイリィズ領、領主である辺境伯は王太子ヴァーリックと対峙していた。

【なぜだ……？　どうして王太子がこんな辺境に？】

彼は辺境伯を見つめつつ、ニコニコと朗らかに微笑んでいる。

「どうして僕がここに？って顔をしているね」

「え？　いや、まあそれは……先触れもない突然の訪問でしたし、こんな辺境までいらっしゃるなんて、どういう風の吹き回しか気になるのは当然かと」

まるでこちらの考えを見透かしているかのような発言に笑顔。辺境伯は引きつった笑みを浮かべつつ、ふぅと小さくため息をつく。

【落ち着け……まだ企みがバレたと決まったわけではない。この場をごまかせば私の計画も……】

「残念だけどすでに証拠は多数押さえてある。ごまかしきれるような状態じゃないよ」

「なっ⁉」

【おかしい。いったいどういうことだ？　私の考えが筒抜けになっている。しかも今『証拠は多数押さえてある』と言わなかったか？　いったいなんの――どんな証拠を押さえているというのだろう？】

辺境伯はゴクリとつばを飲んだ。

「神殿とは随分前から仲よくやっていたみたいだね。馬、鎧、刀剣に槍、弓矢、火薬……換価すれば相当な金額になる。そのくせ神殿に調査が入った途端、口封じのために神官たちを殺してしまうんだもの。なかなかにひどいと思わない？」

辺境伯は思わず立ち上がり、キョロキョロと辺りを見回す。人払いを、と言われたため、この場にはヴァーリックと彼の女性補佐官、それから辺境伯の三人しかいない。

【落ち着け。別に私を名指しされたわけじゃない……これはただの誘導尋問だ。私はなにも知らない——知らないからにはなにも答えなければ済む話で】

「別に答えなくてもいいよ。証拠は押さえてあると言っただろう？」

ヴァーリックが言う。辺境伯は目を見開き、ヴァーリックのことをジロリと睨みつけた。

「こちらがあなたが武器を購入したルートに関する資料だ。ブランドン男爵を利用して、購入者がわからないように幾重も細工をしたんだね。複数のルートがあったけれど、丁寧に調査をしたらすべてあなたに辿り着いたよ。こんな買い方、普通はしなくていいはずなのに、おかしな話だと思わない？」

「……なんのことかサッパリわかりませんね」

そう返事をしたものの、心臓がバクバクと鳴り響いている。本当は今すぐこの場から逃げ出したかった。

「それから、あなたが神官たちと会合をしていたことについても証言が取れているんだ。過去にあなたの屋敷で働いていた使用人たちに直接聞いたから間違いないよ。それに、あなたはご自身が王都を訪れる際も、必ず神殿に参拝していたそうだね」

「だったらなんだというのです？　私は単に信心深いというだけですよ」

「本当にそうだったらどんなによかったか。少しは神様も味方してくれたかもしれないね」

ヴァーリックがため息をつく。彼はもう一枚書類をテーブルに置き、まじまじと辺境伯を見つめた。

「あなたが雇った暗殺者についてはすでにこちらで捕らえている。依頼主があなただという話も聞いた。言ったでしょう？　証拠はすでに押さえてある、と」

辺境伯がぐぬぬと歯を食いしばる。

【くそっ！　くそっ！　無能な神官どもめ！　あいつらさえ……あいつらさえもっとうまくやっていたら……！　そうすればこの国は私のものになっていたかもしれないのに】

「それは無理だよ」

ヴァーリックはそう言って彼の補佐官——オティリエの隣に立つ。

「だって僕にはオティリエがいるからね」

自慢げな笑顔。どうしてそんな表情を浮かべるのか、どうして彼女がいれば企みがうまくいかないというのか、辺境伯にはちっとも意味がわからない。

けれど、ひとつだけ確かなことがある。

【私の企みはあえなく終わってしまったのだな】

辺境伯はがっくりと床に膝をつき、天を仰ぐのだった。

＊＊＊

その後、辺境伯の屋敷で大規模な調査が行われた。彼の所有する騎士団はもちろんのこと、私室や執務室、応接室や使用人の部屋、別邸、愛人宅に至るまで徹底的に。

彼が謀反の首謀者であることは事前の調査で明らかだったが、屋敷内で発見された資料や武器の類、資産状況はもとより、神殿の宝物庫から持ち出された宝物のいくつかが発見されたことが動かぬ証拠となり、国は辺境伯の罪を追及することができた。

この際問題となったのは、誰に対し、どこまで罪を問うかということである。

彼の血縁、縁故者を一律に罪に問うことは簡単だ。けれど、なにも知らなかった人間まで罰してしまうのは適切ではないし、相手が『自分は無関係だ』と嘘をつく可能性だってある。関係者を取り逃がしてしまったら、人々を不安に陥れることになるのだ。

ここで活躍したのがオティリエの能力だった。オティリエの能力を使えば、相手の本心を簡単に読み取ることができる。水晶を使用することで、数人分の調査を同時に行うことだって可能だ。

その結果、辺境伯の血縁・縁故者にかかる取り調べは過去に例を見ないほど迅速に行われた。

ひとまず辺境伯家及びブランドン男爵家は財産を没収、爵位を剥奪されることが決定。それ以外の処罰については追ってくだされることとなっている。今後の調査については一般の文官に引き継がれることとなった。

「終わったね」

ヴァーリックが呟く。

「……終わりましたね」

オティリエは返事をしながら机につっぷしてしまう。今は指一本動かせそうにない。オティリエはあと大きくため息をついた。

時刻は深夜。他の補佐官たちは仕事を終えて帰宅しており、ここにはオティリエとヴァーリックしかいない。

「この三カ月ぐらい明け方近くまで仕事をしていたから疲れただろう？　お疲れ様、オティリエ」

ヴァーリックは眠そうに目をこすりつつ、オティリエに向かって微笑みかける。

ジェイミー・ブランドンとの接触以降、オティリエたちは彼やその関係者にバレないよう、必死に調査を進めてきた。いくら当たりをつけていたとはいえ、資産や証拠を本当に見つけることができるのか、いつまで続くかわからない仕事をするのは相当な心労を伴う。

けれど、元凶が辺境伯だという真実に辿り着いた時、オティリエは報われたような心地がした。これまでの苦労をすべて忘れられるほどの達成感。『繋がった！』と、他の補佐官たちと手を取り喜び合った日の感動を忘れることはないだろう。

「疲れました。だけど、本当によかった……頑張った甲斐がありました」

自分の努力がきちんと実を結んだこの感覚は、そう簡単に経験できるものではない。もうしばらくこの達成感に浸っていたい――オティリエはそろりと顔を上げた。

「あの……ヴァーリック様は先にお休みください。私はもう少ししたら部屋に帰りますので」

今ここにいるのはオティリエのわがままだ。上司であるヴァーリックに付き合ってもらうのは申し訳ない。先に帰ってもらえた方がありがたいのだが。

「ううん。僕はここに――オティリエのそばにいたいんだ」

ヴァーリックはそう言って、オティリエの隣に腰かける。それからふっと目元を和らげた。

「君がいてくれてよかった。本当に、心からそう思っているよ」

「……ヴァーリック様」

ヴァーリックにとってかけがえのない補佐官になりたい……そう思って今日までずっと頑張ってき

た。彼はずっとオティリエを必要としてくれていたものの、その言葉に見合うだけの働きができていたわけではない。けれど今、彼の期待に追いつけたのだとようやく胸を張って言うことができる。

「はい」

力強い微笑み。そんなオティリエを見つめつつ、ヴァーリックはオティリエの手を握った。

「オティリエ、これからもずっと僕のそばにいてほしい」

「……え？」

トクントクンとオティリエの心臓が高鳴る。ともすればそれはプロポーズの言葉のよう。けれど、そんなはずはないと思い直す。

（だって、ヴァーリック様は王太子だもの）

そんなことを軽々しく口にできる立場ではない。勘違いしてはいけない――そう自分に言い聞かせる。

「ありがとうございます。そんなふうに言っていただけて本当に光栄です。補佐官として、一生おそばにお仕えします」

恥ずかしくて照れくさくて――動揺しているのを悟られたくなくて、オティリエはそっと下を向く。

「補佐官として、か。……うん、そうだね。オティリエならきっとそう答えると思ってた」

ヴァーリックはそう言って小さく笑った後、まじまじとオティリエを見つめ続ける。

「あの、ヴァーリック様？」

あまり見つめないでほしい。オティリエはうつむいたままチラリとヴァーリックの表情をうかがう。

「もう一度……今度はオティリエが勘違いしようのない状況を作って、ちゃんと伝えるから」

「え？」

思わせぶりな言葉と手の甲に触れるやわらかな熱。チュッと小さな音が響き、オティリエの体が熱くなる。

（勘違いしようのない状況って……どういう状況？）

けれど、そんなことを尋ねる体力も気力も残っていない。オティリエはドキドキと胸を高鳴らせ続けた。

＊＊＊

ちょうどその頃、アインホルン邸をひとりの男性が訪れていた。

「お久しぶりです、お兄様！」

イアマが兄であるアルドリッヒにギュッと抱きつく。アルドリッヒはため息をつきつつ「久しぶりだな」と返事をした。

「わたくし三カ月間もずーーっとお返事を待っていたのよ？　これまでいったいなにをしていらっしゃったの？」

「……仕事が忙しかったんだ。返事を書くような余裕はなかった」

アルドリッヒは神殿の調査を担当していたのだから、イアマにかまっている時間などない。けれど、イアマがあまりにもしつこく手紙を寄越すものだから、ようやく仕事が片付いた今夜、こうして屋敷を訪れたのだが。

「それで？　オティリエを連れ戻してくれる話は？　いったいどうなっているの？」

イアマが瞳を輝かせる。アルドリッヒは眉間にシワを寄せ、もう一度小さく息をついた。

「イアマ――オティリエはもう、ここには戻ってこないよ」

「え？」

まるで憐れむような、蔑むような顔でアルドリッヒがイアマを見つめる。こんな表情、生まれてこの方アルドリッヒから向けられたことはない。得も言われぬ焦燥感に駆られながら、イアマは首を横に振った。

「そんな……どうして？　あの子なんて地味で陰気な能なしでしょう？　城にいてもお荷物になるだけで……」

「お荷物？　とんでもない。オティリエはヴァーリック殿下の補佐官として、とても立派に働いていたよ。屋敷にこもって威張り散らしているどこかの誰かとは違ってね」

「な、なんですって!?」

痛烈な嫌みに、イアマの顔が真っ赤に染まる。

（いったいどういうこと？　どうしてお兄様はわたくしに魅了されていないの？　しばらく会っていなかったから？　だけど手紙にも魅了の能力は込めていたわ。今だって瞳を見つめ続けている。それなのに、一向に効いている感じがしない）

ありえない。

イアマに魅了されない人間なんて、ついこの間までいなかった。この世は自分のためにある――そう信じてこれまで生きてきたのに、最近はいろんなことがうまくいかない。

近頃では、屋敷の人間たちがイアマの言うことに異を唱えるようになってきた。古参の使用人たちはそうでもないが、入ったばかりの使用人などはイアマに冷たく接してくる。まるでオティリエに対してそうしていたように――いや、彼女に対するよりももっと辛辣だ。

どれもこれも、ヴァーリックに出会って以降。ヴァーリックがイアマに魅了されなかったあの日から、いろんなことがおかしくなっている。

「悪いけど、俺はオティリエをこの家に連れ戻そうとは思わない。あの子は今、ヴァーリック殿下のそばで幸せに暮らしているんだ。それに……」

「それに、なによ?」

問いながらイアマは眉間にシワを寄せる。アルドリッヒはふっと目を細めた。

「もうすぐあの子は、おまえにはまったく手の届かない存在になるよ」

彼はそう言い残すと、くるりと踵を返してしまう。

「オティリエがわたくしの手の届かない存在に？　……ありえない。お兄様はいったいなにを言っているの？」

忌々しげにそう呟きながら、イアマはアルドリッヒの背中をジッと見つめるのだった。

【五章】王太子ヴァーリックの婚約者

神殿の件にかたがついてからひと月、オティリエは穏やかな日常を送っていた。

（あんなに忙しかったのが嘘みたい）

時間に追われることなく、ゆっくりと書類に向き合えることがとても嬉しい。そう思っているのはオティリエだけじゃなく、他の補佐官たちも同じだった。

【よかった……今夜の夜会は予定通り参加できそうだ。これで婚約者に叱られずに済む】

【帰ったらゆっくり眠ろう】

【見に行きたい芝居が……】

三カ月もの間、私生活を投げ打っていた反動はとても大きい。多少上の空になってしまうのは仕方がないことだろう。

（よし、これで今日中に仕上げなければいけない書類は終わりね）

就業時間終了まであとわずか。オティリエはため息をつきつつ、グッと大きく伸びをする。と、ヴァーリックが執務室へと戻ってきた。彼は補佐官たちの執務スペースにやってくると、オティリエに向かって微笑みかける。

「オティリエ、ちょっといい？　頼みたいことがあるんだ。あまり時間は取らせないから」

「ヴァーリック様！　もちろん、なんなりとお申しつけください」

ソファに移動するよう促され、オティリエはヴァーリックの向かいに腰かけた。

「実は、オティリエには明日から母上の手伝いに行ってほしいんだ」

「王妃殿下のお手伝い、ですか？」

思わぬことに目を丸くすると、ヴァーリックはコクリと頷いた。

「せっかくの社交シーズンだからね……若い令嬢たちをたくさん集めてお茶会を開きたいそうなんだ」

「なるほど……承知しました」

そう返事をしつつ、オティリエはひそかに首を傾げる。

（お手伝いするのは構わないけれど……妃殿下にはすでに優秀な文官や侍女がたくさんついているわよね？　私が行く意味はあるのかしら？　人手が足りないという話も聞かないし）

オティリエの疑問を感じ取ったのだろう。ヴァーリックは苦笑を漏らしつつ、そっと身を乗り出した。

「母上曰く『若い人の感覚は若い人に聞くのが一番』なんだって。母上の周りには僕たちぐらいの年齢の人はいないからね」

「あ……そういうことでしたか。だけど、だったらなおさら、お手伝いするのは私でいいのでしょうか？　私は流行に疎いですし、あまりお役に立てないかもしれません」

補佐官として働きはじめるまでは、私室にこもって生活をしていたオティリエだ。今だってドレスや髪型は侍女のカランにコーディネートしてもらっているし、普通の令嬢と感覚が近いとは思えない。もっと適任者がいるのではないだろうか？　オティリエは尻込みしてしまう。

「実は、今回のお茶会はヴァーリック様のために開かれるんですよ」

と、かたわらに控えていたエアニーが口を開く。

「え？　ヴァーリック様の？」

オティリエが尋ねれば、ヴァーリックはほんのりと視線をそらしながら頷いた。

「うん。そろそろ婚約者を決めなければならないからね」

「あっ……」

色々あって忘れていたが、もうすぐヴァーリックは十八歳になる。今すぐ婚約者を決めなければならないわけではないものの、せめて候補者を絞るべき時期だ。

つまり、今回のお茶会は年頃の令嬢たちを集め、王妃とヴァーリックのお眼鏡に適う女性を見つけることが最大の目的なのだろう。

「王妃殿下にすべてをお任せするわけには参りません。ですから、ヴァーリック様の補佐官であり、若い女性であるオティリエさんにお願いするのが一番だという話になったのです」

「そうなのですね」

返事をしながらオティリエはヴァーリックをそっと見つめる。

（ヴァーリック様の婚約者か……ついに候補者選びが本格化するのね）

この三カ月間、目を背けてきた現実。オティリエの胸がチクリと痛む。

あの夜、ヴァーリックは『ずっとそばにいてほしい』と言ってくれたけれど、もしもお相手の女性がヴァーリックのそばで女性補佐官が働くことを嫌ったらどうなるのだろう？　神殿の件でオティリエの株はあがったが、王太子の補佐官以外にも文官のポストなんて腐るほどある。他の場所でいいだろう？と言われてしまえばそれまで。オティリエの意向が通るはずもない。

（嫌だな）

心の中で呟きつつ、オティリエはハッと首を横に振る。

ヴァーリックに生涯の伴侶を見つけることは、補佐官にとって重要な仕事だ。決して悲しんだり嫌がったりするべきではない。

（私ったら、なんてことを……）

そんなことを考えている自分に嫌気が差す。

オティリエはグッと拳を握りつつ、ゆっくりと顔を上げた。

「わかりました。ヴァーリック様の補佐官として、しっかり頑張ってまいります」

「うん……頼んだよ、オティリエ」

ヴァーリックはそう言って、オティリエのことをジッと見つめる。どこか熱のこもった眼差しにオティリエは少し戸惑ってしまう。

（なにか他にも伝えたいことがあるのかしら？）

……そう思うけれど、心の声が聞こえない。おそらくは聞かれたくないことなのだろう。そんなふうに結論づけて、オティリエはヴァーリックの執務室を後にした。


翌朝、オティリエは早速王妃の執務室へと向かった。

「いらっしゃい、オティリエ。久しぶりね」

王妃はそう言ってニコリと微笑んでくれる。相変わらず若々しく、光り輝かんばかりに美しい。思わず見惚れてしまいつつ、オティリエは丁寧に膝を折った。

「ご無沙汰しております、妃殿下。このたびはヴァーリック殿下の補佐官として、お茶会のお手伝いをさせていただきたく……」

「まあ！　そんな堅苦しい挨拶はよしてちょうだい？　ヴァーリックに接する時と同じようにしてくれて構わないのよ？」

「そんな……恐れ多いことでございます」

緊張でオティリエの心臓がドキドキと鳴る。貴族の娘として――ヴァーリックの補佐官として、王妃に対して失礼があってはならない。かといって、かしこまりすぎては不興を買う場合もある。大事なのは適当適度な距離感だ。心の声を聞くに、今のところ王妃は気分を害していないが、一瞬たりとも気を抜くわけにはいかない。オティリエは密かに冷や汗をかいた。

「私はね、もっと早くにあなたと色々な話をしたかったし、仲よくなりたいと思っていたのよ？　それなのにヴァーリックったら……オティリエのことを独占して、ちっとも私のところに寄越してくれないんだもの。親不孝な息子だと思わない？」

「え？　えっと……そうだったんですね」

なんと答えるのが正解なのだろう？　ヴァーリックをけなすわけにはいかないし、かといって王妃の言葉を否定することもできない。曖昧に相槌を打ちながら、オティリエは必死に頭を働かせる。そんなオティリエを見つめつつ、王妃はふっと目元を和らげた。

「だけど、その分だけ色々とヴァーリックからオティリエの話を聞いているわ。普段の誠実な働きぶりも、神殿の件での活躍も。本当によく頑張ってくれているわね」

「……！」

（ヴァーリック様、妃殿下に私の話をしてくれているんだ）

なんだかとても照れくさい。けれど、自分の働きぶり、仕事の成果を認めてもらえたことは素直に嬉しい。

「ありがとうございます。妃殿下にそう言っていただけて光栄です」

オティリエは返事をしながら深々と頭を下げた。

「早速だけど、あなたに頼みたい仕事の説明をさせてもらうわね」

王妃に促され、オティリエは応接用のソファに腰かける。と同時に、テーブルにふたり分のお茶と茶菓子が運ばれてきて、王妃はふふっと目を細めた。

「若い令嬢を集めてお茶会を開きたいの。オティリエには補佐官として、その手伝いをお願いしたいわ。ヴァーリックから今回のお茶会の趣旨は聞いている？」

「はい。ヴァーリック様の婚約者を選ぶため、なのですよね」

返事をしながら、ズキンとオティリエの胸が小さく痛む。

(ああ……！　ダメね、私ったら。そんなふうに思っちゃいけないってわかっているのに)

どうして何度も何度も同じことに傷ついてしまうのだろう？　自責の念に駆られながら、オティリエは必死に笑顔を取り繕った。

「そうなの。正直私はそんなもの開かなくてもいいと思うのだけど……ほら、いきなり婚約者を発表したら『うちの娘に会いもせず勝手に婚約者を決めてしまったのか』って後で文句を言う貴族が絶対に出てしまうでしょう？　だから、少なくとも言い訳ができる状態を作っておきたいのよね」

「言い訳、ですか？」

「そうよ？　令嬢たちからしてみても、土俵にすら上がれないんじゃあんまりだものね。まあ、みんながみんな王太子妃になりたいと希望しているわけではないと思うけど、これは私にとってもいい機会だから」

王妃はそう言って、チラリとオティリエの表情をうかがう。オティリエはドギマギしつつ、さり気なく視線をそらしてしまった。

「そういうわけだから、まずはお茶会に参加してもらう令嬢のリストアップをお願いしたいの。対象者は……そうね、十四歳から十八歳ぐらいまでの高位貴族令嬢がいいわ。だけど、これまでに問題を起こした子は除外してね？　たとえば……あなたのお姉様とか」

「……！」

茶目っ気たっぷりに王妃が微笑む。

（よかった……それじゃあお姉様は、ヴァーリック様のお相手に選ばれることはないのね）

メモをとり「承知しました」と答えながら、オティリエは大きく頷いた。

「それから、招待客のリストアップと並行して、お茶会の内容について私と一緒に検討してほしいの。当日お出しするお茶やお茶菓子、食器の種類に、会場のレイアウトや音楽、お花……決めなきゃいけないことがたくさんあるのよ」

「はい、妃殿下」

「普段は補佐官や女官にお任せするんだけど、こういった大きな催しはさすがにね……妃としてのセンスや手腕が問われてしまうし」

「なるほど……大変勉強になります」

それは、これまでオティリエが行ってきた仕事とは性質からしてまったく違う。招待客を楽しませることは妃として重要な使命なのだろう。そのための補佐をするのだと考えれば、なんとなく頑張れそうな気がしてくる。

（妃としてのセンス……これは責任重大だわ。最近の流行や女性が好きなものについてしっかりリサーチしておかなきゃ）

オティリエは必死にメモをとりながら、密かにつばを飲み込んだ。

「リストが固まったら、最後に招待状の作成もお願いしたいの。ヴァーリックったら、あなたの文字が綺麗だっていつも自慢してくるのよ？」

「ヴァーリック様がそんなことを？」

「ええ。受け取る側もオシャレでかわいい招待状の方が嬉しいでしょう？」

恥ずかしい。けれど嬉しくて口元がニヤけてしまう。

「……精一杯務めさせていただきます」

「ええ、よろしくね！」

王妃はそう言って満足そうに微笑んだ。


オティリエは早速、ヴァーリックの妃選びのお茶会のために働きはじめた。

午前中は王妃の執務室の一角でひたすら高位貴族令嬢たちの資料を読み込みながら、誰をお茶会に呼ぶか検討していく。

（こちらのご令嬢は才媛で……こちらの方はものすごい美人だってブラッドさんたちが噂していたわ。それから……）

今回のお茶会はガーデンパーティー形式を予定しているらしく、招待客の数は多くても構わないらしい。

となると、基本的には条件を満たしている女性全員を招待することになるのだが、中にはイアマのように社交界で問題視されるような行動を起こしている令嬢もいるため、招待客選びには細心の注意が必要だ。その上、婚約者を選ぶためだけにお茶会を開いたとなると世間体がよくないそうで、ヴァーリックの婚約者候補以外の女性――既に婚約者がいる女性や既婚者も数人は呼ばなければならないらしい。

（……うん。もう少し情報を集めなきゃね）

暫定リストに調査項目を書き加えつつ、オティリエはふぅと息をついた。

昼食後は王妃と一緒にお茶を飲みながら、お茶会の準備についてひたすら話し合った。

「最近は若い令嬢の間で、東方から渡ってきた茶葉が流行っているらしいの。なんでも、健康にとってもいいんですって。ほら見て、色も鮮やかで美しいでしょう？」

「本当ですね」

飲んでみて、とティーカップを渡されて、オティリエはひと口飲んでみる。……が、これまで味わったことのない渋みが口いっぱいに広がり、思わず顔をしかめてしまった。

「どう？」

「……思っていた味と違っていてビックリしました」

「でしょう？　よかったわ、私だけじゃなくて。だけど、慣れてきたらこれが結構癖になるのよ？　他にもね、色々と茶葉を用意させたの。これは我が国よりもずっと暑い地方で栽培されたお茶の葉。

香辛料と一緒にいただくんだそうよ？　それからこれはね……」

準備を進めているというより、ただお茶を楽しんでいるだけなのだが、王妃の話は多岐にわたっておもしろく、オティリエはふっと目元を和らげる。

（もしもお母様が生きていたら、こんなふうにお話ができたのかしら？）

オティリエたちの母親は、オティリエがまだ小さい頃に亡くなってしまった。亡くなる前に母親がイアマの魅了の影響を受けていたかどうか、オティリエはまったく覚えていない。けれど、母親が生きていたなら彼女の扱いはもう少しマシだったのではないだろうか……そんな夢を見てしまう。

「私ね、娘を持つのが夢だったのよ？」

とその時、王妃がそんなことを口にして、オティリエは思わず目を丸くした。

「そうなんですか？」

「ええ。だって、女の子ってかわいいじゃない？　こんなふうに他愛もないおしゃべりをしたり、かわいいドレスをプレゼントしたり、街に一緒に出かけたら楽しそうだなぁって。そういう生活を送るのが夢だったの。そりゃあ、妃としては後継ぎである男児を生むことが一番の役目だし、今でも十分恵まれているとは思うのよ？　だけど、ヴァーリックにフリルのドレスを着せるわけにはいかなかったし……本人ものすごく拒否していたしね」

「それは……そうでしょうね」

幼い日のヴァーリックと王妃とのやり取りを想像して、オティリエはついつい笑いそうになってしまう。王妃はそんなオティリエを見つめつつ、嬉しそうに微笑んだ。

「それにね、あの子ったら十歳そこそこの幼いうちから早々と公務を担いはじめてしまったのよ。口を開けばいつも『仕事、仕事』って……夫じゃあるまいし。母親としてはもう少し、日常の楽しかったことや嬉しかったことを聞きたいと思うじゃない？　友人とか、好きな食べ物とか、服装の好みとか、話題なんていくらでもあるのに。大人になるのが早すぎたんじゃないかって寂しく思ったりするの」

「妃殿下……」

オティリエには母親がいないし子供を生んだ経験もない。だから、本当の意味で王妃の気持ちはわかっていないだろう。けれど、彼女の言いたいことはなんとなくわかる。

（妃殿下はきっと、心からヴァーリック様のことを思っていらっしゃるのね）

子を思う母親の愛情は温かい。彼女はただ、ヴァーリックに幸せになってほしいのだ。……王太子としてだけでなく、ひとりの人間として。オティリエはなんだか胸がほっこりした。

「だけど最近ね、あの子が仕事以外の話もしてくれるようになったの。これってすごいことだと思わない？」

と、さっきまでのしんみりした空気から一転、王妃が嬉しそうな笑みを浮かべる。

「まあ……！　そうなんですね？」

「ええ。私、嬉しくて嬉しくて。だから私、オティリエにとても感謝しているのよ？」

「え？」

オティリエが目を丸くする。王妃は改まった表情でオティリエを見つめると、静かに頭を下げた。

「ずっとずっとあなたにお礼が言いたかったの。あの子を自由にしてくれてありがとうって」

「そんな……私はなにもしていません。お礼を言うべきなのはむしろこちらの方です。ヴァーリック様はいつも私を助けてくださって……」

「そんなことないわ。あなたはあの子の心の支えになっている……母親である私が言うのだから間違いありません。もっと自信を持ちなさい、オティリエ」

王妃がオティリエの頭をポンと撫でる。オティリエは目頭が熱くなった。

（本当に？　私はヴァーリック様の支えになれているの？）

にわかには信じがたいが、もしもそうだとしたら……とても嬉しい。

「これからもあの子のそばにいてあげてね、オティリエ」

「はい」

返事をしつつ、オティリエははにかむように笑った。


王妃の下で仕事をはじめてから、あっという間に数日が過ぎた。

（ふぅ……なかなかに疲れるわね）

招待客のリストアップは完了し、オティリエは今ひたすら招待状を書いている。文面は決まっているものの、丁寧かつ美しい文字を書かねばならないし、一文字でも間違ったらその時点で書き直し。必要な枚数は何十枚にも及ぶため、結構疲れてしまうのだ。

（ヴァーリック様……元気にしているかしら？）

こんなに長い間、顔を合わせていないのは補佐官に採用されてからはじめてのこと。ヴァーリックの声が、笑顔が、存在が、恋しくなってしまう。

（なんて、そんなふうに思っているのは私だけよね）

ふふっと自虐的に笑いつつ、オティリエはグッと背伸びをした。

王妃の手伝いは身体的・精神的な負担が少ない上、定時で上がるように指導を受けている。このため、王妃の手伝いを終えた後、ヴァーリックの補佐官としての仕事をすることだって本当は可能だった。

けれど、オティリエがそんな提案をしたら他の補佐官に——ヴァーリックに気を使わせてしまうだろう。そう思うと、執務室に行くこと自体がはばかられるのだ。

時計を見ると、すでに今日の就業時間は終わっていた。私室に帰ろう——と王妃の執務室を出たところで、オティリエはピタリと足を止める。

(やっぱりヴァーリック様の顔が見たいな)

迷惑になるかもしれない。そうとわかっていてもなお、自分の欲求を優先させてしまいたくなる。

(少しだけ……ほんの少しだけだから)

目指すはヴァーリックの執務室。行き先変更だ。

道すがら、どうしてヴァーリックの執務室に来たのか尋ねられた時の言い訳を必死に考え、イメージトレーニングを繰り返す。気になる書類があったとか、言いようはいくらでもある。心の声が聞こえるオティリエなら簡単に対処ができるはずだ。

一瞬だけ『ヴァーリックに会いたかったから』と正直に打ち明けることも考えた。けれど、さすがに恥ずかしすぎるし、万が一笑い飛ばされたら立ち直れない。他の補佐官に聞かれるのもためらわれる。……そのぐらい、ヴァーリックに会いたいという気持ちは、オティリエにとって切実で真剣な想いだった。

「ああ、オティリエさん。なんだか久しぶりですね」

執務室に着くとすぐにヴァーリックの護衛であるフィリップたちに声をかけられる。オティリエは彼らに向かって会釈をしてから、ホッと胸を撫で下ろした。

（よかった。フィリップさんがここにいるってことは、ヴァーリック様は間違いなくお部屋にいらっしゃるわ）

ノックをしてから部屋に入ろう――オティリエがそう思ったその時だった。

「フィリップ！　今、オティリエって言った⁉　オティリエは？　まだそこにいる？　いるなら――」

「え⁉　……と、ヴァーリック様？」

執務室の扉が唐突に開き、ヴァーリックが勢いよく顔を出す。たっぷり見つめ合うこと数秒。ヴァーリックは頬を真っ赤に染め、それからゆっくりと視線をそらした。

「あ……あの」

「ごめん」

「え⁉　えっと……」

どうして謝られてしまうのだろう？　オティリエは困惑しつつキョロキョロと視線を彷徨わせる。

「オティリエの名前が聞こえた気がして。もしもオティリエが通りかかったなら呼び止めてもらおうと思って……それで急いで部屋を飛び出したんだけど」

はあ、と長いため息をつきつつ、ヴァーリックは恥ずかしそうに顔を伏せた。

【あーあ……カッコ悪い。どれだけオティリエに会いたかったんだよ、僕】

「え？」

他の誰にも……オティリエ以外に見えないよう、ヴァーリックがチラリと顔を上げる。真っ赤な頬に眉間にシワの寄った悔しげな表情、瞳は微かに潤んでおり、見ているこちらがドキッとしてしまう。

（ヴァーリック様が私に会いたがっていた？）

まさか。そんなことがあっていいのだろうか？　にわかには信じがたいことだ。

……けれど、彼がオティリエの名前が聞こえただけで飛んできてくれたこと、切なげな表情に心の声が、ヴァーリックの気持ちを如実に表している。

「あの、私、仕事のことが気になって……」

事前に用意しておいた言い訳の言葉を紡ぎながら、オティリエはほんのりとうつむいていく。

「こんなに執務室に顔を出さないのははじめてだから……だから……」

違う。本当は全然そうじゃない。

ヴァーリックに会いたくて、居ても立ってもいられなくて、あれこれ言い訳まで用意してここに来たのだ。彼は本心を打ち明けてくれたのに。オティリエはそれでいいのだろうか？　ごまかして、嘘をついて、それで本当にいい？

オティリエは首を横に振り、顔を上げる。それからまっすぐにヴァーリックの顔を覗き込んだ。

（嘘です。本当は仕事なんて関係なくて。……私もヴァーリック様に会いたかったんです）

ヴァーリックの手をギュッと握り、オティリエは心の中で小さく呟く。彼は目を丸くすると、泣きそうな表情でそっと笑った。

【オティリエ……嬉しいよ、すごく。本当に会いたかった】

触れ合っているのは手のひらだけなのに……まるで全身を力強く抱きしめられているかのようなそんな感覚。

嬉しいのに苦しい。胸が熱くて、クラクラとめまいがして、全身が麻痺してしまったかのよう。相反するなにかがオティリエの中で激しく暴れ回っている。

そもそも、しばらく顔を合わせていなかったのはヴァーリックだけではない。エアニーたち補佐官だって条件は同じだ。それなのに、オティリエが会いたいと思っていたのは……焦がれていたのはヴァーリックだけだ。

（どうして？　どうして私はヴァーリック様に会いたくてたまらなかったんだろう？　……どうしてヴァーリック様は私に会いたいって思ってくれたんだろう？）

心臓がドキドキと鳴り響く。オティリエはヴァーリックと見つめ合いながら自問自答を繰り返すのだった。


「よし、完成！」

招待状の最後の一枚を見つめつつ、オティリエは満面の笑みを浮かべる。打ち合わせの合間を縫って書き続けていたため、腕が腱鞘炎気味だし手はインクまみれだ。とはいえ、ひと仕事を終えた達成感は大きく、オティリエは清々しい気持ちになる。

「ありがとう、オティリエ。本当にお疲れ様」

「妃殿下！　とんでもないことでございます。私の方こそお待たせしてすみませんでした」

書き上がった招待状をまとめて渡し、オティリエは王妃に頭を下げた。

「そんなことないわ。一枚一枚丁寧に仕上げてもらえて本当に嬉しい。だけど、残念ね。明日にはあなたをヴァーリックに返さなきゃならないなんて」

王妃はそう言ってため息をつく。

オティリエが頼まれたのは招待客のリストアップとお茶会の段取り、それから招待状を書き上げることまでだ。当日のセッティング等、後のことは王妃の補佐官たちが手配をしてくれるのだという。

このため、オティリエはようやく本務であるヴァーリックの補佐官に戻れるのだが。

「ねえオティリエ、このまま私の補佐官として働かない？　あなたがいてくれると仕事がはかどるし、なによりとても楽しいのだけど」

と、王妃がオティリエに微笑みかける。オティリエは思わず目を丸くした。

(妃殿下にそんなふうに思っていただけるなんて……)

素直に嬉しい。それでも、オティリエは小さく首を横に振った。

「ありがとうございます。けれど私はヴァーリック様の補佐官ですから」

早くヴァーリックのもとに帰りたい。彼の役に立ちたいと思ってしまうのだ。

王妃は穏やかに微笑むと「そうね」と優しく返事をする。

「なにかあったらいつでも私を頼ってね。私はあなたのことを実の娘のように大切に思っているのよ？」

「妃殿下……」

慈しむような眼差しにオティリエの目頭が熱くなる。

「はい！　そうさせていただきます」

固く握手をしてから、オティリエは王妃の執務室を後にした。

私室に戻ると、侍女のカランがオティリエのことを出迎えてくれる。

「オティリエ様！　よかった、お待ちしておりました。実はオティリエ様に贈り物が届いているんです。こちらなんですけど」

「贈り物？」

かわいらしいラッピングの大きな箱を見つめつつ、オティリエはそっと首を傾げる。

「いったいどなたから？」

「わかりません。メッセージカードがついてなくて……。だけど、騎士の方から直接手渡されたので、怪しいものではないと思うんです」

「騎士の方？」

オティリエと面識のある騎士といえば、フィリップらヴァーリックの護衛や、仕事でやり取りをしたことのあるほんの数人程度だ。とはいえ、贈り物をされるような間柄ではないと思うのだが。

「なにかしら？」

オティリエは首をひねりつつラッピングをほどいていく。箱を開け、思わず目を見開いた。

「うわぁ……！」

「綺麗……」

先に声をあげたのはカランだ。次いでオティリエも感嘆の声をあげる。

中身は美しいドレスだった。フリルとレースのふんだんにあしらわれた上品かつ愛らしい一着で、オティリエはほぅとため息を漏らす。

「すっごくかわいいです。これ、絶対オティリエ様に似合いますよ！　贈り主の方、オティリエ様のことをよくわかっていらっしゃるなぁ」

白いブラウス地に薄紫のリボン、濃い紫のスカートがオティリエの雰囲気にとても合っている。オティリエを知らなければ選べないドレスだ。

（というかこれ、絶対に高価な品よね）

鮮やかな染色の美しい布地に繊細な刺繍。貴族のパーティーやお出かけの際に好まれそうなデザインである。

と、ドレスの下にカードを見つけてオティリエは手に取ってみる。その途端、馴染み深い香水の香りが鼻腔をくすぐり目頭が熱くなった。

「……カラン、ちょっと出かけてくるわね」

「え？　あ――行ってらっしゃいませ」

まだ中身も読んでいないのに……カランは首を傾げつつも笑みを浮かべる。それからオティリエを温かく見送った。

（急がなきゃ……今ならまだ執務室にいらっしゃるわよね？）

と、オティリエが部屋を出てすぐ、顔馴染みの騎士――ヴァーリックの護衛騎士だ――がオティリエのことを呼び止める。

「あ、あの……私、今ちょっと急いでいて。執務室に行こうと」

「ヴァーリック様なら私室にいらっしゃいますよ。ご案内しますので、どうぞこちらに」

「……！」

どうやら行き先が事前にバレていたらしい。……というより、彼はオティリエを案内するためにここにいたのだろう。オティリエは戸惑いつつも騎士の後ろについていった。

歩くこと数分。はじめて足を踏み入れる王族たちの居住スペース。執務エリアよりも重々しい雰囲気にオティリエはゴクリとつばを飲んだ。

「こちらのお部屋です」

扉の前に到着し、騎士からそう教えてもらう。けれど、ノックをするだけの勇気が出ない。

ここは執務室ではない、ヴァーリックのプライベート空間だ。本来なら、補佐官である自分が踏み込んでいい場所ではないだろう。

（だけど……）

早くヴァーリックに会わなければ。オティリエは扉をそっと叩く。

「はい」

ヴァーリックの声が返ってくる。オティリエは大きく深呼吸をした。

「あの……オティリエです。ヴァーリック様にひと言お礼を言いたくて……」

待ち構えていたのだろうか？　すぐに扉が開き、オティリエはヴァーリックから中に招き入れられた。

「ヴァーリック様、あのドレスは……」

「オティリエに渡したいものがあるんだ」

「え？　だけど……」

すでにドレスはもらっている。あのドレスは間違いなくヴァーリックからの贈り物だ。だからこそ、オティリエは今ここに来た。あれは自分がもらってもよいものなのか――ヴァーリックの真意を確かめるために。

「これ、もらってくれる？」

「え？　これは……」

手渡されたのはなんの変哲もない一枚の封筒だ。……けれど、オティリエには嫌というほど見覚えがある。なぜならそれは、つい先ほどまで何枚も何枚も宛名を書き、王妃に託してきたものと同じだったから。

「僕が書いたんだ」

ヴァーリックが言う。封筒の表に記されたオティリエの名前。封を開き、中を見る。お茶会への招待状――オティリエが令嬢たちのために書いていた文面と同じものだ。

「オティリエにお茶会に来てほしくて」

「ヴァーリック様……」

「言っとくけど、補佐官としてじゃないよ？　だからこそ、わざわざ僕の部屋まで来てもらったんだ」

ドキドキと心臓が鳴り響く。

（私は招待客のリストに入っていないのに……）

だってこれは、ヴァーリックの婚約者を選ぶためのお茶会だ。オティリエが呼ばれていいものではない。招待状はこの場でヴァーリックに返すべきだ……そう思っているはずなのに、手が、口が、思うように動かない。

「僕が贈ったドレスを着て、オティリエにお茶会に来てほしい」

ヴァーリックの言葉に、喉のあたりがギュッと熱くなる。胸が熱く、ひどく苦しい。こんな顔、ヴァーリックに見せるわけにはいかない。オティリエはうつむいたまま「けれど……」と小さく呟く。

「オティリエがいなければ意味がないんだ」

繋がれた手のひら。オティリエの耳にヴァーリックの心臓の音が聞こえてくる。自分と同じかそれ以上に早い。【断らないでほしい】と、切実で祈るような気持ちが嫌というほど伝わってきて、オティリエは思わず泣きそうになる。

「行きます」

それがヴァーリックの望みだから……そう言い訳をしながら、オティリエは返事をする。

「うん。待ってる」

ふわりと優しく抱きしめられ、オティリエはギュッと目をつぶった。


それから数日後、いよいよお茶会当日がやってきた。

(お天気に恵まれてよかったわ……！)

オティリエは窓から外を眺めつつ、ホッと胸を撫で下ろす。

招待客に喜んでもらえるよう、王妃と一緒にいろんなことを検討し、大事に作ってきたお茶会だ。最後までうまくいってほしいと切に願う。

「いよいよですね、オティリエ様」

カランはそんなことを言いながら、オティリエの身支度をテキパキと整えてくれた。彼女が今日のためにメイクやヘアアレンジを改めて研究し、一生懸命準備をしてくれたことをオティリエは知っている。ありがたい……と同時に、なにやらむず痒い気持ちにさせられる。

【あぁ……どうしよう！　オティリエ様が妃に選ばれたら、あたしは王太子妃の侍女になるのかぁ！夢よねぇ。素敵すぎる】

お茶会へ招待されたことを打ち明けないわけにはいかなかったものの、こんなふうに勘違いされてしまっては居心地が悪い、というのがその理由だ。

（ごめんね、カラン。ヴァーリック様が私を妃に選ぶことはないと思うんだけど）

お茶会に招待されただけで、そういう可能性があると思われているのが恥ずかしい。あまり期待をされてしまうと申し訳ない気持ちになってしまうので、ほどほどでお願いしたいところだ。

とはいえ、カランの夢を壊すことも忍びない。オティリエは曖昧に微笑みながら私室を後にした。

会場に到着すると、オティリエはぐるりと周囲を見回してみる。

（……うん、ちゃんと段取り通りに整っているわね）

テーブルのセッティングやお料理、デザート、飾りつけなどなど、王妃との打ち合わせ通りに手配されていることを確認し、オティリエはふぅと息をついた。

「オティリエ」

と、ちょうど会場入りした王妃から声をかけられる。開始時間にはまだ少し余裕があるため招待客はまばらだ。それでも、早くから会場入りしている令嬢たちがチラリとこちらを見たことに気付いてしまう。

【誰、あの子？】

【妃殿下から直接声をかけられているわ……ズルい。わたくしもお近付きになりたいのに】

次いで聞こえてくる心の声に、オティリエの胃がキリキリと痛む。

（いけない。こんな顔をしていては妃殿下に気をつかわせてしまうわ）

オティリエはニコニコと微笑みつつ、王妃に向かって挨拶をした。

「妃殿下、あの……」

「来てくれて嬉しいわ」

王妃はそう言ってオティリエの手をギュッと握る。

「え？　えぇと……」

（私は妃殿下に招待いただいたわけじゃないのに……）

王妃がオティリエも招待されていると知っていたことには安心したものの、なんだか申し訳ない気分になってしまう。

「今日は仕事のことは忘れて。オティリエも招待客のひとりとして楽しんでね」

「はい。ありがとうございます」

王妃は満足そうに目を細めると、他の招待客のもとへと向かう。

（招待客のひとりとして、か）

確かに、仕事ばかりしてきたオティリエにとってこんな機会はまたとない。今日この場に招かれているのはヴァーリックの婚約者候補だけではないのだし、王妃の言う通りしっかりと楽しむべきだろう。

（よし）

オティリエは気持ちを切り替えることにした。

定刻。王妃が挨拶をしてからお茶会が正式にはじまる。ヴァーリックは遅れて来ることになっているため、令嬢たちは次々に王妃のもとへと集まっていた。

【絶対に王太子妃になってみせるわ】

【ヴァーリック殿下の前に王妃様に気に入られないと】

【この日のために社交界で妃殿下の情報をたくさん仕入れてきたんだもの。絶対に失敗できないわ】

そういった心の声が聞こえてくるたびに、オティリエは面食らってしまう。

（こんなにたくさんの令嬢が王太子妃になりたいと思っているのね）

城内で働く侍女や女官たちは仕事で成功したいという欲はあれども、王太子妃になりたいと考えてはいない。もちろん、今日お茶会に招かれている令嬢よりも身分が低いからというのもあるだろうが、ここにいる令嬢たちの熱意はオティリエが想像していたよりずっと凄まじかった。

（みんなすごいな……あんなに自分に自信があって）

自分よりも王太子妃にふさわしい女性はいない――容姿も教養も身分的にも――心の声など聞こえずとも、彼女たちのプライドの高さが手に取るようにわかる。羨ましい……オティリエは自分と比べながら、ちょっぴり悲しくなってしまう。

ヴァーリックのおかげで、以前よりも随分自分のことを好きになった。けれど、イアマや父親、使用人たちに虐げられてきた過去は消えないし、彼らの蔑むような視線や恐怖は今でも時々夢に見る。自分はダメな人間なんだ――そう考えてしまうことも少なくない。そのたびに仕事を頑張って、自分を必死に保っている。

だけど時々……本当に時々だが、仕事がなかったらオティリエにはなにも残らないのではないかと、そんなことを思ったりもするのだ。そんな自分はヴァーリックにはふさわしくない、と。

「こんにちは」

「「「……！」」」

その時、ヴァーリックがお茶会の会場にやってきた。その途端、令嬢たちの表情が明らかに変わる。完全にハンターの顔つきになった。

「ヴァーリック殿下！」

「本日はお招きいただきありがとうございます！」

「以前の夜会ぶりでございますわね！　お会いできて光栄ですわ！」

我先にと令嬢たちが集まっていく。互いに体をぶつけ合い、少しでもヴァーリックに近付こうと必死だ。あまりの逞しさ、凄まじさにオティリエは目が点になってしまう。

（すごい……とてもじゃないけど敵わないわ）

オティリエはああはなれない。やはりあのぐらいのガッツがないとヴァーリックの妃にはなれないのだと、現実を突きつけられた気分だった。

【あーあ、せっかくオシャレしてきたのに、やっぱりヴァーリック殿下には挨拶すらできそうにないわね】

ふと、誰かの心の声が聞こえてきて、オティリエははたと顔を上げる。

【仕方がないわよね。わたくしはあんなに綺麗じゃないし】

【すごいな……羨ましい】

【勇気を出して来てみたけど、私なんてお呼びじゃないわよね。せめてひと言ぐらい殿下と言葉を交わしてみたかったな】

オティリエの近くで数人、令嬢たちがヴァーリックのことを見つめている。

(そうか……そういう女性もいるわよね)

みんながみんな自分に自信を持っているわけではない。オティリエと同じように感じている女性もたくさんいるのだ。

オティリエがヴァーリックに頼めば、彼はきっと彼女たちに声をかけてくれるだろう。けれど、少なくともしばらくの間あの場から動けないだろうし、そもそもこのお茶会は妃を選ぶためのものだ。邪魔をするのは忍びない。

(だけど、せっかく来てくださったんだもの。せめて楽しんでいってほしい)

オティリエは意を決して令嬢たちのもとへと向かう。

「あの……よかったらあちらでお話をしませんか？　すごく美味しいデザートがあるんです」

令嬢たちは一斉に顔を上げ、オティリエのことをジッと見つめる。

「私、お茶会に呼ばれるのがはじめてで。友達と呼べる人も少ないですし、しばらくはヴァーリック殿下に話しかけられそうにないでしょう？　せっかくだからいろいろとお話を聞いてみたいなぁって」

オティリエの心臓がドキドキと鳴る。断られたらどうしよう？　鬱陶《うっとう》しい、不快だと思われてしまったら……そんな不安はある。それでも――。

「……そうね。こんなところで待っていても順番はちっとも来そうにないし」

「ありがとうございます。声をかけていただけて嬉しいです……！　ひとりでいるのは居たたまれないし心細くて」

「わたくしもあまり王都に来ないから、友達が欲しかったんです」

令嬢たちの反応に、オティリエは瞳を輝かせる。

（勇気を出してよかった……！）

ありがとうございます、と返事をしてからオティリエは満面の笑みを浮かべた。

それから数人で連れ立ってひとつのテーブルを囲み、お茶やデザートを堪能する。

「美味しい」

「本当！　さすが王城のパティシエは腕が違いますのね」

「こちらのお茶も。なんだか不思議な味がするわ」

王妃と一緒にこだわって選んだものだから、こうして喜んでもらえてとても嬉しい。

その後も、彼女たちの領地の話やその特産物、最近出席した夜会での出来事や流行りのドレスについてなど、話題は尽きない。あれこれ話を聞きながら、オティリエは何度も笑い声をあげた。

（楽しい。女性同士のおしゃべりってこんなに楽しいものなのね）

普段男性に囲まれて仕事をしているため、なんだかとても新鮮だ。王妃とのやり取りよりもずっと気が楽だし、いい気分転換になっている。

「あの、よかったらわたくしもお話に混ぜていただけませんか？　みなさまとても楽しそうにしていらっしゃるのが羨ましくて……」

そうこうしているうちに、ひとり、ふたりと令嬢の数が増えていく。気付けば話しはじめた時よりもずっと、大きな輪ができあがっていた。

【来なきゃよかったかもしれないって思っていたけど】

【こんなふうに友達ができて嬉しい】

【王都に来る楽しみが増えたわ】

彼女たちの会話と心の声を聞きながら、オティリエはニコリと微笑む。

(よかった)

王妃と一緒に頑張って準備をしてきたお茶会だ。嫌な思いをしてほしくない。できれば喜んでほしいと思っていたため、こうして目的が達成できたことを嬉しく思う。

「楽しそうだね」

と、背後から声をかけられる。

(あ……)

オティリエが振り返ると、嬉しそうな笑みを浮かべたヴァーリックと視線が絡んだ。ドキッと心臓が高鳴ると同時に、同じテーブルの令嬢たちがざわりと色めき立つ。

「殿下!」

「ヴァーリック殿下!」

先ほどまでは近付くことすらできなかったヴァーリックの登場に、令嬢たちの頬が染まった。

「あまりにも楽しそうに話をしているから、僕も混ぜてもらいたくなってしまった。ダメかな?」

「まさか……!」

「是非お話させてください!」

弾ける笑顔。ヴァーリックに声をかけてもらえてみんなとても嬉しそうだ。

【ありがとう、オティリエ】

ふと、ヴァーリックの心の声が聞こえてくる。オティリエがヴァーリックを見つめると、彼はとても眩しそうに目を細める。その表情があまりにも優しくて、温かくて、オティリエは思わず泣きそうになってしまった。

ヴァーリックがオティリエたちのもとに来てからほどなくして、お茶会が終わった。

「もっと殿下とお話ししたかったです……！」

「わたくしも同じ気持ちですわ！」

「本当に！　殿下ったら、わたくしたちから離れてあちらのテーブルに行ってしまわれるんですもの。とても寂しかったです」

「お茶会の時間を延ばせませんの？　殿下にもっと私のことを知っていただきたいわ！」

お茶会の開始以降、ヴァーリックを取り合っていた高位（かつ自分に自信満々な）令嬢たちがヴァーリックのもとへ再集結し、彼にまとわりついている。

「そうだね……悪いけど、これから大事な用事があるんだ」

「まぁ……そうですの」

「残念ですわ」

ヴァーリックは穏やかに微笑んでいるものの、内心ではうんざりしているようだ。無理もない、とオティリエは同情してしまった。

（だけど、大事な用事ってなにかしら？）

この後、ヴァーリックは予定を入れていない。疲れるだろうし、妃選びについてゆっくり検討する時間が必要だろうと、補佐官たちで彼の時間の調整をしたのだ。なにか予定を入れたなら、オティリエの耳に入ってしかるべきなのだが。

そうこうしているうちに、ひとり、またひとりと令嬢たちが会場を去っていく。

【殿下や妃殿下はわたくしを呼び止めてくださらないかしら？　このままじゃわたくし、本当に帰ってしまいますわよ？】

【私はきっと妃候補に選ばれたわよね。次に城に呼ばれるとしたらいつになるかしら？　……ああ、殿下がこちらを見ているわ！　とても楽しみ……】

が、本心ではこの場に残りたくてたまらないようだ。令嬢たちはチラチラとヴァーリックや王妃を振り返りつつ、期待に満ちた眼差しを送る。ヴァーリックはニコニコと微笑み、彼女たちの熱視線を受け流していた。

「オティリエ様、絶対にまたお話をしましょうね」

「今度屋敷にいらっしゃってね？　お買い物も、是非ご一緒したいわ」

「ありがとうございます、是非」

一方その頃、オティリエはお茶会で知り合った令嬢たちと挨拶を交わしながら、温かい気持ちに包まれていた。

【最後にヴァーリック様とお話ができてよかった】

【こんなところで友人ができるなんて思ってなかったわ。帰ったら早速手紙を書いてみよう。お返事が来るといいのだけど……】

（本当によかった）

令嬢たちの心の声を聞きながら、オティリエはホッと胸を撫で下ろした。

（さてと）

もうじき片付けがはじまるだろう。きっと人手が必要なはずだ。オティリエも招待客のひとりではあるが、終わってしまえば関係ない。手伝いを申し出よう——そう思ったその時だった。

「オティリエ」

「あっ……ヴァーリック様？」

背後からヴァーリックに声をかけられ、オティリエは静かに振り返る。

「どうなさいましたか？」

「……うん。オティリエとふたりでお茶を飲み直したいなと思って。誘いに来たんだ」

そっと差し出される手のひら。ざわりと会場が色めき立つ。

【オティリエ様がヴァーリック殿下に誘われたわ！　次の王太子妃はオティリエ様で決まりかしら】

【帰らなければいけないってわかっているのに気になる……覗き見したいわ】

【殿下がお誘いになったのがオティリエ様でよかったわ！　先ほどのご令嬢たちが選ばれたらどうしようってヒヤヒヤしていたもの】

高位令嬢たちはすでに馬車に乗り込んでいるため、ここにはオティリエに好意的な女性しかいない。

とはいえ、ヴァーリックがこんなかたちで声をかけてきたことに驚いてしまう。

（どうしよう？　タイミングがタイミングだから誤解されてしまっているわ……）

オティリエは彼の補佐官だけれど、今は妃選びのお茶会の場だ。妃候補として有力だから呼び止められたと勘違いされても仕方がない。オティリエはおずおずとヴァーリックのことを見上げた。

「あの、お仕事の話でしたら執務室に戻ってから……」

「仕事の話がしたいわけじゃないよ。さっき僕が話していたこと、聞いていただろう？　大事な用事があるって。……君を誘いたかったんだ」

ヴァーリックはそう言ってオティリエのことをジッと見つめる。熱い眼差しに真剣な表情。思わず目を背けたくなりながら、オティリエは「そうですか」と返事をする。

「それじゃあ行こうか」

オティリエはヴァーリックに手を引かれ、再びお茶会の会場へと舞い戻った。


テーブルに着くとすぐに熱々のお茶が運ばれてくる。いつの間にやら片付けが進んでおり、これが最後の一脚だ。

（よかった……。なんだか改まった雰囲気だったし、ふたりきりだとさすがに緊張してしまうけど）

周りには侍女や文官たちが控えている。オティリエは少しだけホッとした。

「お茶の準備をありがとう。みんなは下がっていてくれる？」

（えっ？）

と、安心したのも束の間、ヴァーリックがそんな指示を出してしまう。オティリエが引き止めるまもなく、彼らは「承知しました」と言ってその場からいなくなった。

（どうしよう）

ドキドキとオティリエの心臓が鳴り響く。ヴァーリックを相手にこんなふうに緊張する必要はない——そうわかっているのに、勝手にいろんな想像をしてしまって、それがたまらなく恥ずかしく申し訳ない。

（違う……違うわ。ヴァーリック様は私とお茶をしたいだけ。それ以上でも以下でもないのよ）

緊張をごまかすため、オティリエはティーカップに口をつける。熱いお茶が喉と胸を焼くような心地がして、ギュッと目をつぶった。

「……もしかして、緊張してる？」

ヴァーリックが尋ねる。オティリエはドキッと体を強張らせた後、静かに首を横に振った。

「いえ、そんな……」

「そっか。……僕は緊張している。こんな気持ちになったのは生まれてはじめてだ」

ヴァーリックはそう言って、自身の胸に手を当てる。どこか不安げな表情。オティリエの胸がまたもやドキドキと騒ぎはじめた。

「あ、あの……今日はお天気に恵まれてよかったですね。雨天の場合のセッティングについても妃殿下と打ち合わせはしておりましたけど、せっかく綺麗な庭園ですし、見ていただけてよかったなぁって。たくさんのご令嬢に喜んでいただけましたし、それに……えっと………」

あまりにも居た堪れなくて、必死に話題をひねり出したオティリエだったが、まったく長続きする感じがしない。ウンウン頭を悩ませつつ、チラリとヴァーリックの顔を見る。彼は穏やかに微笑みながら、オティリエのことをジッと見つめていた。

「オティリエ」

ヴァーリックがオティリエの名前を呼ぶ。オティリエが「はい」と返事をし、彼のことをそっと見る。しばしの沈黙。ヴァーリックが大きく深呼吸をする。

「――あの日の話の続きをしてもいい？」

「あの日……」

ヴァーリックの言葉を繰り返しながら、オティリエは静かに息を呑んだ。

どの日、どの話をさすのか――説明を受けなくてもすぐにわかる。神殿について片がついた夜のことだ。

『オティリエ、これからもずっと僕のそばにいてほしい』

あの時、ヴァーリックはそう言っていた。『もう一度……今度はオティリエが勘違いしようのない状況を作って、ちゃんと伝えるから』とも。

「オティリエ、僕はオティリエが好きだよ」

ヴァーリックが言う。胸がひときわ大きく跳ね、思わず涙がこぼれそうになった。

「ヴァーリック様、それは……」

「補佐官としてじゃないよ。ひとりの女性として、君のことを特別に想っている。僕はオティリエのことが好きだ。この世界の誰よりも。……ずっと、ずっと好きだったよ」

彼の頬は真っ赤に染まり、瞳がうっすらと潤んでいる。言葉から、表情から、ヴァーリックの想いが痛いほど伝わってきて、オティリエは胸をギュッと押さえた。

「だけど、僕は王太子だから――感情だけで己の伴侶を選んではいけない。幼い頃からそう言われて育ってきたし、自分自身もそう思っていた。誰もが納得する素晴らしい女性を妃として迎え入れなければならないって。……だから今日、きちんと向き合ったよ」

ヴァーリックはそう言ってオティリエを見る。

「他に妃にふさわしい女性がいないかちゃんと見て、考えた。だけど、向き合えば向き合うほど、考えれば考えるほど、僕にはオティリエしかいない。誰よりも妃にふさわしいのはオティリエだって……そう思うんだ」

「そ、そんな……私はそんな……」

「かわいくて優しくて、誠実で公正で。おっとりして見えるのに実はものすごくガッツがあって。はじめはただただ『守ってあげたい』って思っていたはずなのに、いつの間にか僕の方がたくさん守られていた。王都での街歩きの時も、神殿の件も」

彼はオティリエの前までやってくると、ひざまずいて手を握る。オティリエの心臓がドキドキと高鳴った。

「さっきのお茶会だってそうだ。君が他の子に声をかけて楽しませてくれたから――おかげで招待客を失望させずに済んだ。これまで君の温かい気遣いにどれほど救われてきたか……」

「それは……私に心を読む能力があるから。わかるから『なにかしなくちゃ』と思うだけで」

「そうだね。だけど、与えられた能力をどう使うかはその人次第だと思わない？　オティリエは素晴らしい女性だよ」

ヴァーリックの言葉にオティリエはうつむいてしまう。「そうですね」と肯定できるほど自分は強くない。自信なんて持てない。なんと返事をすればいいかわからず、オティリエは頭を悩ませる。

「母上も僕と同意見だ。君の丁寧かつ熱心な仕事ぶりも、細やかな気遣いも、素晴らしいって手放しで褒めていた。君になら妃を任せられるって……君がいいと言ってくれた。僕の意見を、感情を尊重すると言ってくれた」

説明しながら、ヴァーリックがオティリエの顔を覗き込む。促され、オティリエはゆっくりと顔を上げる。ヴァーリックは深呼吸をした後、オティリエをまじまじと見つめた。

「だから、どうかオティリエに問わせてほしい。僕の妻になってくれないだろうか？」

風がざわめく。ヴァーリックの熱い眼差しに心と体が熱くなる。

これ以上ないほどまっすぐ、はっきりと求婚されたのだ。勘違いのしようがない。心の声なんて聞こえなくても、ヴァーリックの想いは明白だった。

（ずっと……好きだっただなんて）

ヴァーリックの想いを知って、飛び上がるほどに嬉しい。あまりにも光栄で、幸せなことだとも思う。

しかし、突然の求婚に対する戸惑いの方が大きいのだ。自分に自信が持てないし、妃になる覚悟だってできていない。

それに、普通に考えれば王族から……しかも王太子から求婚されて断ることは難しいだろう。それでも、オティリエには「はい」と即答することなどできない。

「返事は急がないから。しっかりと考えて、オティリエ自身で答えを出してほしい」

オティリエの困惑を感じ取ったのだろう。ヴァーリックはそう言って穏やかに微笑む。いいのだろうか？　……そう思えども、やはりすぐに結論は出せそうにない。

「……はい」

ありがとうございます、と返事をして、その日のお茶会は今度こそお開きとなった。

次の日、オティリエは若干の気まずさを覚えつつ執務室に向かった。

（全然眠れなかったな……）

ヴァーリックの――求婚のことを考えていたらちっとも寝つけなかった。彼は昨日『返事は急がない』と言ってくれたけれど、いったいどのぐらいの猶予があるのだろう？　王太子の補佐官として、彼の妃選びはオティリエの仕事のひとつでもあるのだ。もしもオティリエが求婚を断ったら――そういうことまで考えて動かなければならない。

ため息をひとつ、執務室の中に入る。

ヴァーリックはまだ部屋にはいなかった。しかし、オティリエ以外の補佐官たちはいつになく早く出勤しており、顔を見るなり「おはよう！」と満面の笑みを浮かべる。

【オティリエさん、多分まだ返事をしてないんだろうなぁ。いったいなんて返事をするつもりなんだろう？】

【気になる……気になりすぎて今日は仕事にならない】

【オティリエさんが妃になったら、補佐官としての仕事はセーブすることになるのかな。妃には妃の公務があるし】

と、すぐに聞こえてくる心の声たち。オティリエは思わず目を丸くし、ムッと唇を尖らせる。

「みなさん……私に『聞こえてる』ってわかってますよね？　どうせなら声に出してくだされぱいいのに」

わざわざ心の中で尋ねられるから腹が立つ。オティリエの反応に、補佐官たちは苦笑を漏らした。

「ごめんごめん。内容が内容だから直接尋ねるのははばかられて。ついつい心の中でいろいろと……

ね」

そんなことを言いながら、補佐官たちはあまり悪びれる様子はない。オティリエは小さく息をついた。

「というか、どうしてその……ご存じなんですか？」

ヴァーリックから求婚を受けた、とはっきり言葉にするのは気が引ける。オティリエは頬を染めつつ、そっと補佐官たちを見た。

「そりゃあ、ヴァーリック様の気持ちは見ていたらすぐにわかったし」

「お茶会の話が出て、妃殿下のところにオティリエさんを送り込んだタイミングで『ああ、ヴァーリック様の中で妃はオティリエさんで決まりなんだなぁ』って思ってました。お茶会用のドレスを贈ったり、招待状をオティリエさんの分だけご自身で書いたり……健気でしたよね」

「僕たちの心の声からヴァーリック様の想いや求婚についてオティリエさんにバレないよう、結構気をつかってたんですよ？」

補佐官たちの言葉にオティリエの頬がさらに赤くなる。

「それで？　返事は決まったんですか？」

と、エアニーが尋ねてきた。オティリエは一瞬迷ったのち「いいえ」と首を横に振る。

「それはどうして？」

「どうしてって……」

オティリエが答えようとしたその時だ。ヴァーリックが執務室にやってくる。

「おはよう、みんな」

「おはようございます、ヴァーリック様」

いつもと変わらない朝の挨拶。他の補佐官とともに頭を下げつつ、オティリエはチラリとヴァーリックを見る。と、ちょうどこちらを向いたヴァーリックと視線が絡んで、オティリエはドキッとしてしまった。

【おはよう、オティリエ】

慈しむような温かく優しい声。それだけでオティリエは涙が出そうになってしまう。

（私は……どうしたらいいんだろう？）

自分の気持ちがわからない。オティリエはヴァーリックの笑顔を見つめつつ、ギュッと拳を握った。


それからあっという間に数日が経った。オティリエはこれまで通り、ヴァーリックの補佐官として穏やかな日常を送っている。

あまりにも変化がないから、時々あのプロポーズは夢だったんじゃないかと思うほどだ。

（なんて、本当は嘘）

オティリエがそんなふうに思えるのは、ヴァーリックが最大限に配慮をしてくれているからだ。彼から返事を急かすことはないし、他の補佐官たちにも同様の対応を求めたのだろう。結婚についても言及されたのは心の声も含めて、求婚の翌日だけだった。本当は気になっているだろうに……若干の申し訳なさを感じてしまう。

とはいえ、オティリエは未だに答えを出せていない。返事を急かされないことはとてもありがたかった。

「いったいどうする気ですか？」

と、背後から声が聞こえてきて、オティリエはビクリと肩を震わせる。

（あ……私のことじゃなかったのね）

見ればエアニーが他の補佐官となにかを話し合っているところで、オティリエはホッと胸を撫で下ろした。

しかし、あまり引き延ばすべきでないことは確かだ。答えは決まっておらずとも、ヴァーリックを長く待たせるのは忍びない。……となると、断るべきなのだろうか？　オティリエの胸がズキンと痛む。

（私がお断りしたら、ヴァーリック様はどんな反応をなさるかしら？）

彼はとても優しい人だから。穏やかで温かい人だから。オティリエがどんな選択をしても、それを尊重してくれる気はしている。

けれど、それで本当によいのだろうか？

「わかったよ」と困ったような笑みを浮かべて返事をするヴァーリックの顔を想像しつつ、オティリエは眉間にシワを寄せる。大好きなヴァーリックにそんな顔をさせていいのだろうか？　本当に後悔しないだろうか？　そもそも、どうして自分はこんなに迷っているのだろうか……？

「オティリエさん、仕事が終わったら少し話をしませんか？」

「え？　あ……エアニーさん」

と、エアニーから声をかけられる。彼はオティリエを見つめながら「たまにはお茶でもいかがでしょう？」と言葉を続けた。

（エアニーさんが私を誘うなんて……）

彼がプライベートで誰かに声をかけるのははじめてだ。どんな話がしたいのか……心の声を聞いていなくとも察しはつく。

「私でよろしければ、是非」

「では、そのように」

エアニーは返事をすると、またすぐに仕事に戻った。


就業後、エアニーについて城を出る。馬車に揺られること数分、オティリエはとあるタウンハウスの前にいた。

「ここは……？」

「ぼくの屋敷です。他の場所だと他人に会話を聞かれる可能性がありますし、落ち着いて話ができませんからね」

応接室に入ると、すぐに侍女たちがお茶を運んできてくれた。人払いをされエアニーとふたりきり。

彼はすぐに本題を切り出した。

「ヴァーリック様とのこと、どうなさるおつもりですか？」

あまりにも単刀直入に尋ねられ、オティリエはドキッとしてしまう。これまで誰にも……ヴァーリックにすら言及されなかったことだ。

しかし、エアニーに話を聞いてもらえば、自分ひとりでは辿り着けなかった結論に到達できる可能性がある。オティリエはおそるおそる顔を上げた。

「……長くお待たせしてはいけないとわかっております。ですから、その……お断りしようかと考えていました」

オティリエの返事を聞きながら、エアニーは大きく目を見開く。

「それは、どうして？」

「え？　どうしてって……」

「ヴァーリック様がどれほどあなたを想っているか、わからないわけではないでしょう？」

そう口にするエアニーの表情は苦しげだ。ヴァーリックがこれから感じるであろう痛みを、まるで自分のことのように感じているらしい。オティリエは「はい」と返事をしつつ、ほんのりとうつむいた。

「だったら、どうして悩む必要があるのです？　ヴァーリック様は口にも態度にも心の声にすら出さないでしょうが、あなたの返事を待っています。……想いに応えてほしいと。あなたが『結婚する』と答えてくれるのを願っています」

胸がきゅっと苦しくなる。オティリエは「そうですね」と返事をした。

「だけど、ごめんなさい。多分私は――自信がないんです」

「自信？」

エアニーに尋ねられ、オティリエは「ええ」と相槌を打つ。彼は首を傾げながらそっと身を乗り出した。

「それは……妃という仕事に対してですか？　だとしたら、あなたほど適任者はいないと思います。補佐官として働いてきた実績もありますし、適応力、吸収力も申し分ない。心の声が聞こえるという唯一無二の能力がありますし、オティリエさんなら妃として十分にやっていけます。僕たち補佐官も、あなたになら心からお仕えできると、そう思っているんですよ」

「エアニーさん……」

はじめて聞いた彼の本音。そんなふうに思ってくれていたのだと、オティリエは涙が出そうになってしまう。

「ありがとうございます。だけど……多分違うんです。私が不安に思っていることはそうじゃない」

「違う？　とはどういう？」

これまで漠然としていたオティリエの『不安』の形がだんだんはっきりと見えてくる。エアニーが浮き彫りにしてくれたから――ようやく結論に辿り着けそうな気がしてきた。

「私はただ……ヴァーリック様に幸せになってほしいんです。誰よりも、なによりも幸せになっていただきたいんです。だから……だから…………」

言葉にすると涙が出る。エアニーは小さく目を見開き、それから困ったように微笑んだ。

「そうですか」

優しい声音。エアニーにはオティリエの気持ちが痛いほどわかるのだろう。きっとこの世界の誰よりも。彼の望みもまた、オティリエと同じはずだから。

「わかりました。もとより決めるのはオティリエさん自身です。けれど、その想いは早く……少しでも早く、ヴァーリック様に伝えてあげてください。今頃きっと、どうしてあなたが悩んでいるのか……答えを出せずにいるのかを知りたがっていると思います。あの方はなんでもできるし強く見えますが、案外脆い部分がありますから」

「ヴァーリック様が？」

そんなふうにはとても見えない。オティリエが驚くと、エアニーは「ええ」と小さく頷く。

「本当ならひと言『妃になれ』とお命じになればよかったのに……ヴァーリック様はきっと、あなたの心が欲しかったんだと思います。オティリエさん自身に、自分を選んでほしかったんだと思います」

エアニーの言葉に胸が軋む。まるでヴァーリックが隠している心の声を聞いているかのよう。けれど、本当のところは本人に聞かなければわからない。

（ヴァーリック様と話をしなくちゃ）

どんな反応が返ってくるか不安でたまらない。けれど、エアニーの言う通りオティリエの気持ちを伝えるべきなのだろう。

「最後にもうひとつだけよろしいですか？」

「はい、なんでしょう？」

オティリエが尋ね返す。エアニーは優しく微笑むと、オティリエの手をそっと握った。

「オティリエさん、ぼくはヴァーリック様だけでなく、あなたにも幸せになってほしいと願っています」

「エアニーさん……」

人はどうして他人の幸せを望むのか——オティリエは目を細め「ありがとうございます」と返事をするのだった。

エアニーと一緒にお茶をした後、オティリエは彼が用意してくれた馬車で城に戻った。辺りはすっかり真っ暗で、空のてっぺんで月や星々が美しく光り輝いている。

(ヴァーリック様、今頃なにをしていらっしゃるかしら?)

定時で退勤したため、彼がどうしているかはわからない。まだ執務室にいるだろうか? そんなことを思いつつ、オティリエは庭園の中をゆっくりと進む。こんなにも月が綺麗な夜なのだ——少しぐらい寄り道をしたってバチは当たらないだろう。ため息をひとつつき、オティリエはそっと空を見上げる。

(明日、ヴァーリック様に話をしよう)

どうしてオティリエがヴァーリックの想いに応えることができないのか。エアニーも話していたが、これ以上彼を待たせるべきではない。

本当はものすごく怖くてたまらないし、勇気だって足りていない。ヴァーリックが他の女性と結婚することを想像すると胸がたまらなく苦しくなるし、逃げ出したいような気持ちにも駆られてしまう。それでも、彼のことを想えばこそ、オティリエは決心しなければならない。

(私はヴァーリック様に幸せになってほしいから)

オティリエのことを救ってくれたヴァーリックのために。誰よりも大切な彼のために。……どうか幸せになってほしい。そのためには自分に自信が持てないオティリエではダメなのだ。

(悔しいな)

オティリエが『ヴァーリックを幸せにできる』と胸を張って言えたらどれほどよかっただろう? 彼の想いに笑顔で応えられたなら、きっとものすごく幸せだったに違いない。ヴァーリックだって喜んでくれたかもしれないのに……そう思うものの、オティリエの脳裏にイアマや使用人たちの影がチラついてしまう。

確かに、仕事についてはある程度自信がついた。オティリエにしかできないことがあるという自負もある。

けれど、仕事を抜きにした『オティリエ自身』についてとなると話はまた別だ。

あれだけ『死んじゃえばいい』とか『無価値だ』と思われ続けてきたのだ。自信が持てないのは当然だろう。もちろん、そんなオティリエの価値を見出し、勇気づけてくれたのもヴァーリックだったのだが。

【苦しい……】

とその時、風に乗って心の声が聞こえてくる。

(これ……ヴァーリック様の声)

オティリエが聞き違えるはずがない。体調が悪いのだろうか？　オティリエは急いでヴァーリックの姿を探す。

と、少し進んだところですぐにヴァーリックを見つけることができた。彼はうずくまるでも胸を押さえるでもなく、ただただ月を見上げている。

(こんなところで護衛も連れずになにをしていらっしゃるのかしら？)

どうやら体調が悪いわけではないらしい。声をかけるべきか迷いつつ、オティリエはヴァーリックの様子をそっとうかがう。

【オティリエはどうやったら僕のことを好きになってくれるだろう？　……僕の想いに応えてくれるだろう？】

と、再びヴァーリックの心の声が聞こえてくる。

（え？　今の、私のこと……？）

そう自覚をした途端、喉や胸をかきむしりたくなるような切なさや焦燥感がオティリエの体に流れ込んできた。

（ヴァーリック様）

これまでヴァーリックは、オティリエに極力本音を聞かせないようにしていた。それは心の声を聞かれたら困るからではなく、オティリエを戸惑わせないようにするためだ。毎日たくさんの人の心の声を嫌でも聞いてしまうオティリエを少しでも休ませてやりたい……以前そう話していたことがある。だけど、本当は伝えたくて……聞いてほしくてたまらなかったのかもしれない。ヴァーリックの苦悩を。こんなにも大きな想いをひとりで抱えていることを。オティリエの返事を待ち焦がれて苦しんでいることを。

それでも、オティリエのことが大切だから必死に隠し続けてきたのだ。

【オティリエ】

触れたい。

抱きしめたい。

愛していると伝えたい。

……ずっと一緒にいたい。

――それらは心の声、言葉として聞こえてきたわけではない。けれど、オティリエにはわかる。それは確かにヴァーリックからオティリエに向けられた感情だった。

「ヴァーリック様」

意を決してオティリエがヴァーリックに声をかける。彼は「あっ」と声をあげ、一瞬だけ恥ずかしそうな表情を浮かべる。それからいつものように、とびきり優しく微笑んだ。

「オティリエ、今日はエアニーからお茶に誘われたんだよね？　楽しかった？」

先ほどまで聞こえていた心の声が嘘のよう。ヴァーリックは穏やかに目を細めてオティリエのことを見つめた。

「こんなところにいたら風邪を引くよ。部屋まで送らせるから、そろそろ……」

「私……ヴァーリック様のことが好きですよ」

オティリエが言う。ヴァーリックは目を見開き「え？」と口にした。

「私、ヴァーリック様のことが大好きです。誰よりも、なによりも大切に想っています。どうしようもないほど、好きなんです……！」

それはオティリエが大事に温めてきた心の声。なによりも大切な想い。言葉にするだけで涙がこぼれ落ちてしまうほど。ポロポロと止めどなく流れる涙を拭いながら、オティリエは肩を震わせた。

「オティリエ、本当？　僕のことが好きって……」

ヴァーリックがオティリエの肩を抱く。オティリエはうつむいたままコクリと頷いた。

「……っ！」

息を呑む音。次いで、ヴァーリックから体がきしむほど力強く抱きしめられる。

「だけど……だからこそ私は、私がヴァーリック様の妃じゃダメだって思っているんです。私はヴァーリック様を幸せにしてあげられる自信がないから」

「そんなことない」

ヴァーリックがオティリエの頬に口づける。オティリエはそっと首を横に振った。

「私はヴァーリック様に誰よりも幸せになってほしいんです」

「だったらなおさら、オティリエは僕と結婚しないと」

「……え？」

どうして？と戸惑うオティリエの前に、ヴァーリックはひざまずいた。

「自信なんていらない。だって僕はオティリエ以外の女性と結婚しても幸せになれないから。……オティリエじゃなきゃダメなんだ」

熱い眼差しが、真剣な表情がオティリエの胸を焼く。ヴァーリックの涙が左手を濡らす。いつも理性的なヴァーリックが見せる強く激しい感情。それは求婚というより懇願に近かった。

「オティリエ、君が僕に幸せになってほしいと言うのなら、一生僕のそばにいて。僕を幸せにして。……僕が君を絶対に幸せにするから」

ヴァーリックに握られた手のひらは温かく、とても力強い。戸惑いながら、オティリエはそっと握り返す。

「……本当に、私でいいのですか？」

オティリエの問いかけに、ヴァーリックは大きく頷く。

「オティリエじゃなきゃダメだ。絶対、君以外考えられない」

再びギュッと抱きしめられオティリエは思わず目をつぶる。全身が、心が燃えるように熱く甘ったるい。

これまで経験したことのない強い幸福感。求め、求められる喜び——想いが通じ合った高揚感は二度と味わうことができないだろう。オティリエはヴァーリックの胸に顔を預け、彼のことを抱きしめ返す。

「それにね、もしも断られても、僕は諦める気なんてなかったよ」

「え？　そうなんですか？」

オティリエは驚きのあまり大きく目を見開く。

命じるのではなくわざわざオティリエの意思を尋ねてくれたのだから、てっきり断ってしまえばそれまでだと思っていたのだが。

「無理だって言われたら、物わかりのいいふりはやめて、オティリエを口説き落とすつもりだった。どれだけ時間がかかっても、どれだけみっともなくとも、僕が君のことをどれほど好きか伝えようって……僕を選んでほしいって伝えようと決めていた。僕にはオティリエしか考えられないから」

「そ、そんなことを考えていらっしゃったなんて……」

思わぬことにオティリエは全身がカッと熱くなる。ヴァーリックは嬉しそうに微笑みながら、オティリエのことを抱きしめ直した。

「ああ……幸せだ。ねえ、夢じゃないよね？」

コツンと音を立ててふたりの額が重なり合う。ヴァーリックの鼓動の音が、肌の熱さがダイレクトに伝わってきて、オティリエは首を縦に振る。

「夢じゃありませんよ」

まだまだ自分に自信なんてない。それでも、ヴァーリックが幸せだと言ってくれるから……幸せになってほしいと思うから。だからもう、オティリエは迷わない。

「改めて、僕と結婚してくれますか？」

ヴァーリックが尋ねる。あくまでオティリエの意思で自分を選んでほしい――彼のそんな気持ちが伝わってきて、オティリエはふふっと口元をほころばせる。

「……はい」

あまりにも嬉しそうなヴァーリックの笑顔。オティリエの胸が温かくなる。

（ヴァーリック様、私が絶対、あなたを幸せにします）

そう心の中で囁きながら、オティリエも満面の笑みを浮かべるのだった。

＊＊＊

オティリエとヴァーリックの婚約は、あっという間に国中に知れ渡った。祝福モードに包まれる人々だったが、全員というわけではない。やがてそれはイアマの耳にも届くこととなり、アインホルン邸に怒号が飛んだ。

「どういうことなの、お父様！　オティリエがヴァーリック殿下と婚約するだなんて！」

イアマの金切り声に使用人たちが震え上がる。父親はため息をつきつつイアマに座るよう促した。

「冗談でしょう？　いったいいつの間にそんな話になっているのよ？　第一、妃選びっていうのはある程度段階を踏んで行うものじゃないの？　こんなにいきなり婚約者を発表するなんて他の貴族たちからも反発されるわ！　認められるはずが……」

「実は先日、ヴァーリック殿下の妃を選ぶために妃殿下主催のお茶会が開かれたのだ。だから、決して段階を踏んでいないわけでは……」

「は？」

イアマが再び声を荒らげる。

「なにそれ。そんなお茶会があったなんてわたくしは聞いてない！　なんで⁉　どうしてわたくしが呼ばれていないのよ！　誰よりも美しく、妃にふさわしいわたくしが！　どうして⁉」

あまりの剣幕に父親はたじろいだものの、イアマのことをじろりと見つめた。

「理由は当然存在する。イアマは素行不良ゆえ、対象者から除外されたとのことだ」

「素行不良……？　そんな馬鹿な。わたくしのどこが素行不良だっていうのよ？」

イアマの問いかけに父親は答えない。彼女はわなわなと唇を震わせつつ、ガンとテーブルを叩いた。

「わかったわ。本当はオティリエが悪いんでしょう？　あの子がわたくしを陥れるために妃殿下に嘘の進言をしたのよ！　だからわたくしはお茶会に呼ばれなかった！　王太子妃の候補者にすら入れてもらえなかった！　そうに違いないわ！」

「イアマ……」

「だったら、今からでも遅くはない！　お父様から妃選びをやり直すように言って！　こんなの絶対に納得できない！　認められるわけが……」

「イアマ！」

父親が大声でイアマを遮る。イアマはビクッと体を震わせた後、唇を引き結んだ。

「もう決まったことだ。おまえがどれだけ駄々をこねても、今回ばかりはどうしようもできない」

「今回ばかりは？　……そんなこと言って！　お父様はいつもそう。どれだけお願いしてもオティリエを連れ戻してくれなかったし、わたくしの言うことなんてちっとも聞いてくれなかったじゃない！　ひどいわ！　どうしてそんなひどいことをするの⁉　どうして⁉」

「そうだな……」

そう言って父親がジッとイアマの瞳を覗き込む。

「逆に、どうしてお父様は今まで、おまえの言うことを聞いていたのだろうな？　……どうして聞いてやらなきゃならないんだろうな？　なぁ、イアマ？」

「え？」

まるで憑き物が落ちたかのような表情。イアマの心臓がドッドッと嫌な音を立てて鳴り響く。

（どういうこと……？）

父親が、使用人たちがイアマの言うことを聞くのは当たり前のことだ。なぜならそれが魅了――洗脳の力なのだから。今になってどうしてそんなことを疑問に思う？　イアマに歯向かおうとするのだろう――？

「とにかく、もう決まったことだ。わかったら、これ以上オティリエの邪魔をするな。……いいな」

父親はそう言ってイアマの部屋を後にする。爪が手のひらに食い込んでひどく痛い。けれど、彼女の心の痛みはそれ以上のものだった。これまで味わったことのない屈辱――憎しみがイアマを焼く。

「許せない」

このまま終われるはずがない。イアマは復讐の炎を燃え盛らせるのだった。

＊＊＊

「婚約披露パーティー、ですか？」

「うん。国内の貴族たちを呼び寄せて未来の妃をお披露目する——そういう習わしなんだ」

オティリエの質問にヴァーリックが答える。

今日は仕事は休み。オティリエはヴァーリックの私室に呼ばれ、ふたりでお茶を飲んでいた。

「未来の妃……」

確かにその通りなのだが、言葉にされるとなんだか緊張してしまう。結婚への覚悟は固まったものの、プレッシャーを感じずにはいられない。

「大丈夫だよ、オティリエ。僕がついているから」

固く繋がれた手のひら。彼はオティリエの手の甲に触れるだけのキスをする。ぶわっと頬が熱くなるのを感じながら、オティリエはコクリと頷いた。

「ですが、夜会に出席するのはヴァーリック様にはじめてお会いした日が最初で最後なので、きちんと対応ができるか心配です」

実家で習ったのは、王族に挨拶をする時の口上や頭の下げ方といった最低限の礼儀作法だけだ。けれど、今回は王太子の婚約者として出席するのだから、あの時以上にきちんと対応できなければならない。

「うん、知ってる。今度の夜会ではダンスも踊るから、一緒に練習しなきゃね。ドレスもとびきりかわいい一着を準備しなくちゃいけないし、夜会までの間にやることがたくさんだ。でも……」

「でも？」

ヴァーリックはそこで言葉を区切ると、屈託のない笑みを浮かべてオティリエのことを抱きしめる。

「すっごく楽しみだ！　早くみんなに自慢して回りたい。僕の婚約者はこんなにかわいくて素晴らしい女性なんだよって」

「ヴァーリック様……」

ドキドキとオティリエの心臓が大きく高鳴る。けれどそれは彼女だけでなく、ヴァーリックも同じのようで。

「私も楽しみです」

彼のことを抱きしめ返し、オティリエは満面の笑みでそう答えた。


それからあっという間に月日が経ち、いよいよ明日は夜会の日だ。オティリエは緊張を高まらせつつ、いつものように仕事をしている。

「オティリエ、今日は仕事が終わったらそのまま残ってもらってもいい？　会わせたい人がいるんだ」

「会わせたい人？」

いったい誰だろう？　オティリエは疑問を抱きながらも黙々と仕事をこなす。

やがて終業時刻を迎え、他の補佐官たちが執務室を出たところで、ようやくその答えがわかった。

「オティリエ」

「お兄様？」

来訪者はアルドリッヒだった。優しくふわりと抱き寄せられ、オティリエは胸が温かくなる。

「久しぶりだね、オティリエ」

「ええ。お兄様も、お元気そうでなによりです」

アルドリッヒに会うのは神殿の件が片付いて以来はじめてだ。あれから何度か手紙のやり取りをしていたものの、なんだか懐かしい気持ちになってしまう。

「でも、どうしてお兄様がこちらに？」

「婚約が決まったお祝いを……おめでとうと直接伝えたかったんだ。明日はきっと、ひっきりなしに貴族たちがやってきて、ゆっくりと話をする時間が取れないだろうからね。殿下がこうして機会を作ってくださったんだよ」

ポンポンと頭を撫でられ、オティリエは思わず泣きそうになる。

「そうだったんですね。お兄様……ありがとうございます」

「うん。本当におめでとう、オティリエ。それとね、僕ともうひとり、オティリエにお祝いを言いに来た人がいるんだ」

アルドリッヒが扉の方をチラリと見る。……が、誰もいない。首を傾げるオティリエだったが、やがて微かな足音が聞こえてきた。

「え……？」

現れたもうひとりの来訪者の姿を見た途端、オティリエは思わず声をあげる。

「……久しぶりだな、オティリエ」

そこにいたのはオティリエの父親――アインホルン侯爵だった。

「お父様……」

オティリエは呟きつつ、少しだけ後ずさってしまう。

最後に父親に会ったのはもう八カ月近く前のことだ。あの時父親は、オティリエに対して形だけの謝罪をした。すまなかったと。

けれど、彼が悪いと思っていなかったことは明白だったし、謝られたからといってすべてが帳消しになるわけではない。オティリエにとって父親は恐怖と悲しみ、苦しみの象徴だった。

（怖い）

父親を見ることが。声を聞くことが。……オティリエに対する心の声を聞くことが。

彼がそこにいると思うだけで胃のあたりがキュッと痛むし、息が浅くなってしまう。逃げ出したい――そう思ってしまうのも無理はない。

「オティリエ」

と、ヴァーリックがそっとオティリエの肩を抱く。大丈夫だよと微笑まれ、オティリエはおそるおそる父親のことを見た。

「あの……」

なにを話せばいいのだろう？　会話らしい会話をしたこともないし、どうすればいいのかわからない。父親はずっと押し黙ったまま、オティリエのことを見つめ続けている。

「お父様……あの」

「すまなかった、オティリエ！」

「……え？」

目の前で父親がうずくまる。彼の体はひどく震えていて、オティリエは思わず目を丸くしてしまった。

「お父様？」

慌てて駆け寄ったオティリエの耳に、父親の啜り泣きが聞こえてくる。

「すまなかった……！　本当に、すまなかった！　私はなんてことを……なんてことをっ………！」

これが形ばかりの謝罪でないことは見ればわかる。父親の悔恨の念が痛いほど伝わってきて、オティリエまでつられて泣きそうになってしまうほど。

「お父様……あの、頭を上げてください」

父親はうずくまったまま激しく首を横に振る。嗚咽が執務室に響き渡り、オティリエはギュッと胸を押さえた。

「謝って済む問題でないことはわかっているんだ。謝罪をすることで自分が楽になりたいだけだろうと罵られたって仕方がない。けれど私は、オティリエにあまりにも申し訳なくて……！　オティリエがどれほど辛い思いをしてきたか、気付いてやれなかった。守ってやれなかった。それどころか、私自身がオティリエを苦しめてしまうなんて……！　すまなかった、オティリエ！　本当に、すまなかった！」

ガンガンと床に頭を打ちつけながら、父親がオティリエに謝罪する。

「お父様、やめて！　頭を上げてください！　これでは落ち着いて話ができません」

「しかし……」

「私はお父様の口からきちんと聞かせてほしいんです」

オティリエはそう言って、まっすぐに父親を見る。涙でぐちゃぐちゃに歪んだ表情、オティリエと同じ紫色の瞳。生まれてはじめて父親から憎悪や嫌悪以外の感情を向けられて、正直なところ戸惑わずにはいられない。けれど、この機会を逃したら一生彼とはわかり合えないかもしれない。

「侯爵、オティリエもこう言っているんです。落ち着いて話をしましょう」

「で、殿下……はい。承知しました」

父親はアルドリッヒに背中をたたかれ、ゆっくりと体を起こした。

「それで、どうしていきなりお父様が……？　最後にお会いした時には……その、全面的にお姉様の味方をしていらっしゃいましたし、私のことを疎ましく思っていたと記憶をしているのに」

落ち着いた頃合いを見計らい、オティリエが話を切り出す。父親は気まずそうな表情を浮かべた後

【なにから切り出せばいいか……】と考えあぐねている。

「うっ……」

そうこうしている間に、再び感情が昂ぶってしまったらしい。父親は声をあげて泣きはじめてしまった。

（どうしましょう？　これじゃあ話ができないわ）

オティリエは戸惑いながらヴァーリックを見る。と、アルドリッヒがそっと身を乗り出した。

「オティリエ、ごめん。お父様はこんな状態だし、自分からは話しづらい点もあるだろうから、俺から説明してもいい？」

「お兄様……はい、よろしくお願いいたします」

「はじめに伝えたいのは、お父様は俺や使用人たちと同じで、ずっとイアマの魅了にかかっていたってこと。それこそ君が生まれた時からイアマに毒されていたんだ」

「……はい」

アインホルン邸から連れ出された時、オティリエは父親の心を読んだ。ヴァーリックの能力により魅了を一時的に解かれた彼が、己の過去を思い出しているのを。

あの時見た映像……生まれたばかりのオティリエから父親の愛情を奪ったイアマの姿は、忘れたくても忘れられない。父親がイアマに魅了され、言うことを聞かされているのは明白だった。

だからといって、彼からされたひどい仕打ちは消えないし、決していい感情は抱けないけれど。

「そんなお父様がどうしていきなり正気を取り戻したのか……本当はね、いきなりなんかじゃないんだよ。ヴァーリック殿下が定期的にお父様と面会をしてくださっていたんだ」

「え？」

その瞬間、オティリエは大きく目を見開く。急いでヴァーリックのことを見ると、彼はとても穏やかに目を細めた。

「殿下は少しずつ、何度も何度も時間をかけてお父様の魅了の影響を薄れさせていったんだ。それで、最近になってようやく完全に無効化することに成功したそうなんだけど……」

「ヴァーリック様が？　そんな！　だけどそんなこと、ひと言だって……！」

「侯爵の名前を出したり、会っていることを伝えたりしたら、オティリエが怯えてしまうと思ったんだ。さっきも侯爵を見るなりとても辛そうな表情をしていたし、できる限り嫌な思いはさせたくなかったから」

「ヴァーリック様……」

オティリエの瞳に涙がたまる。ヴァーリックの優しさ、深い愛情を感じて、心がたまらなく温かくなった。

「婚約披露までの間に、なんとか侯爵の魅了を解きたいと思っていたんだ。間にあってよかったよ。もしかしたらオティリエはそんなことを望んでいなかったかもしれないけど」

ヴァーリックの言葉にオティリエは首を横に振る。それから、両手に顔を埋めて泣きじゃくった。

「私……別に謝ってほしかったわけじゃなかったんです。なにをしたって過去が消えるわけじゃないし、お父様は言わば被害者ですもの。だけど……」

ダメだ、涙が止まらない。胸の中のわだかまりが溶けてなくなっていくかのよう。絶対、なにがあっても消えないと思っていたのに……。

「お父様、本当に？　私のことを心から憎んでいるわけではないのですか？　……お姉様と同じように、娘だと思ってくださいますか？」

「……！　もちろんだ」

それまで押し黙っていた父親がようやく口を開く。彼はオティリエのそばまでやってくると、オティリエの手をギュッと握った。

「これから妃になるオティリエに向かって、今さら父親ヅラできるだなんて思っていない。しかし私はおまえのことを……オティリエの幸せを心から願っているし、できる限りのことをしてやりたいと思っている。本当だ。信じてほしい」

優しく慈しむような眼差し。家族の温もり。それらはオティリエがずっとずっと欲しくてたまらないものだった。オティリエは「お父様」と呟きつつ、目を細める。

（もう十分だわ）

辛かった記憶が完全に消えるわけではないが、オティリエの心はこれ以上ないほどに救われた。オティリエさえ望めば、これから先父親と新しい関係を築いていくことも可能だろう。全部全部、ヴァーリックのおかげだ。

「ありがとうございます、ヴァーリック様」

「……オティリエが笑ってくれてなによりだよ」

ヴァーリックの微笑みにオティリエの胸がドキッと高鳴る。すでにこれ以上ないほど好きなのに……どれだけ夢中にさせれば気が済むのだろう。平常心を装ったものの、オティリエはドキドキが止まらなかった。

「ところで、今日はオティリエにプレゼントを持ってきたんだよ」

アルドリッッヒの言葉を受けて、父親がテーブルの上に小さなビロードの小箱をのせる。

「これは？」

「妻の――おまえの母親の形見のブローチだ」

促されて小箱を開けてみる。中には海のように深い青色の大きなサファイアが入っていた。周りには小さなダイヤモンドが散りばめられており、王室顔負けの一品だ。

「これを私に？　けれど、よろしいのですか？　お母様との大事な思い出の品なのでしょう？」

「思い出の品だからこそ、オティリエに持っていてほしいんだ。この石はきっとおまえのことを守ってくれるよ」

父親の返事を聞きながら、オティリエはブローチをそっと撫でる。

（お父様が私にお母様との思い出の品をくれるなんて……）

夢でも見ているのだろうか？　……そう尋ねたくなってしまう。けれど、これは紛れもない現実だ。

「ありがとうございます、お父様」

生まれてはじめて父親に向ける満面の笑み。オティリエの父親はハッと目を丸くした後、再び大声で泣きじゃくるのだった。

＊＊＊

「馬車を出しなさい」

イアマが使用人に命令をする。彼女は美しく豪奢なパーティードレスに身を包んでいた。

「……どこに向かわれるのですか？」

「決まってるでしょう？　城に行くのよ。さっさとしなさい。遅れてしまうでしょう？」

嘲るように言いながら、イアマは眉間にシワを寄せる。

今夜は王城で夜会が開かれるらしい。父親は頑なに隠していたが、時期から鑑みてオティリエを王太子の婚約者として披露するための会だということは明白だ。

だというのに、侍女たちは誰もイアマの着替えを手伝おうとしない。イアマが呼んでも誰も部屋に来ようとすらしなかった。

（忌々しい。絶対にぶち壊してやるわ）

オティリエのものはすべてイアマのもの……本来彼女が手に入れるべきものだ。金も、王太子妃としての地位も名誉も、それから幸せもすべて。

だから、全部奪い返さなければならない。なんとしても。

「行かせませんよ」

と、使用人が返事をする。イアマは「はぁ?」と声を荒らげた。

「なにを馬鹿なことを言っているの? 大体、誰に向かってものを……」

顔を上げ、ビクリと体を震わせる。見れば、目の前には屋敷の使用人たちのほとんどが集結しており、彼女のことを冷たく睨みつけているではないか。

(なに? なんなのよ、その目つきは。これじゃまるで……まるで! わたくしが悪いみたいじゃない! その顔はオティリエに向けるべきものでしょう!?)

軽蔑、哀れみ、憎悪に憤怒。それらはイアマが使用人たちを操作して、オティリエに対して向けさせていた感情だ。

胸が、体がざわざわする。気持ち悪い……イアマは思わずギュッと己を抱きしめた。

「イアマ様、私たちはもう、あなたの命令は聞きません。オティリエ様にはこれまで辛い思いをさせてしまいました。これから先はどうか幸せになっていただきたい。ですから、イアマ様を行かせるわけにはまいりません」

使用人頭が言う。幼い頃からアインホルン侯爵家に雇われていた人間だ。これまで彼がイアマの命令に背いたことなど当然なかったし、彼女に心酔していたというのに……。

(なんで? どうして? みんなおかしくなってしまった。あの夜会の夜から。……まさか! あの男が元凶なの……!?)

ドクンドクンと心臓が嫌な音を立てて鳴り響く。

唯一イアマの魅了の影響を受けなかった男——王太子ヴァーリック。彼は本当にイアマの能力を無効化できるのかもしれない。そして、もしも他の人間にもその能力を分け与えられるのだとしたら——！

（辻褄が合うわ）

少しずつ少しずつ、使用人たちの様子がおかしくなっていったこと。兄であるアルドリッヒの態度。それから父親すらもイアマを見放したことまで、すべて。

「どこまでわたくしを苦しめれば気が済むの？　……ふざけるんじゃないわよ！」

怒りのあまり、イアマの髪がぶわりと逆立つ。次いで放たれる強烈な気——魅了の能力が暴走をしているのだ。前方にいた使用人たちがバタバタと気を失っていく。後方にいる者も立っているのがやっとだった。

そうしている間にイアマが御者を魅了し、馬車を用意するよう言いつける。フラつきながら命令に従う御者とともに、イアマは屋敷から立ち去ってしまった。

「あっ、イアマ様！」

けれど、他の使用人たちはまるで縫い止められてしまったかのようにその場から動くことができない。彼らはただ、オティリエの無事を祈ることしかできなかった。

＊＊＊

（緊張するな……）

夜会会場の近くに用意された控室。オティリエは鏡に写った自分と向き合っていた。

身につけているドレスは今夜のためにヴァーリックから贈られたもの。胸には母親の形見のブローチ。彼の瞳の色に合わせて用意したアメジストとエメラルドのイヤリングが照れくさく、なんだかドキドキしてしまう。

（私、本当にヴァーリック様と婚約するんだ……）

彼とはじめて会ってから約八カ月。あの時はまさか自分がヴァーリックの結婚相手に選ばれるなんて思っていなかった。……正直、未だに信じられない気持ちでいっぱいだ。毎朝目が覚めるたびに『これまでの日々は夢だったのではないか』と確かめるほどである。

「オティリエ」

とその時、ヴァーリックが控室にやってきた。真新しい夜会服に身を包んだ彼はとても凛々しく、オティリエは思わず見惚れてしまう。

「準備はできた？」

そう尋ねつつ、ヴァーリックは少しだけ緊張した面持ちだ。自分だけではないのだと、オティリエはなんだか安心した。

「……どうでしょう？　どこかおかしなところはありませんか？」

オティリエの質問にヴァーリックはふっと目元を和らげる。それからオティリエのことをギュッと強く抱きしめた。

「ない。……ものすごくかわいい」

本当に、かわいいと囁きながら、ヴァーリックはオティリエの額に口づける。胸が、体がたまらなく甘い。オティリエの頬が真っ赤に染まった。

「そろそろ行こうか」

ヴァーリックがオティリエに手を差し出す。オティリエが「ええ」と微笑んだ時だった。

「行かせないわよ、オティリエ」

控室の扉が開くとともに、冷たい声音がオティリエを刺す。その途端、身の毛がよだち、体がカタカタと震えだした。

（この声、まさか……）

恐怖のあまり、オティリエは顔を上げることができない。しかし、扉のそばにヴァーリックの護衛たちが倒れているのが見える。

「イアマ嬢……いったいどうやってここに？」

ヴァーリックが言う。オティリエはゴクリと息を呑んだ。

「どうやって？　ふふ……いろいろと対策をしてくださったことは認めるけど、わたくしが本気を出せばどうってことなかったわ。だって、魅了の能力があればわざわざ正面突破する必要なんてないもの。さすがの殿下も、招待客や城内にいる全員に対して魅了対策なんてできないでしょう？　まあ、そこに倒れている護衛をどかすのはちょっと手こずってしまったけど、あなたの能力も絶対的なものではないってことがわかったから、結果オーライかしら？　他の人間より効果が薄いって程度だったし、わたくしが魅了し続けたらこのザマだもの」

アハハ！と高笑いをしながら、イアマがふたりに近付いてくる。ヴァーリックはオティリエを自分の後ろに隠しつつ、眉間にグッとシワを寄せた。

「それで？　オティリエになんの用だい？」

「決まっているでしょう？　オティリエなんかに妃が務まるわけがないもの！　わたくしが代わってあげようと思いましたの。だって、不細工で陰気で、なんのとりえもない無能で野暮な女が妃になるなんてありえないわ。っていうか誰も認められない。そうでしょう？」

「……本当に？」

「え？」

「今のオティリエを見て、君は本気でそんなことを思うの？」

ヴァーリックはそう言って、オティリエをほんの少しだけ前に出す。その途端、イアマの唇がワナワナと震え、瞳が大きく見開かれた。

【なによ……いったいなんなのよ！　八カ月前とはまるで別人じゃない！】

艶やかな肌に美しい髪の毛、ガリガリだった体は随分肉付きがよくなり女性らしくなったし、身長だって数センチは伸びている。もともと整った顔立ちだったが、より愛らしく美しく成長し、凛と洗練された立ち居振る舞いに人々は感嘆のため息を漏らすだろう。ドレスの着こなしも見事なもので、優雅さと品のよさを感じさせる。少なくとも、イアマに罵倒されるいわれはまったくなかった。

「見た目だけじゃない。オティリエはたった八カ月で、補佐官として優秀な実績をあげてきた。城内――国中の誰もが認める素晴らしい働きぶりだ。誰にも無能だなんて言わせない。……言えるはずがないんだ。それに、彼女の優しさに救われた人が大勢いる。僕だってそのうちのひとりだ。それなのに『誰にも認められない』だって？　ふざけるのもたいがいにしてくれ」

いつも穏やかなヴァーリックらしからぬ強い口調。イアマがグッと歯噛みをする。

「大体、前にも言っただろう？　僕は君を聡明とは思わないし、なんの魅力も感じない。イアマ嬢が妃候補になることはないって。それなのにオティリエと代わろうだって？　無理に決まってるだろう？　そもそも、僕にとってオティリエはかけがえのない存在だ。彼女の代わりは他の誰にも務まらない。絶対にだ」

「くっ……！」

鋭い眼差しが、言葉が、イアマの全身を焼くかのよう。ふつふつと体の奥から湧き上がる怒りにイアマは髪の毛をかきむしった。

【悔しい！　こんなのってないわ！　あの子のものは全部全部奪ってやった！　わたくしがあの子の分の幸せまですべてを手に入れたはずだった！　それなのに、むしろわたくしの方が奪われているじゃない！　お父様も、お兄様も使用人たちも！　みんなわたくしのそばからいなくなった！　わたくしにはもうなにも残っていない。全部オティリエのせいだわ！】

許せない。認められるはずがない。イアマはキッと顔を上げた。

「消えなさいよ」

「え？」

「あんたなんか消えちゃえばいいのに！」

その途端、ぶわりと周りの空気が歪む。イアマの瞳が激しく光り、真っ赤に明滅しはじめた。

【オティリエさえいなければ、わたくしはもっと幸せだった！　あんたさえいなければ！】

オティリエの頭の中でイアマの絶叫が響く。消えろ、いなくなってしまえ！という言葉にオティリエの胸が激しく痛む。

（これは……お姉さまの能力が暴走している？）

ただごとではない様子にオティリエは震え上がってしまう。

「オティリエ、目をつぶるんだ！　イアマ嬢の瞳を見ちゃいけない」

「だけど……！」

このままではヴァーリックが危険だ。彼の能力をもってしても防ぎきれないかもしれない。オティリエがヴァーリックを守らなければ――。

「アハハハハ！　だからあんたは愚かだっていうのよ！」

と、イアマがオティリエの胸ぐらをグイッと掴む。至近距離に迫るイアマの瞳。その瞬間、オティリエの意識がクラッと遠のいた。

「あっ……」

「オティリエ！」

膝から崩れ落ちそうになったオティリエをヴァーリックが急いで抱き留め、イアマから引き離す。

「イアマ嬢！　オティリエになにを……」

「ふふ……もっと早くにこうすればよかった。もっと早く………」

イアマの瞳から涙がこぼれ落ち、狂ったような笑い声が室内に響き渡る。その時にはもう、イアマの両目は光と色を失い、元の紫色ではなく黒くなっていた。

（見えない……なにも）

まるで体中の感覚がすべてなくなったかのよう。オティリエの意識が真っ暗な闇の中を彷徨っている。

【消えなさい！　さっさと、この世からいなくなって！】

（ああ、そうだわ……私、消えなきゃ。この世から、いなくならなきゃいけないんだわ）

……その途端、オティリエにはそれ以外のことがまったく考えられなくなってしまった。イアマの願い――オティリエが消えること――を叶えなければと、体が勝手に生命活動を止めようとする。

（消えなければ。早く。私は――幸せになってはいけない。不幸でなければいけない。この世にいちゃいけない存在なのよ）

だって幸せはイアマのものだから。オティリエが持っていてはいけないものだから。だから、自分の存在ごと全部イアマに返さなければならない。

（オティリエさえ――私さえいなければ――）

頭の中にイアマの声がこだまする。イアマの声がオティリエの声になる。自分がなんなのか、もうわからない。見えない。聞こえない。下に、下に引きずられていき、暗闇に飲み込まれていく。なくなっていく。これでいいのだ、とイアマの声が囁く。

（そうね）

オティリエさえいなくなれば、すべてがうまくいく。あるべき姿に戻る。最初からこうなる運命だった。もしもヴァーリックに出会っていなかったら……。

【オティリエ】

そう思ったその時、声が唐突に聞こえてくる。――イアマともオティリエとも違う。あまりにも小さくて聞き間違いではないかと思うほど……けれど、オティリエには確かに聞こえる。オティリエを呼んでいる。

【オティリエ！　僕の声を聞いて！　オティリエ！】

力強い声。声の主ははっきりと求めている――オティリエの温もりを。その存在を。

（……ヴァーリック様）

ドクン！と心臓が脈打ち、オティリエに意識と感覚が戻ってきた。しかし、イアマの洗脳により体が生命活動を止めようとしていた影響は大きい。そのあまりの苦しさにオティリエはもがき苦しむ。

「オティリエ！　オティリエ、しっかりするんだ！」

ヴァーリックがオティリエの顔を覗き込みながら頬を叩き、必死に呼びかけ続けている。

（ヴァーリック様が私を呼んでいるわ）

戻らなければ。大好きなヴァーリックのもとに。

だけど、頭の中では今もイアマが叫んでいる。【あんたなんかいらない！　消えてしまえ！　いなくなってしまえ！】と何度も何度も。

けれどそのたびに、ヴァーリックの声がオティリエのことを引き戻す。

【僕にはオティリエが必要なんだ】

彼の声が、心が、オティリエを優しく、力強く温める。――オティリエ自身の声が段々大きくなっていく。

（私は消えない。生きたい。もっともっと！）

ヴァーリックとともに！

だってオティリエは彼を幸せにすると約束したのだ。ここで消えるわけにはいかない。

（絶対、絶対にヴァーリック様のもとに戻るんだ！）

カハッ！と大きく息を吐きながらオティリエは目を覚ました。荒い呼吸。視界はまだぼやけていて、よく見えない。

「オティリエ……オティリエ！」

ポタッと温かな液体が頬に落ちてきた。それはまるでオティリエの体に優しく染み渡るかのよう。次いで体が軋むほどギュッと抱きしめられ、オティリエは思わず笑みをこぼす。

「ヴァーリック様……泣かないで。私はもう大丈夫ですから」

オティリエが呟く。ヴァーリックはオティリエの頬を撫で、温もりをしっかりと確かめた後、もう一度力強く抱きしめた。

【オティリエ】

心と体に響き渡るヴァーリックの声が心地よい。

頬に、額に、まぶたに口づけられ、ふわりと体が軽くなる。どちらともなく重なる唇。鉛のように重かった心が軽くなり、イアマの声が完全に聞こえなくなる。まるで頭を覆っていたモヤがサッパリと消え失せたかのよう。オティリエの瞳から涙がこぼれ落ちる。

「ヴァーリック様……」

唇が離れた後、オティリエはヴァーリックのことをそっと見つめた。泣き濡れた頬。愛しさがグッと込み上げる。

「あなたが呼んでくださったから……ヴァーリック様の声が聞こえたから、私はここに戻ってこられたんです」

いつだってオティリエを導き支えてくれる声。温かな人。

あんなにうるさかったイアマの声はもう聞こえない。ヴァーリックがいるから。ヴァーリックを幸せにしたいと願うから。

「愛してるよ、オティリエ」

ふたりは互いを見つめ、泣きながら笑うのだった。

「ヴァーリック様、オティリエさん！」

その後すぐに、事態を把握したエアニーや他の補佐官、騎士たちがやってきた。補佐官たちがオティリエとヴァーリックの無事を確かめる中、騎士たちはすぐにイアマのもとへと向かう。

「大人しくしろ！」

彼らはイアマを捕らえたものの、反応がない。それどころか、イアマは目の焦点が合っておらず、声すら聞こえているもわからなかった。

「オティリエさん、大丈夫ですか？」

エアニーが尋ねる。オティリエはすぐに「ええ」と返事をした。補佐官たちはみな、オティリエのことを本気で心配してくれている。オティリエは胸が温かくなった。

「しかし、状況が状況です。婚約のお披露目は延期した方がいいでしょうね」

「……そうだな」

エアニーの提案に、ヴァーリックは表情を曇らせる。彼はこの日を心の底から楽しみにしていた。もちろん、オティリエ自身も……。

「いいえ。予定通り夜会に出席させてください」

オティリエが言う。ヴァーリックとエアニーは目を丸くし、顔を見合わせた。

「え？　だけど……あんなことがあった後だ。無理せず日を改めた方が……」

「大丈夫です。むしろさっきより元気になったんじゃないかって思うぐらいですから」

オティリエは決して無理などしていない。本当にピンピンしているし、どんどん気力がみなぎってくるのだ。

「ヴァーリック様がわたしを守ってくださったおかげですね」

オティリエが微笑む。ヴァーリックは少しだけ目を見開くと、小さく首を横に振った。

「……いや、多分僕だけの力じゃない。そのブローチがオティリエを守ってくれたんだよ」

「このブローチが？」

オティリエはそう言って胸元のブローチをそっと撫でた。

父親からもらった母親の形見の青いサファイア。けれど今、石は色を失って透明に変わってしまっている。

「サファイアにはね、魔除けの効果があるんだって。大切な人を――オティリエを守りたいという両親の想いが、オティリエを守ってくれたんだと思うんだ」

「お父様とお母様が私を……」

オティリエが欲しくてたまらなかった両親の愛情が彼女を守ったのかもしれない――ヴァーリックからそう聞かされて、オティリエはまた少しだけ泣いてしまった。

「それじゃあ行こうか」

ヴァーリックが笑う。オティリエは「はい！」と微笑み返した。

その後、夜会からしばらく経って、すべての元凶であるイアマの状況が伝わってきた。彼女はオティリエを陥れるために己の能力と気力をすべて使い果たしてしまったらしい。魂の抜け落ちた人形のようになってしまった。

今のイアマは、まるで夢の中に迷い込んだかのように時々うわ言を呟き、自分が誰なのか、どこにいるのかすら理解できていない。今後彼女が自我を取り戻すことはないだろう。現在では山奥の収容所に幽閉され、ひっそりと生きている。

あれから三カ月、オティリエはヴァーリックの補佐官兼婚約者として、今日も幸せに暮らしている。妃教育をこなしながら補佐官の仕事を続けることは、とても大変だ。前例だって当然ない。けれどそれはオティリエ自身の希望によるものだった。

「だって私はヴァーリック様の補佐官ですもの。……ヴァーリック様の補佐官でいたいんです」

婚約をしても、どれだけ大変でも、ずっとずっとヴァーリックの補佐官として働き続けたい。一番近くで、ヴァーリックを支え続けたいと、オティリエはそう願っている。

「うん……そうだね」

オティリエに寄り添いながらヴァーリックが笑う。

「オティリエは僕の優秀な補佐官で、愛しい婚約者で、世界で一番大切なかけがえのない人だよ。君の代わりはどこにもいない。だから……ずっとずっと、僕のそばにいてくれる？」

コツンと音を立ててふたりの額が重なった。ヴァーリックの心臓の音が、オティリエをどれほど想っているかが伝わってきて、オティリエは思わず泣きそうになる。

「もちろん！　ずっとおそばにいさせてください！」

溢れんばかりの幸せを噛みしめながら、ふたりはそっと口づけを交わす。

こうして、魅了持ちの姉にすべてを奪われた心読み令嬢は、大切な人と、この上ない幸せを手に入れたのだった。

あとがき

鈴宮と申します。このたびは『魅了持ちの姉に奪われる人生はもう終わりにします〜毒家族に虐げられた心読み令嬢が幸せになるまで〜』をお手に取っていただき、ありがとうございます！

私は約四年前に異世界恋愛ものの小説の投稿をはじめ、短編小説のコミカライズや小説の電子書籍化を経験させていただいていたのですが、紙の書籍を出版していただくのは今回がはじめてでして。大変嬉しく思うと同時に、とても緊張しております。無事にお楽しみいただけたでしょうか？


さて、本作のヒロインであるオティリエは物語の当初、姉であるイアマが原因で周囲から虐げられ、すべてを奪われた、大変気の毒な少女でした。おまけに、他人の心の声が聞こえるという特殊能力まで持っており、普通の人よりも傷つく機会が多かっただろうと思います。

そんなオティリエですから、ラストはとびきりのハッピーエンドを！　という想いでお話を書き進めていきました。

……そのためには、ただ溺愛されるだけのシンデレラ・ストーリーでは足りない、もっと幸せにしてやらねばと思いまして。

だったら、オティリエ本人が大嫌いだった『心読み』の能力を最大限に活かし、成長し、大活躍する物語にしようと決めました。

私の期待以上に、オティリエは物語の中で大きく成長をしてくれました。姉に立ち向かうことを決心したり、ヴァーリックの補佐官として働きはじめたり、心読みの能力を使って事件を解決したり、ヴァーリックの好意を受け入れたり……。なにより一番大きかったことは、オティリエ自身が自分に自信を持ち、好きになってくれたことだったと思っています。

オティリエが元来持っていた強さやひたむきさ、誰かを想う優しさを発揮し、受け入れてくれたことが作者としてとても嬉しかったですし、そんなオティリエだからこそ、ヴァーリックは心から愛さずにはいられなかったのだと思います。オティリエが最高に幸せになってくれて、本当によかった！

さて、本作のイラストは桜花舞《おうかまい》先生にご担当いただきました。最初に表紙を拝見した時は、あまりの美しさに時が経つのも忘れて見入りましたし「オティリエだ……！」と感激しました。オティリエがこれまでに経験してきた辛さや悲しさ、芯の強さや気品、それから幸せな未来を予見させる素晴らしい表紙をありがとうございます！

また、他のキャラクターも本当にイメージ通りで、ヴァーリックがオティリエを見つめる優しくて温かい瞳がたまりませんし、エアニーのイラストを見た際には「この美形が心の中でヴァーリックを称賛しているのね……！」とニマニマしました。最高に美しく、ときめきが詰まった口絵と挿絵をありがとうございました！

また、担当編集者様、ライター様には大変お世話になりました。不慣れな私に、非常に丁寧にご指導やご助言をいただき、安心して改稿作業を進めることができました。また、執筆中「ここの部分、いいと思います！」とお褒めいただくたびに、嬉しくて飛び上がっておりましたし、書籍化に合わせてピッタリなタイトルを付けていただけたこと、本当に光栄に思っております！

他にも、書籍化に際し、たくさんの方にお世話になりました。この場を借りて心からお礼を申し上げます。

最後に、こうして作品を出版していただけるのは、ここまで応援をしてくださった読者の皆様のおかげだと思っております。いつも本当にありがとうございます！

本作が少しでも、皆様の心に残りますように。

鈴宮《すずみや》

魅了持ちの姉に奪われる人生はもう終わりにします
～毒家族に虐げられた心読み令嬢が幸せになるまで～

2025年2月5日　初版第1刷発行

著　者　鈴宮

発行人　菊地修一

発行所　スターツ出版株式会社

〒104-0031　東京都中央区京橋1-3-1　八重洲口大栄ビル7F
TEL　03-6202-0386（出版マーケティンググループ）
TEL　050-5538-5679（書店様向けご注文専用ダイヤル）
URL　https://starts-pub.jp/

印刷所　大日本印刷株式会社

ISBN　978-4-8137-9419-6　C0093　Printed in Japan

[鈴宮先生へのファンレター宛先]
〒104-0031　東京都中央区京橋1-3-1　八重洲口大栄ビル7F
スターツ出版（株）　書籍編集部気付　鈴宮先生

恋愛ファンタジーレーベル

好評発売中!!

毎月5日発売

定価:1430円(本体1300円+税10%)　ISBN 978-4-8137-9226-0